大清神鼎

张葆海 吴学华 ◎著

台海出版社

图书在版编目(CIP)数据

大清神鼎 / 张葆海, 吴学华著. —北京:台海出版社,
2016.12

ISBN 978-7-5168-1233-4

Ⅰ.①大… Ⅱ.①张… ②吴… Ⅲ.①长篇小说-中国-当代
Ⅳ.①I247.5

中国版本图书馆 CIP 数据核字(2016)第 291355 号

大清神鼎

著　　者:张葆海　吴学华

责任编辑:王　萍

装帧设计:芒　果　　　　　　版式设计:通联图文

责任校对:毛昱文　　　　　　责任印制:蔡　旭

出版发行:台海出版社

地　址:北京市东城区景山东街 20 号　邮政编码:100009

电　话:010-64041652(发行,邮购)

传　真:010-84045799(总编室)

网　址:www.taimeng.org.cn/thcbs/default.htm

E-mail:thcbs@126.com

经　销:全国各地新华书店

印　刷:北京柯蓝博泰印务有限公司

本书如有破损、缺页、装订错误,请与本社联系调换

开　本:710mm×1000 mm　　　　1/16

字　数:240 千字　　　　　　印　张:17

版　次:2017 年 1 月第 1 版　　印　次:2017 年 1 月第 1 次印刷

书　号:ISBN　978-7-5168-1233-4

定　价:38.00 元

目录

楔 子 1

第一章 神鼎奇观 ···································· 6

　　白光越来越强,盖过了屋内原来的金黄色。在那团白气的最上层,由下自上地浮现出一个个古怪的文字来。在白气上方盘旋的它们,像被绳子一个紧挨一个地串起来,形成了两道比鼎口还大的圆圈后,浮在鼎口的上方不动了。

第二章 无名血书 ···································· 19

　　陈介祺接过来,见那张薄薄的信纸上是一行红色的字:神鼎现世,天灾降临。他隐约闻到一股腥气,仔细一看,纸上的字迹未干,分明是匆忙间用血写上去的。

第三章 江湖老前辈 ···································· 29

　　上首的墙上挂着一幅画,所画之物既非山水人物,也非鸟兽虫鱼、松竹梅兰,却是个八卦图案。这八卦中心并非阴阳双鱼,而是个五行属"木"的符号。李振卿看到这幅画,顿时脸色一变。

第四章　惠亲王爷 ································· **40**

他非常清楚:陕西巷醉花楼的熊二,替苏亿年在他这拿走一千两之事,以王爷在京城的耳目,迟早会知道。若选择隐瞒,势必引起王爷怀疑,还不如直接说出。王爷若事后得知此事,便不再怀疑他所言之真假。因而当务之急,是既不能让王爷对自己的话生疑,又必须让王爷疑心古鼎乃假货。

第五章　古鼎的来历 ································· **52**

陈介祺越听越心惊,没想到世上真有颠倒乾坤、偷天换日之术。但鲁一手所言,似乎漏洞百出,换了别人绝不相信。

第六章　诛九族的大罪 ································· **66**

大明朝有燕王朱棣起兵夺位,惠亲王爷是否也打着夺取侄子江山的主意呢?虽说他权倾朝野,势力很大,但若真要夺位,也绝非易事。与在外面拥兵多年的燕王朱棣不同,他的根基就在京城之内,即使有督抚将军们的拥护,可一旦动起手来,血溅皇城脚下,成功与否还得两说。

第七章　神秘蒙面客 ································· **77**

那人没回答陈介祺的话,却说道:"但据我所知,从古至今毛公鼎至少现世五次,最后两次分别是隋末与元末,这两次分别有三个人破解了鼎内铭文的玄机,且据此玄机进行了八卦推算并记载在纸上。那两本书的书名,无需我多说了吧?"

第八章　亡羊补牢之计 ···························· **90**

古董界人士若想在玉器上作假，除其他的润色秘密工序外，最好的就是这老绵羊胎脂了。经老绵羊胎脂浸色，玉质沉稳，入手柔润，自是与一般玉质不同。

第九章　命悬一线 ································ **101**

陈介祺见李振卿那副模样，上前拉住他的手、低声道："李掌柜，事到临头，怕也没有用，我们两家几十口的性命，可都在你我的嘴皮上！挺起胸膛来，别让洋人把我们看扁了！"

第十章　皇上密旨 ································ **116**

咸丰皇帝写完密旨后盖上印章、折好，用一个香囊装了，交到陈介祺手里，说："朕知你父亲刚正不阿，有其父必有其子，朕相信你。有了这份密旨，朕将大清江山和无数黎民百姓的性命，一并交给你了！"

第十一章　古鼎与玉佩之谜 ···················· **129**

陈介祺想不到毛公鼎与玉佩之间，竟还有这样一段渊源："既然如此，掌门信物也非等闲之物，高老爷子作为一派掌门，又岂会轻易将这东西给别人看，你又怎知这玉佩是他的呢？"

第十二章　铭文玄机 ···························· **142**

渐渐地，他看出了些端倪：铭文虽上下左右一般齐整，但有些地方字与字之间，却空出了一两个字的空间。他从桌子上拿来那页纸，对照着上面的字，心念一动：如果把掌门玉佩上的字，放到空白处，会怎样呢？

第十三章　可怜的小乞丐 ··· **156**

而令这面馆掌柜更没料到的是,这么一个天天被人打的小乞丐,数年后便成为当今皇上的御前太监,而在皇上归天后,成为红极一时的大人物。

如果没有陈介祺,也许就没有后来的安德海安公公。

第十四章　上古奇书 ··· **168**

竹片总共有八片,上面有一些阴刻的文字,与毛公鼎内的文字一样,都是西周金文,每一片十几二十多个字不等。竹片上除文字外,还有一些简单的图案。

陈介祺想起李振卿说过的话:寻找古墓的地图就在这奇书上。可那些图案却并不像地图,而类似于武术招式中的五禽戏,让人无法看懂。

第十五章　祸起萧墙 ··· **180**

本来陈介祺面对这样的局面,也无计可施,可外面传来"杀无赦"的口号,犹如黑暗中亮起一盏明灯。他很清楚,自大清入关以来,若汉人有反清之嫌,无论有无证据,从来只杀不赦。

第十六章　大清国运 ··· **194**

他已经明白过来,能够左右大清国运的关键,就是那尊被送入宫的毛公鼎。那个公公说午时之前送回,若无意外,这个时候,毛公鼎应该已经送回他家中了。

第十七章　谋逆大案 ·· **209**

敏亲王谋逆一案，株连者不少，罢官的罢官，杀的杀。惠亲王已经官复原位，帮皇上署理朝政。法国公使梅德公爵由于率领洋枪队勤王有功，也被赏赐大批金银珠宝。同时，惠亲王还代表大清国与梅德公爵签订了购买洋枪的合约，并请法国教官帮忙训练绿营洋枪队。

第十八章　龙潭血战 ·· **226**

擒贼先擒王！鲁一手和詹欣如一左一右地扑向安志远，三个人战成一团，转眼便过了好几招。陈介祺见安志远身法灵活，有一两式像极了奇书上的图案。他瞬间明白过来：白水派既然偷匿奇书那么久，对于奇书上面的阴刻文字和图案，多少都有些参悟。安志远习得奇书上的武功，以一敌二并未落下风。

第十九章　枯骨之汤 ·· **238**

在殿堂的中间有一座白玉砌成的平台，高约七尺，有台阶可登。平台上有一处凹陷的池子，池内是一具盘腿而坐的骸骨。池子上方有一透光的小孔洞，不但有光线照下来，且有一线细细的水流，正好落在骸骨上。乍一看，宛若一人在浴盆里沐浴。

第二十章　战火临城 ·· **251**

陈介祺回到城内，把他与鲁一手打赌的事情，对知县和诸人说罢，当即有人对他此举提出异议：城内只有区区两千兵勇，要想对付数万虎狼之师，且还要坚持一个月，无异于痴人说梦，不如趁早投降，交出一万担麦子，也好保全城平安。

楔　子

咸丰二年七月初六。

壬子年、戊申月、丁丑日。

宜：交易。

忌：出行。

今天是个做生意的好日子，可德宝斋掌柜李振卿却高兴不起来。尽管外面骄阳似火，几乎可以将街上青石板晒透，他却打心底透出一阵阵的寒意。

他的眼睛死死地盯着面前那张紫檀木方桌上用红布盖着的东西，眼神中透出几许绝望。他扭过头，看了一眼坐在上首的那个白胡子老头，露出哀求的目光。可白胡子老头却微微闭着眼，手抚着那缕稀疏的山羊胡，一副置身事外的姿态。

在京城的古玩界，有谁不知高老爷子的大名？老爷子从年轻时候开始，就专吃掌眼的饭，人生几十年，无论是金银玉瓷，还是铜铁兽骨，见过的玩意儿千千万万，他从未走过眼，即便是一块春秋时期的烂木头，他也能一眼看穿。京城内外，无论是什么物件，只需老爷子一句话，那就是铁板上的钉子。

当然，老爷子是泰山北斗，且在十年前就已经金盆洗手，整日安心养花弄鸟，不再帮人掌眼看货。据说老爷子当年欠李家上代人一个人情，李振卿一直没敢动用这层关系，今儿实在没辙了，才登门相请。

高老爷子顾及旧情，人是来了，可看过桌上的东西之后，便没有再说一

1

句话。

李振卿心如乱麻,高老爷子没吭声,在座的几个人谁也不敢说话,屋内静得几乎可以听见彼此的心跳。

桌上红布盖着的,其实就是一个铜鼎。李振卿在行业内混了几十年,自然认得那是商周之物,铜鼎的式样也很普通,左右两耳,深腹外鼓,三蹄足,口沿饰环带状的重环纹,造型端庄稳重。只是鼎腹内多了数百个阴刻的文字,正是那些文字,显示出此鼎的与众不同。也正由于这一点,送货到京城来的西安宝和轩老板苏亿年,敢狮子大张口要价四千两。而一般的商周古鼎,其价不过五六百两。

此前,苏亿年已经当着另外几个老板的面,把话给说了:他正是看中德宝斋这块百年老字号的牌子,才把鼎给直接送来的。言外之意——要是德宝斋不敢下(买货),那只好找别家。

这是对德宝斋赤裸裸的挑衅。

德宝斋起家于乾隆初年,传到李振卿手上是第四代,是家有着上百年历史的老字号。在京城琉璃厂西街的众多古董店铺之中,德宝斋的名气不算最大,但这百年老号的名头,也小不到哪里去。

上至亲王贝勒,下至七品翰林,不乏德宝斋的常客,百年老号靠的不仅是店内的上等货色,当然还有生意上的手段。

可这些手段,有时却是一柄双刃剑:抢了别人的客源,自然就有了仇家。琉璃厂大街上,有几家不对德宝斋恨得咬牙切齿呢?

李振卿的目光在几位老板的身上扫过,或许苏亿年只是一个露脸的,干的是跑腿的活,真正的主角就在这几个人当中。

古董这玩意,说白了就一个字:赌!赌的是眼力和胆识。

李振卿自认眼力和胆识都不差,可今日为了德宝斋的百年声誉,他被逼得没了退路,只得放手一搏。如果赌输了,他和德宝斋就都将在京城消失。形势逼人,他不得已动用了那层关系,请来久不出山的高老爷子。

眼见已过了半个多时辰,高老爷子仍是眯着眼,把玩着手里那串紫檀木佛珠，一副讳莫如深的模样。

李振卿深吸了口气，尽力使自己平静下来，绝不能让那几个老板看出他的心虚，尤其是古缘斋掌柜夏立祥。这夏掌柜并非善类，整天瞪着一双灰白的三角眼，总想着如何算计别人。此人与惠亲王府有些关系，据说常帮王爷收藏些世间极品的古董。看今儿这架势，自是来者不善。

坐在下首的苏亿年看了看众人，干咳了两声，才小心地说道："李掌柜，您看时间过去这么久了，不如……"

他说话的时候，拿眼睛瞟了瞟高老爷子。

按京城琉璃厂古董行内不成文的规矩，若让苏亿年把鼎拿出门，明天德宝斋就得关门。李振卿的眼中露出些许绝望，他起身看了在座众人一眼，正要开口，却见门帘一拂，走进一个四十岁上下、穿着长衫的瘦高个子。

来人叫陈介祺，乃吏部尚书陈官俊之子，字寿卿、号簠斋，任翰林院编修，加侍读学士，人称陈翰林。

陈介祺生于嘉庆十八年，自幼勤奋好学，聪颖强记。青少年时随父在京求学，19岁即"以诗文名都下"。道光十五年中举人，道光二十五年中进士，此后一直供职翰林院。他喜好涉猎众多文化典籍，尤对经史、义理、训诂、辞章、音韵等学问颇有研究，亦精于金石文字考证及器物辨伪，名气之大，不亚于高老爷子。

李振卿如同溺水之人抓住救命稻草般，几步冲过去握住陈介祺的手，道："陈兄，您可算来了！"

李振卿派人去请高老爷子的同时，还亲自去了趟陈府。可陈府的人说，陈翰林进宫去了，不知啥时候回来。

那几个老板和高老爷子，陈介祺自然都认得，他看了他们一眼，无声地拱了拱手，算是打过招呼了。李振卿领着陈介祺快步来到桌旁，顺手扯掉那块红布。

陈介祺看到铜鼎后，用狐疑的眼神望了李振卿一眼，似乎觉得这么件普通玩意，有李振卿就够了，用得着摆下这么大的阵势？若不是看在两人十几年交情的份上,他转身就走了。

可当陈介祺走近了些,看到铜鼎内的阴刻铭文时,脸上露出了惊异的神色。他心中暗叫惭愧,差点被这玩意儿打了眼(看走眼)。

这鼎内阴刻的文字,与他之前见过铸刻在商周青铜器上的铭文一样,只有那一时期特定的青铜器物上才有,是身份和地位的象征。有字的编钟与其他器皿,他见过不少,但有这么多字的鼎,他还是第一次见到。

陈介祺看到李振卿朝他使的眼色,顿时明白今天这阵势,看似平静却极为凶险。他默默地看了几眼鼎内的铭文,转身走到高老爷子面前,拱手道:"您老安康!"

高老爷子与陈介祺相识多年,自然听得出对方的声音,他微微睁开眼,嘴角微微上扬,露出一丝诡异的微笑,挤出了几个字:"后生可畏!"

就这四个字,在场的其他人似乎都听懂了。高老爷子能前来坐镇,是李掌柜面子大,真正帮忙掌眼的另有其人。

高老爷子仍闭着眼,安心盘珠(把玩紫檀木佛珠子)。陈介祺转过身,又仔细打量了铜鼎一番,朝李振卿点了点头。李振卿犹豫片刻,左手伸向铜鼎。按行业内的规矩,他只需当众在铜鼎上拍了三下,这铜鼎已经属于德宝斋。

夏立祥突然不阴不阳道:"李掌柜,你难道就不怕漏底?"

以很少的钱买了一个好物件,就是捡了大漏,反之则被骗,等于漏了底。一旦漏底,这百年老字号可就砸在今天了。

无论什么古董,价高价低没个定数,但终究离不开一个规律,那就是物以稀为贵。四千两买一个刻有这么多文字的铜鼎,铜鼎究竟值多少暂且不管,李振卿首先要保住的,就是这百年老号的牌子,有了陈介祺的那一点头,他心里有了些底气,朝大家拱了拱手,毅然在铜鼎上拍了三下。

陈介祺微笑着对李振卿说道:"不知李兄是否愿意割爱?"

陈介祺此言一出,李振卿登时露出万分感激之色,却又饱含着无限担忧,将四根手指在桌沿上碰了一下。

李振卿吃下这件古董。若是输了,输的便是这百年老号,而陈介祺此举,无疑将风险往自己身上揽,赌上半世英名,来保住这百年老号。这份朋友间的仗义,全京城上下,没几个人能够做到。

现在事情到了这份上,便是李振卿与陈介祺两人间的事了,外人无权插手。不料夏立祥竟不顾规矩,大声道:"我愿出五千两!"

古缘斋有王府撑腰,财大气粗是众所周知的,可也不能不懂规矩。就在李振卿要说话的时候,苏亿年起身朝大家拱手道:"东西归谁,李掌柜说了算。明儿我在柳泉居请客,诸位务必赏光!"

苏亿年这话等于扇了夏立祥一记耳光,夏立祥起身,连招呼都不打,恨恨地瞪了苏亿年一眼,拂袖离去。

陈介祺从袖笼中抽出几张大面额银票递给苏亿年,同时说道:"这位兄台,东西归了我,钱自然我出,多出的一千两,算是给兄台的赏!"

其余几个老板看得目瞪口呆,陈介祺打个赏就是一千两银子,这份豪爽,全京城上下更是没几个人。

苏亿年接过银票,朝陈介祺打了千,感慨道:"以前只听说京城陈翰林重情重义,今儿总算见识到了,不枉在下来这一次!"

陈介祺淡淡地说道:"听你口音是外地人,你得罪了夏掌柜,别在京城停留了,明儿请客的事就算了,赶紧走吧!"

苏亿年从其他几个老板的神色中,也意识到了问题的严重,他谢过陈介祺,慌忙不迭地转身离去。

陈介祺望着瘫坐在椅子上的李振卿,说道:"等会儿让伙计帮忙把这东西送到我家里,我还有事,先行一步!"

陈介祺朝大家拱手,离开了德宝斋。此时他并没有想到,他花了五千两银子买来的商周铜鼎,日后不但改变了他的命运,居然还影响了大清的国运……

第一章
神鼎奇观

昏暗的烛光照着坐在太师椅上的陈介祺，也照着他手旁桌角的那个茶壶：这个元青花茶壶，是他花五十两白银的价格，从李振卿的铺子里买来的，茶壶的制作工艺上乘，乃宫廷器皿，只可惜壶嘴有稍许碰碎的痕迹，否则当属上品。

在他对面的墙上，挂着一帧穿着一品官袍的画像，那是他的父亲陈官俊。其父乃饱学之士，嘉庆十三年进士，受圣上恩宠，授内阁学士，历任吏部、工部尚书，直至上书房总师傅，一时风光无限。

父亲为官多年，从七品翰林院编修一直做到从一品的尚书大臣、上书房总师傅，摆脱不了"树大招风"的官场铁律，遭人弹劾后被罢总师傅之职，降三级调用。道光二十九年，在郁郁寡欢中病逝。道光皇帝称其"心田坦白"，追赠太子太保，入祀贤良祠，谥文悫。父亲终因皇上对其信任免遭横祸。若换成别人，只怕早被罢免甚至深陷囹圄了。饶是如此，其凶险亦可想而知。故父亲临终前给他留下几句话："国之难，妖之祸，避之不枉也！若皇上重用林大人，汝可倾力助之，也不枉为父和他交往一场。若奸臣当道，汝可好自为之！"

以自己的才学，为何甘居于小小的翰林院编修，而不登朝入殿大展才能呢？

并非他不想为国家出力，只因他看透了官场的倾轧，深知为官之道的凶险。

父亲所说的"妖"，指的是西洋妖人。而林大人，则是指因虎门销烟而闻名天下的林则徐。自嘉庆帝那时开始，就不断有英国人向中国倒运鸦片，至道光年间,鸦片祸国殃民之害,已到了令人无法容忍的地步。终于,在道光十八年腊月,忍无可忍的道光帝派湖广总督林则徐为钦差大臣,赴广东查禁鸦片,由此引发了震惊中外的鸦片战争。

尽管大清王朝的兵勇和民众拼死抗击,无奈英国军舰以惊人的速度,沿大清帝国的海岸线直上,抵达天津大沽口外,逼近北京。本来主张战争的道光皇帝,眼见英舰迫近,慑于兵威,开始动摇,朝廷内的主和大臣也一再上书和英国谈判。随后不久,道光皇帝迫于内外压力,不得已惩办了林则徐等主战大臣,并派直隶总督、文渊阁大学士琦善接替林则徐,署理两广总督,与英国人谈判。当时,任吏部侍郎的父亲上书力保林则徐,并提议筹备军饷训练水军,与英国人死战到底,却遭到道光皇帝当庭斥责。

正如父亲所预料的那样,欺软怕硬的琦善有负圣意,与英国驻华商务总监义律私下约订了丧权辱国的《穿鼻草约》,割让香港,赔款六百万元。

按道光皇帝的想法,打仗劳民伤财,英国虽是蛮夷小国,可船坚炮利,再打下去,恐怕连龙椅都坐不稳当。和谈嘛,给点钱吃点亏也就算了。可这江山是祖宗传下来的,寸土都不能给人,否则他有何脸面面对宗室族人,死后又有何脸面去见列祖列宗呢?盛怒之下,道光皇帝将琦善解职进京问罪,查抄家产、发军台。

道光皇帝认为割让香港已经是奇耻大辱,但英国政府却认为《穿鼻草约》所获权益太少,撤换了义律,改派璞鼎查来华为全权代表,扩大侵略,想捞取更多的好处。随后的两年,英军多次进犯,攻城略地如入无人之境。为了让英国人休兵,绝望的道光皇帝不得已之下,命杭州将军耆英为钦差大臣,与璞鼎查签订了不平等的中英《南京条约》。

紧接着,耆英再任钦差大臣,与英国签订中英《五口通商章程》和《虎门条约》,与美国签订了《望厦条约》,与法国签订了《黄埔条约》。

自乾隆皇帝后期以来,大清国势渐渐衰微。而随着鸦片泛滥,官员们萎靡不振、苟且偷安,州县勒索陋规已到立法都无法禁止的地步,武备不兴、经制兵战斗力削弱。力行节俭,勤于政务的道光帝将这些都看在眼里,即位伊始便整顿吏治,整厘盐政、通海运,接着平定张格尔叛乱,严禁鸦片。可咄咄逼人的西方列强和那一纸纸条约,如利刃般扎在他的心口,疼痛难忍、血流不止。

朝廷内,一封封弹劾主战派大臣的奏折摆在龙案上,就连一向深受道光帝敬重的父亲陈官俊,也因替林则徐求过情而遭人弹劾,最终被罢去了上书房总师傅之职。

堂堂的天朝王国,居然先后屈服于一个个西洋小国。父亲数次冒死上书,均遭圣上斥责。满清朝廷一直以来对汉臣防范甚严,以防汉人的势力过大,故朝廷内外真正掌权的都是满人。即便有一两个得到皇上宠爱的汉臣,一时权势过人,但头上的红顶子也戴不了多久,能留着七尺之躯安然回家养老,已是莫大的荣幸了。像父亲和林大人这样热血为皇家、虽位高权重但终遭冷落的汉臣,岂在少数?

有父亲和林大人的前车之鉴,他陈介祺在官场上又岂敢锋芒毕露?

父亲去世后没多久,道光皇帝于圆明园驾崩,终年六十九岁。同年,南方爆发了以洪秀全为首的太平天国运动。朝廷虽多番派兵弹压,却难抵起义军的日渐壮大。

比起遵循祖训、勤俭节约的道光帝,奢侈无度、纵情声色的咸丰帝,根本无心主理朝政,军国大事均交给以六王爷为首的军机大臣处理,朝政腐败,朝臣各怀心事、结党营私。大清国可谓内忧外患、风雨飘摇。

陈介祺无力挽天,只得将一颗报国心投向他处。多年来,他醉心于金石文字的搜集与考证,并向阮元、何绍基、吴式芬、李方亦等众位金石学者请教切磋。陈介祺治学严谨,多有创见。对前人未收藏、著录的古陶文字,他独予重视:不仅搜集到不少齐鲁古陶,还进行了颇具开创性的研究,著有《簠斋藏陶》一书,因而与江苏金石名家潘祖荫被并誉为"南潘北陈"。事实上,同属后起之秀的两人,名气不亚于退隐多年的高老爷子。

替人鉴定古董有"鉴宝银",就如书画家给人题字后拿"润笔费"一样,每次几两甚至数十、数百两不等,主要据古董的价值而定。不过,要拿这"鉴宝银"，须得炼就一双火眼金睛：无论真假，一眼能看出来，若是看走了眼，要双倍赔买家的损失不说，更会名誉扫地。

琉璃厂一带的古董店老板，只要提到陈介祺陈翰林，没人不知。无论瓷器铜器玉雕，或是木制家具石头蛋，但凡古物，他与高老爷子一样，从未看走过眼。

"常在河边走，哪能不湿鞋。"陈介祺明白这道理，所以后来他便不再轻易帮人鉴宝。除非受熟人所托，推辞不过，而且每次"鉴宝银"须得两百两以上。可即使如此，前来求他之人仍络绎不绝。

同时，陈介祺自己也热衷于收集古物：铜器、玺印、石刻、陶器、砖瓦、造像……无不包罗。而这些买来的玩意儿，他都会逐一研究，以便对古物进行考证。

区区一个七品的翰林院编修，陈介祺的岁俸也就数十两银子，连买件好点的古董都不够，更别说那些价值不菲的宝贝了。

不过，他每年在古玩界所赚"鉴宝银"，可是一笔不小的数目。而他收集古物并不论贵贱，只需自己看中的就行。有一次，他应琉璃厂古缘斋掌柜夏立祥之请，去帮忙看一件玉器，却在店里看中了一块生满铁锈的铁疙瘩。这块铁疙瘩是一个乡下收古董的人送来的，原以为还值几两银子，可夏掌柜说铁疙瘩只不过是一个秦代的"铁权"(秤锤)，是没人要的货色，打发那人几文钱，便将那铁疙瘩随意丢在角落里。

做古董生意的人，收来的古董并非自己收藏，而是要转手卖出去，所以再古老的东西，若是没人要，便无任何价值。

见陈介祺想要那铁疙瘩，夏掌柜张口就要五十文。就这样，别人以为"顽铁"的烂东西，却被他视为珍宝，带回家后藏入宝库……

书房的门"吱呀"一声开了，一个俏丽的身影飘了进来。陈介祺回过神，面无表情地望着走进来的人。

她叫小玉，老家也在山东潍县，上京伸冤却告状无门，最后流落街头。幸亏被陈介祺遇见，可怜她孤苦无依，带回府中暂住。她说她爹是县里的县吏，因不愿与新上任的县令鱼肉乡里，被新县令与知府合谋杀害。

陈介祺有心替小玉鸣冤，却怎奈自己仅是区区一有职无权的七品编修，能力实在有限。况且他打听过，那陷害小玉父亲的县令和知府，都是有背景的满人，汉官根本不敢接那样的状纸。谁愿为一个素不相识之人而得罪满人，弄不好反倒把自己也给搭进去呢！

所以他选择留住小玉，等待合适的机会，再替其鸣冤。

小玉也明白陈介祺的想法，但她一个妙龄女子，仅以老乡的身份住在这里，时间一长恐生非议，几次提出要走，陈介祺和夫人都不答应。一个弱女子举目无亲，长期在京城流浪，若被流氓地痞弄去，还不知会有怎样的悲惨下场。

虽说天子脚下朗朗乾坤，可也没几处干净之地：且看八大胡同里的妓女，有几人是自愿的呢？

陈夫人小名秀秀，是官宦小姐出身，自然清楚"男女授受不亲"的道理。在与丈夫商量之后，她出面认下了小玉这个妹妹。

小玉自幼受父亲教导，知书达理、识文断字，琴棋书画无一不通。在陈府一年多来，她与陈介祺朝夕相处，打心底敬服这位满腹才学又深藏不露的姐夫。

小玉轻步走上前，低声道："姐夫，姐姐见您自晚饭后就在书房闷闷不乐，已近三更了仍不回房，让我过来看看！"

陈介祺这才反应过来，原来自己在书房里已坐了两三个时辰。长叹一声后，他皱了皱眉，微微别过脸，目光望着左手边紫檀木案桌上的一张烫金请柬：这是今日傍晚惠亲王府的刘总管亲自送来的，邀他明日中午去王府赴宴。

小玉看了一眼那张请柬，问道："这惠亲王是什么人，官位比总督大人还大？"

她自上京告状以来，也见过一些大官，但人家根本不接她的状纸，好歹受人指点去了顺天府衙门，可连府尹大人的面都没见上，就被赶了出来。告状时,有两个想调戏她的纨绔子弟,就是什么亲王的贝勒。

陈介祺清楚小玉问这话的意思,沉声道:"他是当今皇上的叔叔,内阁军机大臣。那害死你父亲的知府大人,就是他的小舅子。像我这样的小官,想见他一面都难。"

小玉听到陈介祺这么说,明白要想替父亲伸冤,只怕今生无望。她沉默了片刻,用手帕拭去眼泪,定了定神道:"你以前为什么不告诉我?"

陈介祺说:"我几次想告诉你,又怕你失望,你若不知其中的利害关系,好歹还有个盼头!"

"既然告状无门,我索性不告了。听说南方闹长毛,和朝廷对着干的。要不我参加长毛去,杀几个狗官,出出心头这股恶气,就算是死了也值!"

"去南方路途遥远,沿途凶险万分,你一个手无缚鸡之力的弱女子,怎能过得去?替父伸冤之事,需从长计议,急切不得。时下朝廷内忧外患,惠亲王虽一时权倾朝野,也难保将来被洋人所逼,落得像直隶总督琦善一样的下场。到那时或许就有法子了!"

小玉拿起请柬问:"他乃朝廷重臣,堂堂亲王,怎么会请你赴宴呢?"

陈介祺微笑道:"此人素来爱好收藏古董,只要有上等货色,必定想方设法据为己有。在这之前,我帮他鉴定过几次古董,但都是派下人将古董送来,并不是请我前去。至于鉴银,则要比一般人给得多。今儿送帖子来的是亲王府的刘总管,俗话说"宰相门丁九品官"。这刘总管平日连三品官员都不放在眼里,今儿居然肯屈就亲自来给我送帖子。"

"所以你在猜测惠亲王请你赴宴的用意?"小玉又问。

陈介祺点了点头,起身走到木架旁,从架上吃力地搬起一只方形大木盒,转身放在桌上,盒内是一座铜鼎。他道:"这是今天我在李掌柜的'德宝斋',花了五千两银子买下的古鼎。"

住在陈府的这些日子里,小玉跟陈介祺学了不少金石方面的知识,对古董鉴赏也有一定程度的认知。她望着陈介祺手里中的铜鼎,疑惑道:"从这鼎的式样上看,应该是周朝的古物,姐夫能够买回来,说明这鼎不假。府内的宝库中也有几只周朝的铜鼎,看上去和这只类似,最贵的不过一千两,这只为何如此之贵?"

陈介祺笑道:"此鼎非彼鼎也!"他翻过鼎身,好让小玉看清鼎内的阴刻文字,接着说:"此鼎内长达四百九十七字的阴刻铭文乃西周金文,我自认京城上下,能和我一样通晓金石文字者不过三人。而这鼎内铭文,我也仅识得百十个。"

小玉顿时来了兴致:"古人云,'窥一斑而见全豹',姐夫能识得百十来字,那定是大致猜出了鼎内铭文的意思了?"

"此鼎乃是西周一个叫毛公的人所铸,毛公乃文王之子,名叔郑,西周成王时为三公之一的司空,和现今的惠亲王一样,是个权倾朝野的大人物。这鼎内铭文,与西周成王的朝政有关,具体什么意思,现在还不好说,容我研究透了再告诉你!此鼎既是毛公所铸,不妨叫毛公鼎。"见小玉面露失望之色,陈介祺将话题一转,"关于这鼎的来历,还有一个很精彩的故事。"

"姐夫,你倒说来给我听听!"

"傍晚李掌柜铺子里的伙计胡庆丰送鼎来,说此鼎乃陕西岐山县董家村村民董春生从自家地里挖出。有一严姓的古董贩子闻名而去,以十两白银起价,最终三百两银子购得。哪知在运鼎之际,另一村民董治官从邻县带回另一古董贩子,不让严老板运走。买卖没有做成,严老板恼羞成怒,遂重金行贿岐山知县,以私藏神鼎之罪将董治官逮下狱。那董治官带朋友来买鼎,无非是冲着几两银子的跑腿费,却不想落个深陷囹圄的下场,死在狱中。而村民董春生,本应该得三百两银子的横财,最后连一文钱都没得到。此鼎作为赃物运到县衙,知县又狠狠敲了严老板的竹杠,才让他悄悄运走。严老板多少识货,知此鼎价值不菲,特找来张燕昌之子张石瓠鉴别。可张石瓠哪有其父的本事?将鼎内铭文拓了下来,说是寄给朋友,让朋友帮忙看看。严老板见张石瓠一连数月无消息,又适逢家中有变,急需一笔银子,无奈之下只得将此鼎出手。西安宝和轩的苏亿年掌柜通过他人之手买下此鼎,后运抵京城德宝斋,出价四千两。德宝斋李掌柜担心有失,求我前去帮忙鉴定,还请了高老爷子和另外几个老板。"

说到这里，陈介祺蓦然想起当时的情景，脑海中闪过一丝疑惑，从他进门到买下这铜鼎，前后不过半盏茶时间，虽说人家是送货给李振卿，可那情形，似乎是专门留给他的。他与李振卿十几年交情，自认李振卿不会坑他，何况当时是他自己提出来要买下这铜鼎的。但换个角度看，总感觉高老爷子的那句话，好像包含着另外一层意思。

小玉见陈介祺出神，忙问道："姐夫，有什么不对么？"

陈介祺若有所思："这鼎确实与普通的铜鼎不同，当时'古缘斋'的夏掌柜不顾规矩，想以五千两相夺，苏老板没同意，但……"

他细细回忆当时的每一个细节，隐隐地感觉有一丝不安。

小玉笑道："想不到此鼎还有这么个颇具传奇的故事。苏老板卖给你五千两，那他是花多少钱从别人的手里买来的呢？"

陈介祺答道："这是行业里的秘密，只要当事人不说，别人无法知道。做古董生意的，若没有一半以上的利益，是不会出手的。"

小玉也知道古董行业的规矩和暴利，有时一件东西，转手就能赚几十甚至数百倍。她想了一下，问："姐夫，以你的眼光看，此鼎值多少钱？"

"真正的好东西，其价值无法用金钱来衡量，主要看在谁的手里。即便价值连城的宝物，若埋没于乡间农夫手中，只怕还值不了几块大饼！"陈介祺的目光落在小玉手里的请柬上，"古缘斋夏立祥掌柜是惠亲王爷的人，有一次请我吃饭时说过，王爷府内藏品数以万计，青铜瓷器玉器木雕无一不有，可一直遗憾没一件真正的镇宅之物。"

小玉微蹙眉头："你的意思是，王爷请你赴宴的目的，就是要你才买回的这座鼎？"

陈介祺点了点头："除这之外，再没别的理由！"

"若王爷要你割爱，你可愿意？"

陈介祺沉默了：像这种腹内有铭文的商周铜鼎，实乃稀罕物件。自己醉心于金石研究多年，虽一时无法破解鼎内铭文，却知此鼎珍贵。他看中的古物，一向视作心头好，无论如何都不愿割舍。但王爷若以权势相逼，恐怕不想转手都不行了。他忽觉手指一痛，定睛看时，却见中指不知怎么破了，流出血来。可那血滴落在铜鼎上后，竟瞬间不见了！

难道铜鼎有裂痕、血被裂痕吸了进去？他惊诧不已，正要举着蜡烛仔细查看时，却见铜鼎在烛光的照耀下，显现出淡淡的光晕：初始为蓝色，随着光晕越来越强，渐渐由蓝转红又变黄。最后，整间屋子都蒙上一层奇异的金黄色。

从鼎腹内慢慢升起一团上下翻滚的白气，可奇怪的是，那团白气居然没被光线渲染成金黄色，而白气里竟隐隐射出刺目的白光。

眼前的不可思议，令陈介祺和小玉同时露出难以置信的神情。

白光越来越强，盖过了屋内原来的金黄色。在那团白气的最上层，由下自上地浮现出一个个古怪的文字来。在白气上方盘旋的它们，像被绳子一个紧挨一个地串起来，形成了两道比鼎口还大的圆圈后，浮在鼎口的上方不动了。

陈介祺认得这些正是阴刻在鼎腹内的文字，却不解为何被改变了原有的顺序，变得杂乱无章了。

不知何时，屋内的金黄色光线逐渐消失，从鼎腹内射出一道强光，同时浮起五个分散的、比原先还要大一些的文字来。其中四字分别居于东南西北四个方位，另一个字则居于正中，同时浮在那两道圆圈文字的上方。

陈介祺惊骇地看着那形状古怪且与鼎内文字完全不同的五字，正要仔细辨认，只听得身后传来一声响：扭头看时，只见夫人呆呆地站在门口，地上掉了一只托盘、一副碗筷、两张饼子和一根大葱。

虽居于京城多年，陈介祺却仍保持幼时在山东老家的习惯：若苦读过三更天，必食大葱煎饼卷，再配一碗热气腾腾的小米粥。夫人知其习惯，见小玉唤其不回，疑其今日买回一古董，又要彻夜研究，便亲自下厨熬了小米粥，又拿上煎饼与大葱送来。只是进屋后见到这般奇景，惊得一愣，让手中的托盘落了地。

就随这声响,所有光线全部消失,一切恢复了原样。

陈夫人有些愧疚地望着丈夫,讷讷道:"相公!"她从结婚起就这么称呼陈介祺,多年来都未曾改口。

陈介祺走上前扶住夫人:"没吓着你吧?"

陈夫人惊魂未定地点点头。

陈介祺安慰了夫人一番,接着道:"有次去琉璃厂帮人鉴定,我听一位老人说,真正的古物是有灵性的。我一直不信,以为再古老的东西,就如地上石头一样,都是死的东西,想不到今夜大开了眼界!此鼎真乃宝物也!"

"如此宝物,姐夫甘心转手给王爷?"小玉问。

陈介祺想了想:"明天的事,明天再说吧!小玉,你和你姐先去歇息,等会儿我叫忠叔陪我去一个地方。"

忠叔姓陈名忠,也是山东潍县人,比陈介祺大十几岁,与他乃同族。论起辈份来,是陈介祺的叔辈,所以陈介祺自幼叫他忠叔。陈忠年少时就随陈官俊入京,在陈家当了几十年的下人。陈官俊去世后,陈介祺为防遭人弹劾,将府内数十家丁奴婢及下人全部遣走,只留了几个知根底的下人,陈忠便是其中之一。

陈夫人关切地问道:"相公,都这么晚了,你是要去哪里?"

陈介祺微微一笑,吐出两个字:"鬼市!"

陈介祺所说的"鬼市",其实是琉璃厂旁那条东至延寿寺街、西至南北柳巷、全长约一千步的街。辽代时,这里不属城里而是郊区,当时名"海王村"。后来,朝廷在这里开设了官窑,烧制琉璃瓦。自明代建设内城时,因为修建宫殿,就扩大了官窑的规模,琉璃厂成为当时朝廷工部的五大工场之一。到明嘉靖三十二年修建外城后,这里变为城区,因不宜在城里烧窑,琉璃厂便迁至门头沟的琉璃渠村,但"琉璃厂"的名字则保留下来。

清初顺治年间,京城实行"满汉分城居住",琉璃厂恰在外城西部,当时汉族官员多数住在附近。后来全国各地的会馆也都建在这里,官员、赶考的举子也常聚集于此。于是便有精明的商家在此兜售笔墨纸砚和书籍,之后渐渐出现了收藏和售卖古玩书画的店铺,形成了"京都雅游之所"。到嘉庆初年,朝廷更改科考,入京赶考的举子随之汇集他处。书铺的生意便淡了下来,但古玩书画却日益兴旺,全街有大小店铺数百家,形成了闻名全国的古玩街。

不知何时起,各地来此的古董贩子、专业盗墓的"鬼人",于三更开始在街道两边摆摊,从事古董的买卖,自天明散摊,由于在夜晚进行,故称为"鬼市"。

古董行业的暴利,催生了一大批造假者。造出的假货一般不敢公然在店铺中出售。因店铺主要做熟客生意,若是熟人买到假货,名声传出去,以后生意就不好做了,所以假货都在"鬼市"上出手。

"鬼市"上的东西鱼龙混杂,有真有假。在"鬼市"买东西,全凭一双慧眼:或以数十文钱买到上等的好东西,或花数十两银子,买回不值几文的假货。

按古董界的规矩,一旦物品出手,不得退回。当冤大头买到假货,只能怨你眼拙。

半个时辰后,陈介祺带着陈忠来到了鬼市,每人在面前铺上一块黑布,要卖的东西都摆在黑布上,旁边放着一盏小"气死风"灯或小油灯。街道两边星星点点如鬼火昏暗的灯光下,晃动着一个又一个鬼魅般的身影。

陈介祺对陈忠说道:"我们一人走一边,找个独眼失去右手的驼背老头。"

独眼、独手,还是个驼背,会是个什么样的人呢?陈忠瞪大了双眼,在人群中仔细寻找。

鬼市上什么样的古董都有,操着各种口音的人,按行规讨价还价。看中了东西,谈好价钱,付完银子拿东西走人。

陈介祺和陈忠从街头走到街尾,并未看到他想要找的人。

这鬼市要近五更天才散,还有一两个时辰。陈忠低声问道:"少爷,还要找吗?"

陈介祺已不惑之年,但陈忠仍像小时候那么叫他。叫了几十年,习惯亲切。

陈介祺正要开口,前面的人群竟自动闪出一条路来。他定睛一看:只见

第一章 神鼎奇观

两个穿内廷官服的侍卫,领着一位身着长袍者。三个人所到之处,两边做买卖的人就如见了阎王般纷纷避开。

无论朝廷大员,还是普通官吏,来"鬼市"买古董,皆身着便服,这渐渐成了不成文的规矩。

待三人走近,陈介祺才看清那身着长袍者,居然是个满头金发的洋人。而洋人手上,还拿着一个亮光闪闪的金属十字架——是位前来传教的洋教士。

在京城,洋教士并非罕见。大清立业之初,传教士南怀仁和汤若望,就被朝廷封为大官。还有个名叫郎世宁的,西洋绘画非常了得,历经康熙、雍正、乾隆三朝,他在宫内作画所获得的荣耀,不但远超其他西洋传教士画家,更令众多侍奉清廷的皇室画家自愧不如。

不过,自鸦片战争起,各地就不时传出有洋教士被杀的消息。陈介祺暗忖:眼前的洋教士或许颇具背景,朝廷才派了内侍进行保护。洋教士大都在大庭广众下传教,他却为何三更半夜来鬼市这种地方?

那洋教士走走停停,经过陈介祺身边,竟停下脚步,用不太流利的中国话微笑道:"陈翰林,你也在这里?"

陈介祺觉得奇怪:自己与洋人素无交往,对方如何认得自己?

见他一脸疑惑,洋教士主动地做了自我介绍:"我叫大卫,那次在夏立祥掌柜的古缘斋,你在帮他看一块古玉佩,不记得了?"

陈介祺才想起,几个月前自己受夏掌柜之请,去帮看一块汉代玉佩,一位洋教士模样的人就坐在一旁。当时自己帮夏掌柜看玉,顾不得和其他人打招呼。他没想到和这个叫大卫的洋教士虽仅有一面之缘,可对方不但认得自己,而且还叫出了自己的名字。

陈介祺看了看大卫身边的两个内侍,平静地说:"你认错了,我只不过一介草民而已,并非什么翰林。至于你说的夏掌柜,我也不认识!"

语毕,他略一拱手,欲疾步离去。然刚走了几步,却被拦住了去路。

拦他的人是个中年汉,个头较为高大,右眼上有条刀疤,从眉心向下直到嘴角,整个右脸被一分两半,右眼珠泛着白,加上满腮的大胡子,着实令人恐惧。夜晚见到这样的人，还以为见到了鬼。汉子的手里托着一件敞口鼓肚，左右各有一耳的三足铜香炉，大声道："方才我听洋教士与您的对话，想必您就是誉满京城、极擅鉴宝的陈翰林了！"

陈介祺神色淡定："这位仁兄想找陈翰林，可前往他府上。"

中年汉大声道："我听人说陈翰林最好收藏，我手上的这玩意，如若落入不识货者之手，实在可惜了！"

陈介祺看了眼中年汉手里的铜炉，初判是一只宣德炉。他帮人看货，都必须在明亮的光线下进行，从物品工艺、色泽包浆，甚至敲击后发出的声音等方面进行研判，方能断定物品真假。若在这微弱光线下，根本无法做出准确判断，只能据物品外形草草分辨。"鬼市"上假货充斥，也正由于此。

对方见陈介祺不说话，又接着道："我只要十两银子！"

照京城的行市看，若是一只正宗的宣德炉，其价不低于二百两，而仿品不过数十文钱。陈介祺想了想：中年汉要价十两，真正的用意，是考自己的眼力。

他望着中年汉那挑衅的目光，从对方手里取过铜炉，沉声道："取灯来！"

第二章
无 名 血 书

大明宣德皇帝虽是位颇有建树的帝王,却也很爱玩:打猎物、吃美食、斗促织(蟋蟀)……为满足玩赏香炉的嗜好,他于宣德三年下令从暹罗国进口一批红铜,并令宫廷御匠吕震和工部侍郎吴邦佐设计和监制香炉。

为制作精品,在宣德皇帝的亲自督促下,铜炉的样式、造型须自《宣和博古图》《考古图》等典籍以及内府密藏的数百件宋元名窑中精选而出,并将之绘成图样,呈给宣德皇帝亲览,再说明图款来源和典故出处,经筛选确定后铸成实物样品让宣德皇帝过目,满意方准开铸。

除红铜外,还有金、银等贵重金属加入,故炉质细腻,呈暗紫色或黑褐色。一般的炉料要经四炼,而宣德炉则要经十二炼,因此炉质如婴儿肌肤般柔润,基本形制是敞口、方唇或圆唇,颈矮而细,扁鼓腹,三钝锥形实足或分挡空足,口沿上置桥形耳或了形耳或兽形耳,铭文年款多阴刻于炉外底,与宣德瓷器款近似。

宣德炉是明代工艺品中的珍品,它的铸造成功,开了后世铜炉的先河。在很长一段历史中,宣德炉成为铜香炉的通称,而不同时期的宣德炉在精度和质量上都有不同侧重点。明炉重韵味,不管是整体或者细部的设计都耐人寻味。明末清初的炉有拙朴的厚重感,雍正时期的炉线条柔和,而乾隆时的精炉工艺水平达到历史最高点,不过铜质和冶炼工艺与明炉相异,其外形花俏却少了内涵。

宣德炉最妙在色,其色内融,从黯淡中发奇光。史料记载有四十多种色泽,为世人钟爱。其色名称很多,例如:紫带青黑似茄皮的,叫茄皮色;黑黄象藏经纸的,叫藏经色;黑白带红淡黄色的,叫褐色;如旧玉之土沁色的,叫土古色;白黄带红似棠梨之色的,叫棠梨色,还有黄红色的地、套上五彩斑点的,叫仿宋烧斑色;比朱砂还鲜红的斑,叫朱红斑;轻及猪肝色、枣红色、琥珀色、茶叶末、蟹壳青等等……明朝万历年间大鉴赏家、收藏家、画家项元汴(子京)就曾说:"宣炉之妙,在宝色内涵珠光,外现澹澹穆穆。"宣德炉放在火上烧久了,色彩灿烂多变,如果长时间放在火上即使扔在污泥中,拭去泥污,也与从前一样。在所有宣德炉中,属宣德三年铸造的铜香炉最为珍贵。其色黑黄如藏经,铜炉表面有细腻的"雪花金"斑点,包浆沉稳,色泽典雅,敦厚之中不失灵巧精致。

陈忠从边上的摊位借来一盏"气死风"灯,照着陈介祺手里的铜香炉。

见此情景,一些游荡在"鬼市"的买家先后聚拢过来,想看誉满京城的陈翰林有多好的眼力来辨别真假。

借着微弱灯光,陈介祺几乎屏住呼吸,仔细翻看着。片刻后他抬起头、目光凌厉,沉声道:"为何只要十两?"

中年汉呵呵一笑,反问道:"那您认为多少合适?"

"此炉开价五百两也不为过。"

"我来京城已十天,在鬼市上开价一百八十两,无人看中。"

陈介祺看着手里的香炉接着说:"我话还没说完,若要我买,愿出五十两。"

人群中顿时发出一片唏嘘。

有人低声道:"原来是假的!"

也有人低声道:"假是假,但估计是前朝的,好歹还值几个银子。"

中年汉的眼中闪过一抹异光,又道:"我方才只向您要十两!"

"我愿出五十两。"

明明十两银子就能买到却自愿掏五十两,周围的人都露出不可思议的神色。

陈介祺上前几步逼视着中年汉:"告诉我,谁要你来的?"

对方脸色登时大变,转身分开人群撒腿就跑。

陈介祺对陈忠道:"追!"

他幼时曾跟武师习武,武艺多年不曾落下。而陈忠一向腿脚利索,于是两人一前一后朝那中年汉追去。

只见那中年汉跑了十来丈远,一头钻进旁边的小巷子。

陈介祺主仆来到巷口,巷里漆黑一片,伸手不见五指。

陈介祺伸手扯住正要追进去的陈忠:"算了!"

"少爷,这人究竟是什么人,怎么被你一问,连东西都不要就跑了!"

"此香炉并不假,乃是宣德三年制造的真品,但此人的行为却令我生疑。你我二人由东自西,并不像来此买货的人那般走走停停,而是一路寻找。他拦住我后,却仅要价十两银子,且说话声极大,分明是想引旁人注意。在引来众人后,我又见他左右张望,像在人群中找什么人。他说来京城已十天,在鬼市上开价一百八十两,可无人看中。以这般货色,区区一百八十两绝不可能没人看中。所以我断定他拦住我,一定别有用意。于是我拿话套他,这一套就套了出来。"

"莫非他看到我们后,知道我们要找什么,所以不惜赔上个这么贵重的香炉,目的就是让那人走脱!"

陈介祺微微点了点头,依目前发生的情形,姑且这么断定。只是不明白,那中年汉又怎知他们要找什么人呢?他转身看了看依旧人影幢幢的鬼市,清楚再找无益,只轻轻叹了声:"我们回去!"

离开"鬼市"后,陈介祺并未回家,而是来到离"鬼市"不远的一条胡同内,走到一间门前有石鼓的四合院前,用力敲起门环。过了一会儿,里面亮起了灯光,一个苍老的声音传出:"谁呀?这半夜三更的。"

"我是陈翰林,有急事找李掌柜,烦请通报一声。"

门开了,李振卿披一袭长衫走了出来:"陈兄,这么晚了有什么急事?来来来,屋里请!"

进门后来到堂屋,陈介祺和李振卿分主客坐下。他不待李振卿吩咐下人上茶,便开口:"李掌柜,你可知那送鼎来京城的苏亿年苏老板住在哪里?"

李振卿微微一愣,问道:"莫非陈兄觉得那鼎有假?"

"鼎倒不假,我找苏老板,是有事想问他。"

"我和苏亿年虽认识,但仅是普通朋友并无深交。听说他在西安的生意做得也挺大,我想即便在京城没宅子,也应该有落脚的地方。今为那铜鼎,我以为是那夏老板串通他给我下的局。陈兄鼎力相助,我还没来得及谢呢!"

"李兄,先别提谢字。我问你,可知苏老板将鼎运到京城后,是直接送你柜上,还是先去了别的地方?"

李振卿愣了:"这我可就不清楚了,至于那鼎的来历,我也是听苏老板说的,让伙计转告你。要不等天明了我帮你找人打听,如何?"

陈介祺想了一下:"你还记得去年来你铺里那独眼失去右手的驼背老头吗?"

李振卿"哦"了一声:"我想起来了,去年有这么个老人到我铺里,我见他衣着寒酸又残疾,以为是上门乞讨,想着打发几文钱,他却拿出一件青铜爵说是要卖。当时你坐着喝茶,那东西还是你帮忙看的呢!我给了那老头一百五十两银子,转手卖给别人,赚了七百两。我都不记得他了,想不到你还记得!陈兄,那老人和苏老板卖给你的鼎,有什么关系吗?"

"我记得那老头离开的时候,说过一句话——真正的古物是有灵性的。而我数次夜逛鬼市时,也见过他在街边摆摊,他总是反复说这句话。"

李振卿见陈介祺皱着眉,于是道:"陈兄,若你觉得那鼎不值五千两,我愿出钱!"

"我不是这个意思!"陈介祺与李振卿相识十几年,知其沉稳厚重,绝不无端生事,当即道出惠亲王爷派管家送请柬和不久前在"鬼市"上遇见中年汉之事,只暂隐去看到毛公鼎奇异现象的那幕。

李振卿听罢,脸上的表情严肃起来:"陈兄,这么说那人知你去找什么人,所以不惜现身拦你。只是我不明白,你何凭一句话,就认为苏老板跟那老头有关?"

陈介祺道:"我也不清楚,只是有那么一种感觉……"他脸色一沉,看了看正端茶来的李宅下人。

李振卿会意，吩咐那下人："这里没你事了，下去休息吧！"

下人离去后，陈忠也跟出去并把门关上了。

陈介祺压低声调："李掌柜，你要保证接下来我告诉你的事，绝不能让第三人知道，否则一旦传出去，怕给你带来无妄之灾。"

李振卿听了陈介祺的话，心知问题严重，忙正襟危坐、郑重道："陈兄，请你放心，我以我的人品和全家老小十四口的性命担保，绝不会让第三人知道！"

陈介祺沉默了一下，便将看到毛公鼎奇异现象之事说了。

李振卿听完后倒吸了口凉气："我家自乾隆爷起就做古董生意，到我手上已第四代了，家中也收藏了几件珍品。我在行内混了几十年，还是头回听到这样的事！陈兄，你买的不是古董，而是一件价值连城的宝物啊！可惜我没那好运，否则别说五千两，就是拼上全部家产，也不让给陈兄你！"他顿了顿，"正因看到了铜鼎上的奇景，你才去找那老人的？"

陈介祺微微点头："能说出那种话，定非普通人！"

"夏立祥掌柜是惠亲王爷的人，王爷素来爱好收藏，不亚于你。许是听了夏掌柜的话，想你转手呢！"

"我也这么认为。若王爷执意想要，我只有忍痛了。"

"他乃一满人，神鼎乃我们汉人祖先遗物，若落到他手里，实在于心不甘哪！"

"莫非李掌柜有良策？"

李振卿低声道："我倒认识几个造假高手，但这玩意，没个几年时间封浆可不行，别说王爷那里，就夏掌柜那关也过不了，一旦王爷知道我们拿了只假鼎糊弄他，那可是抄家灭族之罪啊！"

"我正有此想法，所以左右为难啊！"陈介祺起身，"李掌柜，深夜多有打扰，烦请你尽快找到那老头。至于王爷，若他请我赴宴的目的真是为神鼎，我能拖多久就拖多久，走一步看一步了！"

李振卿刚陪陈介祺走出堂屋,就见看门的福伯急匆匆转过照壁,朝这边走来。

福伯来到李振卿的面前,将手里拿的信函递上:"陈翰林来后没多久,我听门口有脚步声,以为有什么人还要进来,开门一看没人,倒看到了这封放在台阶上的信。"

李振卿接过信打开看了眼,顿时变了脸色。

"李掌柜,是不是和那事有关的?"

"你自己看吧!"李振卿把信递了过去。

陈介祺接下信,只见那薄薄的纸上有行红字:神鼎现世,天灾降临。他隐约闻到股腥气,仔细一看,见纸上字迹未干,分明是匆忙间,用血写上去的。

他将那纸揉成团,张口吞了下去;走到门口,有些愧疚地道:"李掌柜,那人定是跟着我们来的,是我连累你了!"

"陈兄,看来你的预感是对的,是福不是祸,是祸躲不过!"

回家后,陈介祺和陈忠一起在书房地下挖了个坑,将毛公鼎藏进去后才放下心来。已近寅时,他顾不上歇息,匆匆吃了两张饼,喝了碗小米粥,换上官服,乘青衣小轿往圆明园去。

与明代建制不同的是,大清的翰林官,四品以下皆不入朝堂,而是分批入值侍班、分班值宿,以备顾问。顺治十七年,在景云门内建造值房,供翰林官分班入值。康熙三十二年,翰林官在尚书房侍值,道光八年又改于圆明园值班。但入值时间和朝官一样,寅时入值交接,若无要事,巳时末即可回家。遇上有事之时,连续数天留宿班房内,也是常有的。

圆明园始建于康熙四十六年,最初是康熙帝赐给皇四子胤禛的。雍正皇帝即位后,在园南增建正大光明殿和勤政殿,以及内阁、六部、军机处诸值房,御以"避喧听政"。乾隆帝在位期间,除对圆明园进行局部增建、改建外,还在东邻新建了长春园,东南邻修建了绮春园。按乾隆帝的想法,是要建一座"万园之园"。该园的主要园林风景群,整体布置疏密得当,楼台亭榭、小桥流水、假山玉石、奇花异草、珍禽走兽……无所不有,不仅汇集江南诸多名园胜景,还创造性地移植了西方园林建筑,集当时古今中外造园艺术之大成。园中有金碧辉煌的宫殿、玲珑剔透的楼阁亭台、象征热闹街市的"买卖街"和象征田园风光的山乡村野,有仿照杭州西湖的平湖秋月与雷峰夕照,仿照苏州狮子林的风景名胜和依据古代诗人、画家的诗情画意建造的诸如蓬莱瑶台、武陵春色等。不仅如此,园内还珍藏了各种式样的无价之宝,包括极罕见的历史典籍和丰富珍贵的古玩书画,实为古今中外皇家园林之冠。

陈介祺值班闲暇之余,喜欢和几位翰林学士在班房附近的园内游玩,有时诗兴大发,或留下几首诗供他人评赏。

刚离家没多久,他就见陈忠疾步从后面追来,拖住青衣小轿道:"少爷,李振卿掌柜来了,还带来了一个人,说是苏老板的兄长,有要事相商!"

陈介祺想着那被他吞到肚里的血书,记得离开李振卿家,约是丑时初刻,前后不过一个时辰。眼下天色还未明,李振卿就急着前来,还带来苏亿年的兄长,莫非真是出了什么事?

翰林官入值侍班不得无故缺班,否则轻者扣除年俸,重者丢官。若有急事,需写上原由交给上司。

轿子停下时,他见旁边也过来了顶轿子,轿夫手里提着只写着"穆"字的灯笼,他认出正是同僚穆子名翰林的座轿,忙上前拦住。

轿内闭目养神的穆翰林以为到了,掀开轿帘一看,却见陈介祺站在面前,忙拱手道:"陈兄何事?"

陈介祺命人磨好了墨,在纸上飞快地写下几行字后,朝穆子名拱手道:"因家中急事,需我返回,烦请穆兄代为转呈朱大人!"

穆子名收下:"我一定转呈,陈兄请回吧,家中事要紧!"

陈介祺随陈忠返家,在偏房更衣后来到客厅,见李振卿和另一五十多岁儒商打扮者坐着。见他进来,李振卿和那人同时起身,朝他拱手施礼。

李振卿指着身旁的人道:"这位是苏亿年的兄长——苏兆年老板。"

陈介祺拱手回礼:"不知二位急着要我回来是为何事?"

苏兆年低声道:"陈翰林,请屏退左右,此事越少人知道越好!"

陈介祺吩咐下人们离开并把客房门关上。

"陈兄,我只是把苏老板带过来,具体怎么着,您看着办吧!"

苏兆年朝陈介祺拱手:"见过陈翰林!"

陈介祺拱手回礼:"不知苏老板有何急事,竟在这时候上门?"

陈忠给两位客人上了茶。苏兆年喝了口茶,开门见山:"我也不多叨叨,只为兄弟所卖之鼎而来。陈翰林,那鼎可在你府内?"

陈介祺点了点头。

"你可知那鼎的来历?"

陈介祺淡淡一笑:"我听李掌柜的伙计说过,不是你们陕西岐山董家村一村民在挖地的时候挖到的吗?后来给一严姓古董贩子弄走,才到了令弟手里。为这鼎,好像还有人坐了监,最后死于狱中?"

苏兆年说道:"李掌柜只知其一,不知其二。想想村民挖地能挖多深?而历代铜鼎器皿,莫不都是从墓葬中挖出来的。"

陈介祺微微一惊:苏兆年说的确实有道理。他接触古董那么多年,岂不知绝大多数古物都是盗墓人从墓葬中盗出的?商周时期,铜鼎乃权力的象征,只有帝王类的大墓,才会有如此之物。而区区一个村民挖地就能挖到这样的东西,实在匪夷所思。

"苏老板,莫非此鼎另有来历?"

苏兆年点了点头:"当初我兄弟从严姓古董贩子手里,以白银500两,买了座腹内有诸多阴刻文字的青铜鼎。他找了不少人,可无人认得鼎内的铭文,于是就想将铜鼎运抵京城,卖个好价钱。走前告诉我,说会到李掌柜店内。就在他离家三日后,家中老母突然患病,口中发出呓语。不久家中发现一封血书,上面写着神鼎现世,天灾降临……"

陈介祺微微一惊:想不到苏兆年说的血书,竟与他刚收到的血书一样!

"老母的病情奇怪,连西安城内的名医都束手无策,说是中了邪。我相继请来道士和高僧,为老母驱邪,可无济于事。后得一高人指点,以阴阳奇术于沙盘上画出一物,乃是我弟刚带走的古鼎。我知此事怪异,遂命店内伙计去董家村打探消息。几天后,伙计回来说,三个月前,当地突降大雨,半夜山洪暴发,董家村村民大小老幼无一幸免,董家村已不复存在。而知县老爷一家老小八口,一夜间全都死了,死状极为恐怖,至今找不到凶手。至于那严姓古董贩子,下场也很惨,家人非死即疯,他本人流落街头变成了乞丐……"

陈介祺越听越心惊:"这么说,那鼎是个不祥之物?"

"您说得不错,就在我那伙计回来后的第二天,我店里来了个人,称那鼎乃不祥物,如果不放回去,会给我全家带来灾难。"苏兆年停了片刻,望了李振卿一眼,"我安顿好家里,连夜往京城赶,哪知到了京城,居然找不到我弟。"

李振卿问:"你弟弟以往来京城,无固定落脚处吗?"

"他在琉璃厂西边买了处宅院,还偷娶了个青楼女子当外室,我去过那,外室说他已近半年没来了。他上次到京城还是半年前,此次运鼎过来,居然未去那里。我担心他出了什么事,只能斗胆来你府上打扰。"

李振卿又问:"你弟在京城难道就无其他落脚之处吗?"

"该找的地方都找过了!"

"苏老板,那现在怎么办?"

"我弟可以慢慢找,但得把事情真相告诉买鼎之人,不能害了人家呀!至于怎么处理,那就是买鼎者之事了,陈翰林,你说呢?"

陈介祺起身走了几步:"三个月前,朝廷收到陕西巡抚的奏折,那边确实下了暴雨,有的村子被山洪给平了,死人也不少,但不在岐山,而在汉中,距离岐山有数百里之遥,皇上已有圣谕,命巡抚和提督救灾,安抚灾民。至于你说的知县全家死亡案件,这么大的事,吏部和刑部不可能不知道!"

苏兆年的脸色一变:"你怀疑我骗你不成?"

陈介祺笑:"骗没骗我,你心里有数。李掌柜是实在人。"他故意停了片刻,"依我看,不妨让写血书者来找我,那样更合适。"

苏兆年听了陈介祺的话,愤而起身,脸色铁青:"陈翰林,既然你不听良言相劝，就当我没来过，告辞！"

李振卿忙道："陈兄，你这是什么意思？既怀疑他所言不实，然血书之事千真万确！"

"李掌柜，是福不是祸，是祸躲不过。这是天子脚下，朗朗乾坤，哪容得那些贼人撒野？二位，陈某倒想见识一下区区一座铜鼎，到底有多邪门！"陈介祺大声道，"来人，送客！"

他最后说的四个字是对府中下人说的。陈忠闻言推门进来，将苏兆年和李振卿请了出去。

见李振卿和苏兆年离去，陈介祺起身从客厅去书房，在回廊拐角碰上从内宅走出的小玉。只见她上身穿金线镶边粉色丝绸短袖小褂，下身着暗蓝色裙，头顶高挽的发髻上插一朵鲜花，几缕梳成小辫的长发披肩而下，还描了眉，抹了脂粉。

他有些怔怔地看着小玉："你这是……"

小玉莞尔一笑："姐夫，你觉得我今天打扮得如何？"

陈介祺微笑："你打扮得这么漂亮，可是要去哪里？"

"姐夫，你不是要去见惠亲王爷吗？带我去吧，你和王爷把酒言欢，我在一旁弹琴助兴，怎样？"

陈介祺的脸色一沉："胡闹，我去王府赴宴，哪有带你去的道理？再说王府上可不缺弹琴助兴之人！"

"你不是说惠亲王爷权倾朝野吗？只要他……"

"别说了，我明白你的想法。难道你为报父仇，非得作践自己吗？"

小玉正要争辩，却见陈忠跑过来："少爷，有个洋人要找您！"

第三章
江湖老前辈

就在陈介祺严词拒绝小玉同去王府时，下人陈忠报告——有洋人来访。他正在气头上，对陈忠吼道："这大清早的，你不会告诉他我不在家吗？"

陈忠挨了骂，有些委屈："我告诉他了，可他说少爷因家中有急事请了假，并未去朝堂入值，一定在家中。还说若少爷真不在家，他在家中等少爷，直接冲进来，拦都拦不住！"

陈介祺怒了："未经主人同意，哪有擅闯的道理？你去找几个人，乱棍打出去！"

他素来与洋人无交往，在同僚面前谈话，也避开朝廷与洋人那些事。虽说洋人得罪不得，可也要看在什么情况下。难道洋人就可随便闯别人的家、不顾大清国法胡作非为吗？

陈忠又道："是昨晚我们见过的洋人，我这就找人，乱棍打出去！"

刚转身，陈忠就见大卫已出现在走廊的另一边，正快步走来。好像听到了陈介祺的话，他走近后大声道："大清是礼仪之邦，陈翰林知书达理，如果乱棍将客人打出门，恐怕传出去不好吧？"

好个洋教士，嘴巴挺伶俐！

"按我大清国法，未经主人同意擅入者，可以贼寇论处。莫非贵国习俗，可随便进入他人府宅？"

大卫走近了些，右手抚在胸前朝陈介祺躬身："我为强行闯入你家，表示深深的歉意。陈翰林明明在家，却说不在，难道大清官民一向喜欢说谎？"

陈介祺冷冷一笑，正要说话，却听身边的小玉开口："我大清官民以诚为本,至于为何要说谎,那要看对待何人。我姐夫不愿见你,你走吧!"

大卫朝小玉弯了下腰:"你是我见过最漂亮的东方女性,请接受我最诚挚的问候。"

他走上前正要拉小玉的手,却被陈介祺推开。

陈介祺说道:"大卫先生,你们西方那些礼仪,在我家不适用。"

他在朝中听过关于洋人的事:洋女人不知廉耻,穿着暴露;男洋人只要看到漂亮女人,就弯下腰伸手抓起女人的手就亲。以前只是听说,现在却是亲眼所见。

小玉似乎被大卫的举动给吓着了,连忙躲到陈介祺身后。

陈介祺看着大卫的眼神全在小玉身上,不悦道:"大卫先生,你找我究竟有何事?"

大卫一时被小玉的美貌倾倒,听到陈介祺的话后才回过神来:"我受本国驻大清公使梅德公爵所托,请陈翰林帮忙鉴定一件古董。"

泱泱中华上下五千年文明,历史留下无数珍奇异宝,不少洋人也喜爱中国古董,买下后运回国去。和大多数中国人一样,洋人也会买到假古董。开始时只有自认倒霉,后来学精了,也会找人帮忙看货真假。

陈介祺冷冷道:"我不给洋人鉴定东西,请回吧!"

大卫似乎没听清陈介祺的话,拿出张银票:"按您的规矩,两百两鉴银。"

陈介祺受了侮辱,厉声道:"我陈某人不缺你那点钱,滚,否则我按大清国法将你乱棍打出!"

这时陈忠已领了几个手持棍棒的下人过来,只待陈介祺一声令下,挥棒开打。

大卫见陈介祺愤怒的模样,连忙道歉:"对不起,也许今天我来的不是时候,但梅德公爵怀疑他手里的古董是假的,已找了几个人看过。他打听到您是这方面的行家,要我来请您。若那古董真是假的,将会给贵国带来灾难。到那时,只怕您身为贵国国民难逃其责!"

"你恐吓我?"

"陈翰林,我求你去看看,我也不希望两国再起刀兵。一旦开战,倒霉的是老百姓呢!"

陈介祺狂吼:"滚!"

大卫见陈忠等人举起了棍子,慌忙转身逃出。陈忠招呼了几个下人,挥舞着棍子在后面撵。

小玉望着大卫的背影:"姐夫,要不你还是去看看吧,我觉得……觉得这洋人不坏……"

"你一个没见过世面的女孩家,哪知世间凶险?洋人没一个好东西,要真的再起刀兵,我愿脱下这七品官袍,以一介书生之力,手持三尺长剑抵御洋兵。"

"姐夫别书生意气了,面对洋人的枪炮,连大清铁骑都抵挡不住,你行吗?"

"进去陪你姐姐吧,将来有机会给你找个好人家,也不枉你和夫人结拜一场!"

"我自己的事情自己做主,姐夫就别操心了!"

看着小玉往内宅走去的背影,陈介祺连连叹气。他和小玉单独相处时,常碰上她火热异样的眼神,满含真情期待。且她不止一次说过,将来找夫婿,就找个像他这样温文尔雅、满腹才学的人。他并非木头,岂会不知她心里所想?但因他比她大许多,且她又是夫人的结拜姐妹,姐夫娶小姨子,有违孔孟之德。

再者,夫人贤惠,已替陈家生下两子。十几年夫妻,感情极深,他从未想过像同僚们一样纳妾。

他几次叫夫人转告小玉,说在京城给她找个好人家,但都被小玉拒绝。眼看她年纪也不小了,再这么下去,只怕耽误了青春。

他回到书房、静坐了会儿,寻思着去王府后,怎么应对王爷的询问。

"少爷,外面来了一个人,说是苏亿年苏老板派来的,找您有事!"

陈介祺冷笑,他倒要看看苏氏兄弟为拿回铜鼎,究竟还会使出什么高招。他随陈忠来到门外,见台阶下站了个男人,斜穿长袖对襟短衫,连扣子都不扣，头上的瓜皮帽也歪歪戴着。俗话说"看人看外貌"，来者非善类。

那人朝陈介祺打了个千："您就是陈翰林吧，我是陕西巷醉花楼的熊二，昨儿晚上陕西的苏老板在我们那快活，后来酒喝多了，和三贝勒打赌，输掉现银六千两，还欠下一千两的帐。他说您是他朋友，让我过来找您！"

陈介祺吩咐陈忠道："去夫人那拿一千两银票给他，另外派人告诉李掌柜，说苏亿年苏老板在陕西巷的醉花楼。"

陈忠去内宅拿来银票，交给熊二。

"麻烦转告苏老板，这一千两是我陈介祺再次打赏他的，凡事有限度，可没第三次！"

熊二把银票揣近怀里："得了，一定转告。我说陈翰林，我们那的姑娘，一个个貌美如花，能说会唱，尤其是那青媛姑娘，更是八大胡同中的头牌，很多提督将军，王爷贝勒，都争着见她呢！改天您去啊，我一定给您安排！"

陈介祺虽没去过那种地方，但听同僚们说过。其实提督将军和王爷贝勒们去那种地方，除消遣外还有个目的，在场面上无法进行的勾当，只能去那种地方。

"我们少爷乃正人君子，绝不会去那烟花柳巷，滚！"

熊二后退了几步："哎哟，这位爷说话可不太好听了，出入八大胡同的，都达官贵人、富商才子，哪个不说自己是正人君子？这正人君子呀，也只是嘴巴上说说而已，心里其实……"

见陈忠举着棍子冲下台阶，熊二连话都没说完、转身就跑。

陈忠对着熊二的背影啐了两口："真污了少爷的地！"

陈介祺正要转身回屋，见巷口那边来了顶四人抬的轿子，走在前面的那人，是昨天傍晚来送请柬的惠亲王府刘总管。

大清朝廷对官员的品衔控制得很严，什么级别坐什么轿子，绝不能擅权。依他的七品官衔，入值时也只能坐两人抬的青衣小轿。三品以下六品以上的，才能坐四人抬的蓝顶大轿。而八人抬的绿呢绒红顶大轿，则是三品以上才能坐的。

第三章　江湖老前辈

刘总管远远就看到陈介祺站在门口，走过来后拱手道："陈大人是不是估摸着我来接，才早早等候在门口？"

"我哪敢要王爷来接呢？这不，正要步行去府上！"

"我进巷子时，看到有个人跑了出去，那人是谁？"

需知朝廷禁止官员出入烟花之地，一旦发现即从重处置。如果陈介祺说那人是陕西巷醉花楼的熊二，上门替人讨银子，就等于被刘总管抓住了把柄。虽然不少朝廷大臣留恋烟花柳巷，但那都见不得光。

"我也不知是什么人，听府内下人说，巷里有生人逗留，疑贼人踩点，便出来看看，想不到见我们出来，那贼人就跑了！近来贼人猖獗，我等小家宅院的，也就几个下人，比不得王府侍卫众多，贼人不敢光顾。"

"王府还不照样进贼？前些日子就抓了一个！"

"所以还要多加防范才行！"

"我跟王爷二十多年，还是头回见他如此看重一个人。陈大人，如果你能把握机会，前途无量啊！这般好运，别人修几辈子都修不来！"

"我一小小翰林院编修，能得到王爷赏识，深感意外！刘总管，可否透露下，王爷请我究竟为何事呢？"

"你只需见了王爷，就什么都明白了，请吧！"

陈介祺在陈忠的注视下，上了那顶四人抬的轿子。上轿时，他眼角余光瞥见巷口有个人影一闪，随即不见，不免心中一颤，寻思祸事临头了。

且说李振卿和苏兆年离开陈府后，两人在一路口分开。晨曦中，李振卿独自沿着街道朝琉璃厂方向走去。正走着，旁边来了个三十岁上下，着开襟短衫的汉子，贴在他身边低声道："李掌柜，有人要见你，请跟我来！"

李振卿望了望这不认识的来人，心知他能叫出自己的名字，肯定是冲自己来的："敢问这位好汉，不知何人要见在下？"

"你去了就知道！"

李振卿说道："容我先去铺里安排一下，再跟好汉前去如何？"

他这么问，是想探探对方底细，看看可有回旋余地。

"事不迟疑，只怕耽误了时间，你李掌柜担当不起！"

李振卿的心"咯噔"了一下，这人说话虽较客气，但话中却是不容商榷之意。他是聪明人，知道不能违了对方的意思，否则可能招来杀身之祸："那烦请好汉前面带路！"

那人朝边上的一胡同里快步走去，李振卿跟在其后，尽管急赶慢赶，仍很吃力，转了一两个胡同，不禁气喘吁吁，额头见汗："好汉请慢些走，我……要歇会儿，都……快走不动了！"

那人嘴角浮起冷笑："我几乎忘了李掌柜养尊处优，不能跟我们乡下人比！"

李振卿靠着胡同边的墙角，喘了几口气："听好汉口音，打南方来？"

"你别管我南方北方，知道得太多，对你可没好处！"

"那是，那是！"

那人指着停在胡同里的一顶两人抬青衣小轿："李掌柜，请！"

李振卿正要弯腰进轿，前面抬轿的汉子就递了一根黑色带子，他识相地接了过来，蒙上眼后坐了进去。

轿夫走了约半炷香时间后停了下来。有人掀开轿帘，扯掉蒙在他眼上的黑带子。睁开眼，只见轿子停在一座小院前，门口站了两个汉子，其中一汉子朝带他过来的人点了点头，伸手推开了门。

那人站在台阶上，朝李振卿做了个"请进"的手势。

李振卿看了眼门口站着的两个汉子，犹豫了一下，还是进去了。既来之则安之，祸事真要临头，也没什么好怕的。

进了院门，是一溜青石板铺的直道通向正屋，左右各一间偏屋，偏屋与直道中间是两块沙地。左侧沙地上立了几根高低不等的树桩，右侧沙地旁则放着两只大石锁和一排放着刀枪剑戟的武器架子。

一看就知是练家子的住地。

正屋门口还站了两个面无表情的汉子，其中一个掀起门口挂帘，朝他晃了下头示意他进去。

第三章　江湖老前辈

正屋摆设与普通人家不同：上首的墙上挂着一幅画，所画之物既非山水人物，也非鸟兽虫鱼、松竹梅兰，却是个八卦图案。这八卦中心并非阴阳双鱼，而是个五行属"木"的符号。李振卿看到这幅画，顿时脸色一变。

画下方摆着香案，香案上放着果品和三牲，香炉里三支高香冒着烟，已燃了大半。香案下方放了张椅子，同时两边也各有两排椅子，左边椅子坐了两个人，其中一个是右眼有刀疤的大胡子，约四十岁；另一个则二十来岁，长得白白净净。他们头裹红布，一头长发披在脑后，与常人打扮完全不同。

这分明是前明的打扮——大逆不道之举。这两个人若上街被官府抓住，是要掉脑袋的。当初满人入关，逼汉人剃发结辫，就是将四周头发全部剃去，仅留头顶中心的头发，其状一如金钱；中心部分的头发，则被结辫下垂，形如鼠尾，谓之"金钱鼠尾"。汉人认为"身体发肤受之父母不敢毁伤"故不愿剃去，加之"金钱鼠尾"头着实不堪入目，为此许多汉人为保头发而丢脑袋。自嘉庆帝之后，受西方和汉人的思想影响，"金钱鼠尾"头逐渐消失，演变为将顶发四周边缘只剃去寸许、中间保留长发，分三绺编成一条辫子垂在脑后，名为"辫子"或"发辫"。

两人见李振卿进来，并未起身，只冷冷地打量。坐在右手边椅子上的男人，则起身朝他拱手："李掌柜，让你受惊了！"

李振卿认出此人是南方一同行的朋友，姓张名子墨，主要做古瓷器买卖："张老板有事去我铺里就是，何至于要我来此？"

"请李掌柜来，是有要事相商，去你那里恐怕不便！请坐！"

李振卿刚坐到张子墨身旁，就听里面传出了沉闷的吆喝："有请二哥！"

循声望去，只见从里面出来两汉子，分立在香案两侧，随着几声干咳，第三个人走了出来。此人六十岁上下，穿黑色棉布长袍，脑后拖着条猪尾巴粗细的花白小辫，面容干瘦，颔下一缕花白胡子；弓着背，左手随走路姿势晃动，右边袖子空荡荡，左目泛白浑浊，右眼却精光四射。

这不就是陈介祺要他去找的那独眼失去右手的驼背老头吗？

老头坐到香案正中间的椅子上，用独眼扫过众人。

张子墨起身："回禀二哥,这位就是德宝斋的李掌柜!"

老头望着李振卿,似笑非笑："李掌柜,生意一向可好?"

李振卿起身道："托各路朋友的福,小铺生意还算过得去!"

张子墨厉声道："李掌柜,你身为黄木派的人,见了本派鲁掌门,为何不下跪?"

李振卿"扑通"跪在鲁掌门面前、磕头："小人祖上虽是黄木派的人,可自当年五派遭难后,便有遁出江湖之意,如今到我这里已有四代。小人只想平平淡淡过日子,恳请掌门成全!"

老头发出几声怪笑："就算老夫答应,兄弟们也不答应!李掌柜,我既然来找你,就有找你的道理!"

"小人深知门规,愿以一人之命换全家性命,求掌门成全!"

"只怕由不得你!"

李振卿一听这话,顿时大脑空白,心知哀求无济于事,索性道："小人愿听掌门吩咐!"

"陕西的苏亿年,按老夫计划,千里迢迢运了一只青铜鼎到京城,并成功地卖给了陈翰林,此事若无你的关系,只怕没那么顺利!"

李振卿终于明白:苏亿年送鼎到店里逼他买下,并非同行老板暗中陷害,实则是鲁掌门的计划。

"依你之见,陈翰林能否译出鼎内铭文?"

"这京城内外,除了他,只怕找不出第二个合适人选。至于他能否译出,小人不敢打包票!对于金石研究和文字的搜集与考证,他的热衷度众所周知。"

"有你这话就够了!"

"既然神鼎是掌门安排送来京城的,为何苏亿年的兄长一路追来,说出那样的话?还有写血书给我的,又是何人?"

"你只管老实回答,不该问的别问,小心你的狗命!"一旁的大胡子喝道。

"李掌柜,既然请你来,就没把你当外人。不妨告诉你,苏亿年那么做,无非是想试探下陈翰林究竟是个什么样的人,若是胆小如鼠之辈,老夫担心会坏了大事。至于血书,也是老夫的安排,万一陈翰林不可靠,便通过你的关系,将鼎要回来。"

"就在他买到古鼎的当晚,他就去鬼市上找您,也拜托我找您呢!掌门,如果您想知道他是什么人,为何不自己去见他呢?"

"他是官府中人,且我们不知他的底细,贸然去见恐为不妥。"

"他虽是官府中人,但与贪官污吏绝不可相提并论。以他的才学,若遇明主,可安邦定国。他因痛恨官场腐败、朝廷无能,才压抑自己的抱负,甘愿屈居于七品翰林之职。"

老头独眼一亮:"你方才说,以他的才学,若遇明主,可安邦定国。真是这样?"

"三国之诸葛,明初之刘基,虽得神鼎相助,有一身安邦定国的本事,若不遇明主,只怕他们一世都只能平庸度过了。老先生既是江湖中人,难道没听过'三分天下诸葛亮,一统江山刘伯温;前朝军师诸葛亮,后朝军师刘伯温'这民间俗语? 我们汉人的江山,已被满人占了太久,也到了该还的时候了!"

"很好,很好!李掌柜,今天没白把你请来。既然他要你找老夫,那么就请你帮忙,让老夫见一见他。"

张子墨道:"二哥,虽李掌柜为人可靠,但那陈翰林终究是官府中人。近段时间,官府正……"

还未说完,就见独眼老头摆摆手:"不必说了,老夫知道孰轻孰重,你们几个记着,若老夫有什么意外,京城内一切事务交给李掌柜,老夫这把椅子由他来坐!"

张子墨和大胡子几乎不敢相信自己的耳朵:"二哥,他虽是我黄木派的人,可……"

"这里老夫说了算,老夫的话你们敢不听?"他起身走到李振卿面前,从脖子上扯下块玉佩,放到李振卿手里,"李掌柜,老夫这玉佩先放你这,见玉如见人,他们不敢乱来!"

这是黄木派的掌门信物,李振卿虽没见过,但他听父亲说过。当下他手捏那块看似有些残缺的玉佩,如同捏着了块烧红的铁块,心里明白这玉佩的分量,全家十几口的性命,全押在上面了。他感觉一阵虚脱,忙扶着椅子把手,才使身体不至瘫软在地,吞了吞口水,讷讷道:"在下也……觉得老先生这么做有些欠考虑,在下无德无能,怎敢担此大任?"

老头哈哈笑道:"就凭刚才说的那些话,足矣!你先回去吧,就说已找到老夫,明日午时,约陈翰林到你店中见面!"

"掌门,有件事我必须要告诉你!"接着,李振卿将陈介祺今日去王府赴宴的事说了出来。

老头似乎一愣:"这么说,惠亲王爷也想要那鼎?"

"夏掌柜是王府的人,见我大胆买下铜鼎,当时就想出价五千两抢货。王爷喜好各种古董,只怕听了夏掌柜的话心动了。您想想,陈翰林只不过区区七品翰林,而惠亲王爷是朝廷堂堂一品重臣,他们素无交往,一品重臣突然宴请七品翰林,不是为了鼎,我实在想不出还有别的什么理由了。"

张子墨道:"二哥,要不我想法子不让陈翰林去王府?"

"只怕此刻,他已在王府了!"

老头用手摸了颌下的花白胡子,沉思了片刻:"陈翰林在买下神鼎前,已有不少人拓了鼎内铭文。虽李掌柜说京城内除陈翰林,再找不出第二人可读懂那铭文,但天外有天,人外有人,难保已有人读懂了拓片上的鼎内铭文。若惠亲王爷一心想得到神鼎,陈翰林……"

李振卿听到这,顿时心中一紧。只听大胡子道:"要不我这就召集弟兄们,冲进陈府抢出神鼎,一路杀出京城!"

老头摇了摇头:"雷头领,少安勿躁。京城内,仅九门提督手下就有数千兵勇,九门外还驻扎了防卫京城的两个大营、数万清妖。我们这区区百人,即使能从陈府抢出神鼎,只怕还未出京城,就全军覆没了!"

"陈翰林对我说过,他不愿意将神鼎给王爷,他找你的目的,是想找个制假高手,仿座假鼎而已。"

"你应该知道,要想瞒过像你这样的行家,就算再厉害的制假高手,短时间内也是不可能的。"

李振卿点点头:无论什么古董,因年代久远而渗透到内里的"浸色",很难造假。制假高手虽能制出来,但浮于表面,骗普通人行,但骗不了行家的眼睛。还须得将东西埋入地下,根据不同材质,短则数月、长则数年甚至数十年,其"浸色"才可真正浸透。

"依李掌柜之见,有什么法子既可不惊动朝廷,又不让王爷得到那神鼎?"

李振卿想了想:"有个人或许能帮到忙!"

第四章
惠亲王爷

    按大清对宗室的分封制度,分赐的王府可分为亲王府、郡王府、贝勒府、贝子府、镇国公府、辅国公府几个等次。这些王府在建筑规模和形制上也各有规定。仅大门而言,按《大清会典》记载:亲王府门为五间房,可开启中央三间,屋顶上可覆绿琉璃瓦,屋脊可安吻兽,大门上门钉用九行、七列共63个。郡王府大门为三间,可开启中央一间,门钉比亲王府减少七分之二,即九行五列共45个,依次递减。到了辅国公府,府内建筑规模和大门,甚至还不如一个三品朝廷大臣的府邸气派,只是在大门颜色和规格上,能看出与皇家的关系。

    王府门前一般都有石狮子,雌雄各一,分列在大门两旁以壮威势。门正前方隔着街道还立有一座影壁,作为大门的呼应。规模大、更讲究的王府,其大门还不直接对着街道,而在门前留有一庭院,院前面加一座沿街的倒座房,两旁另设被称为"阿斯门"的旁门,经旁门进入庭院才可见到王府正门。

    惠亲王为朝廷一品军机大臣,王府大为五间三启,守门兵勇18人。

    抬着陈介祺的轿子一路过街走巷,转过一处庭院,来到惠亲王巍峨气派的府门前。但轿子并未在府门口停下,而是直接抄到前面,走了约二三十丈远,才由一个侧门进入。

    轿子进门后仍未停下,沿途可见王府侍卫林立,戒备森严。

    陈介祺坐在轿里,微微闭眼。一路上,他都在分析惠亲王爷宴请他的真实目的,思考着在见到王爷后,如何应对王爷的询问。

    轿子穿过几座庭院,来到一扇圆形拱门前。门边立着两排王府侍卫,领

第四章 惠亲王爷

头侍卫伸手拦住他的坐轿。

刘总管伸手掀开帘子："陈翰林,这是王府后花园,我另外还有事,您请吧！"

陈介祺下了轿,整整衣裳,迈着方步朝里走去。在圆明园入值时,他领略过皇家园林的风采,其气派与奢华,令人叹为观止。而王府后花园,规模虽比不上皇家林园,但气派奢华,却并不逊色。

从圆形拱门开始,一条三尺宽、由五色玉石铺就的石子路蜿蜒向前,每颗玉石晶莹剔透,玉色油润,随便拿颗出去,至少能卖5两银子。单就这条玉石路,就已让人惊叹王府的富贵,更别说石子路两旁的奇花异草和假山盆景了。

他往前走了约摸二十丈远,拐过假山,看到一座上下两层雕梁画栋的八角亭。亭内摆了张桌子,桌上放了些酒菜,桌旁坐了位五十岁上下、穿浅黄色对襟丝绸便装的男子。他就是这王府的主人、当今内阁首席军机大臣——惠亲王爷。

亭外站着几个王府侍卫,王爷身后站着两个王府侍婢。只见惠亲王爷一手持酒杯,微微侧身,扭头望着不远处水面上,那正结伴游弋、一雌一雄两只鸳鸯。

陈介祺走到亭前,单膝下跪道："下官陈介祺拜见王爷！"

按大清官场律法,下官拜见二品以上王室宗亲,应单膝跪地、躬身,打开官袍马袖右手垂地,口称"下官"或者"奴才"。

"起来吧,请坐！"

惠亲王爷的全名叫爱新觉罗·绵景,是嘉庆帝第五子。所有朝臣眼中,他一身文治武功不亚于爷爷乾隆帝,只因生不逢时,终与帝位无缘。道光帝一生谨慎,处处都防着这才能比自己强得多的弟弟,而王爷也行事低调,兢兢业业、忠心耿耿地辅佐哥哥,与其他朝臣保持一定距离,不培养党羽,亦无二心。

传言道光帝驾崩时,紧急召惠亲王爷进宫,要他以首辅大臣之责辅佐皇四子爱新觉罗·奕詝（即咸丰帝）；道光帝已看出奕詝生性懦弱，曾暗示万一奕詝不适合为帝，为保祖宗江山社稷，王爷可适时取而代之。但有一条，不可学朱明王朝夺嫡，不能宫廷溅血，否则死后不得葬入祖茔。

传言归传言，谁都不当真。

道光帝留给王爷一道两难之题，既允许取而代之，又不准溅血宫门。历代帝位之争，哪有不流血的？

惠亲王爷贵为首辅大臣，执掌军机和内阁，还管着总理各国事务的衙门，权势与皇帝没有什么区别，何须再顶着叛逆之名逼侄子退位？

陈介祺一边胡思乱想，一边起身走进亭内，侧身坐在惠亲王爷对面，自有王府侍婢给他面前的杯中倒满酒。

"陈翰林，你可知本王为何请你来此？"

"下官乃区区一介翰林编修，无才无能，今日承蒙王爷抬爱，实在感激不尽。王爷乃朝廷重臣，国家大事日理万机，下官委实不知……"

"这是在本王府中，陈翰林有什么话坐着说，没必要拘泥朝中礼节，坐下说！"

"多谢王爷！"

"我与你并无交往，但我与令尊，却是同朝十几年啊！令尊德才兼备，性格耿直，深得先皇赏识，只可惜因上书力保林则徐而被先皇猜忌。"

虎门销烟后不久，林则徐就被道光帝以"广东战败、归咎前任"为名革去四品卿衔，充军伊犁。数年后虽重新起用为陕甘总督并转任陕西巡抚，但在对外朝政问题上，无论他怎么上书，建议都不被采用。就在陈介祺的父亲陈官俊去世后第二年，林则徐在前往广东戡乱（对付太平天国运动）的途中郁郁而终。

"请王爷明鉴，家父与林大人并无交往，只是敬慕林大人的忠君爱国心，仅此而已。"

"洋人一再欺压我大清，当今皇上也有意重振国威，若朝廷多几个像林则徐的人，你认为会怎么样？"

第四章　惠亲王爷

"下官自有职责所在,对于朝中大事,不敢妄加评测,请王爷见谅!"

惠亲王爷眯起眼,望着远处的水面:"你19岁即以诗文闻名于京城,道光十五年中举,道光二十五年进士,入翰林院任庶吉士,后授翰林院编修,已有好些年了。以你之才,不亚于令尊,时朝廷外有洋人,内有妖孽,正值用人之际,让你居于翰林院,实在屈才了,本王打算向皇上举荐你,不知你意下如何?"

以王爷的朝中权势,他若举荐,皇上怎会不允?换作他人,听王爷说出这话,定是下跪磕头、谢王爷抬爱。但陈介祺在微露惊异后起身退到一旁,躬身道:"王爷折杀下官了,并非下官不识好歹,有悖王爷好意,不愿为朝廷出力。下官乃一介书生,沉迷书卷,谈诗作词,写文论字,不输他人,但一生所学拘泥书本,实难当担重任!"

惠亲王爷"哼"了一声,脸上罩起一层寒霜。

"昔日李白杜甫,诗文雄冠古今,我大清除高宗(乾隆帝)外,无人能比,但李杜二人空有满腹诗文,却无安邦定国之才,请王爷三思!"

"你的意思是甘愿一辈子待在翰林院?"

"家父曾说,下官虽有些文采,但都是世人抬爱,是看家父的面子上。俗话说'知子莫若父',家父临终前曾一再告诫下官,朝廷内忧外患,作为大清臣子,应当为国出力,为君分忧;下官虽空有学问,却如纸上谈兵的赵括,失守街亭的马谡,万不可误国误君。下官谨记家父严训,不敢有违,还请王爷见谅!"

"纸上谈兵的赵括,失守街亭的马谡,好好好,我也不强逼你!"

"多谢王爷!"

"陈翰林,还是请坐吧!今日你我之间,不谈国事!来来来,喝酒!"

陈介祺重新侧身坐下,端起酒杯。

"素闻陈翰林对金石研究有过人之处,且精于古玩鉴赏,今日专请你来,是本王有件器物想辨清真伪。来人,将那件东西抬上来!"

只见刘总管快步走来,身后跟着两个抬着一大一小两个木盒的王府下人。王爷微微点了下头，刘总管会意，低声道："打开！"

待下人将大木盒打开后，刘总管小心地在木盒旁的地上铺了一块绒布，又从盒里搬出一摞白晃晃的东西，依次放在绒布上摆出个人形。

陈介祺看清人形是由小块白玉片组成，而玉片之间闪烁着一丝金黄色，大惊道："金缕玉衣！"

玉衣也叫"玉匣""玉柙"，乃是穿在尸身最外面的殓服，外观和人体形状相同，起源可追溯到东周时的"缀玉面幕"和"缀玉衣服"，汉代盛行，至魏武帝曹丕下诏禁用玉衣，前后流行了数百年。汉代人认为玉是"山岳精英"，将金玉置于人的九窍，人的精气不会外泄，就能使尸骨不腐，可求来世再生。于是在死后争相用玉衣裹身。

玉衣由头罩、上身、袖子、手套、裤筒和鞋六个部分组成，全部由玉片拼成，并用金丝加以编缀。玉衣内头部有玉眼盖、鼻塞，下腹部有生殖器罩盒和肛门塞。周缘以红色织物锁边，裤筒处裹以铁条锁边，使其加固成型。脸盖上刻画眼、鼻、嘴形，胸背部宽阔，臀腹部鼓突，完全似人之体型。

汉代皇帝、王室成员、部分大臣的玉衣用金线缕结，称为"金缕玉衣"；其他贵族则使用银、铜线缀编，称为"银缕玉衣"和"铜缕玉衣"。

陈介祺起身，仔细看着绒布上的金缕玉衣，但见玉片色泽沉稳，排列整齐，对缝严密，表面平整，颜色协调，着实令人惊叹，便赞道："好一件金缕玉衣！"

"此宝物是江浙总督送给本王的，陈翰林，以你所见，值多少两银子？"

"下官只在相关资料上知道汉代金缕玉衣，未曾亲眼见过。听闻行业内人士说，金缕玉衣乃稀罕物，可遇不可求。后来又听说琉璃厂翠玉轩老板收有一件残品，花了两万两银子，有人出价三万两，他都不肯转手，我两次求他拿来一观，都未能如愿。如此完整的金缕玉衣，若出手转卖，恐怕在五万两之上。"

"素闻陈翰林如本王一样爱好收藏古物，不知你对此物可有意？"

"此乃王爷心爱之物，下官岂敢夺您所爱？"

第四章　惠亲王爷

惠亲王爷说道："再拿一件东西给陈翰林看看！"

刘总管从小木盒内取出一样金属物件来，放在金缕玉衣旁。此物高约两尺，宽约一尺半，呈青灰色，分为上下两部。上部为长方形深斗，左右各有方耳，腹高深，平底上有细细的小孔。下部托座有四足，足为蹄形。足上方有一圆形鼓起之角，有盘蛇状纹理，四条盘蛇身上饰以鳞纹，蛇上颈昂起，双眼凸于头顶处。

"此物称为'甗'，乃古时烹饪食具，始于商朝止于汉末，历朝历代的造型工艺都不同，从此物纹理上看，当属于春秋战国。"陈介祺抬起头，"王爷的藏品，自是与众不同，件件都是稀罕之物。"

其实他早看出，无论那件金缕玉衣，还是所谓春秋战国古甗，都是后人仿物。真正的金缕玉衣，由于年代久远，加之在墓葬内受身体腐烂侵蚀，玉块"包浆"厚重，玉色不会这么单一，玉质也不会如此圆润。而那件春秋战国的古甗，在长方形深斗的四周，居然出现了汉代才有的龙云纹。他这般肯定两件物品的价值，无非想证明自己徒有虚表，空有其名罢了。

果然，惠亲王爷开口道："我听说你花五千两银子，买了件腹内刻有数百字铭文的古鼎？"

"确有此事，但王爷您只知其一，不知其二。"

"其二是什么？"

"那鼎乃陕西古董商人苏亿年运来京城，送去德宝斋李掌柜的铺里，开价四千两。鼎内多了些铭文，照市价，不过比别的铜鼎多几百两银子。却不知这做生意的，自有做生意的那一套。那苏亿年千里迢迢将鼎运来，无非想卖个高价，就设了局。我为帮李掌柜，花五千两买了。当时古缘斋的夏掌柜也在场，也想出五千两银买呢！后来苏老板找到我，不顾行规想将鼎再买回，下官故意不答应，并愿再出一千两，如此一来，消息传出，外人定认为此鼎珍贵无比，一旦抢起价来，说不定不止1万两。"

他非常清楚：陕西巷醉花楼的熊二，替苏亿年在他这拿走1000两之事，以王爷在京城的耳目，迟早会知道。若选择隐瞒，势必引起王爷怀疑，还不如直接说出,王爷若事后得知此事,便不会再怀疑他所言之真假。因而当务之急,是既不能让王爷对自己的话生疑,又必须让王爷疑心古鼎乃假货。

惠亲王爷哈哈大笑:"奸商奸商,果然无奸不商!陈翰林,依你所说,若是件赝品,只要有人给你银子,你都会说成真货?"

"不瞒王爷,干我们这行拿人鉴宝银的,并非易事,会不会看货倒在其次,主要是看人说话!"

惠亲王爷挥了下手,让刘总管将金缕玉衣和春秋战国古甗放回木盒中,并命人抬下去。接着又起身拉着陈介祺的手,回到酒桌边上:"陈翰林,本王倒想知道,如何看人说话!"

"其实也简单,主要看买卖双方是什么人。如街边看相的阴阳先生,人家喜欢听什么就讲什么,无非是为几个银子。"

惠亲王爷一口饮尽杯中残酒,饶有兴趣:"继续说!"

"下官研究金石多年,还算懂点。周铜汉玉、唐宋瓷器,大体能辨个真伪。帮人鉴宝时,若双方都识货、认为东西是真品,则无需多说,顺他们的意就行。若一方不识货,则看是买方还是卖方、是熟人还是生人。若买方是无论识货与否的熟人,卖方是不识货的生人,是真品就帮买方压价。反之,若卖方是识货的熟人,买方是不识货的生人,则假就假,以免传出影响自己的名声。若卖方是不识货的熟人,买方是识货的生人,是真品就帮卖方抬价。有时遇见生人,见机行事、权衡利益、折中为之。"

"若是假货,且买卖双方都是熟人,但他们一方认为真,一方认为假,你又如何判断?"

"下官替人鉴宝时,现场除买卖双方及中间人外,另外还有几位行内人。如此一来,可综合大家的看法,提出自己的见解,就算一方仍不服气,然生意不成仁义在。"

"以前你帮我看的那几件东西,都是真品吗?"

陈介祺微微一愣:以前惠亲王爷找自己看的几件古董,都是真品。现在王爷突然这样问,他一时间竟不知对方的话,究竟是哪种意思。

第四章　惠亲王爷

"莫非王爷怀疑下官的眼力？如王爷不相信下官,可另外找人看！"

"本王只是随便问问！来来,喝酒！"

陈介祺举起酒杯说道:"多谢王爷！"

"以你之见,那只鼎究竟如何？"

"乃商周古物,也无特别之处,只不过腹内铭文多出些字。若不为了研究鼎内铭文,我也不会答应李掌柜,做那龌龊事,伤读书人之雅！"

"可否告诉本王,那鼎内铭文究竟是什么意思？"

"下官姑且认得百十字,只知此鼎乃西周一个叫毛公的人所铸,大体意思估计是与治国之道有关,然由于下官不认得其他文字,故不敢妄下定论！"

"对于鼎内的其他铭文,多久可研究出？"

"这说不准,下官虽认得些字,但鼎内铭文奇特难辨,短则十天半月,长则数年。若王爷有兴趣,下官就将铭文全部拓下送来王府,或直接将鼎送来,不知王爷意下如何？"

"陈翰林,你真愿意将鼎送来？若我将鼎留在王府不还给你,怎么办？"

"王爷乃当朝重臣,府中藏宝无数,又岂会为仅值区区数千两银子的物件坏了名声？若王爷真心想要,下官送给王爷便是！"他起身道,"下官这就回去,亲自将鼎送来。"

"本王虽爱好收藏,可对金石文字却了解不多,要不你还是先研究吧！"

他刚才还精神抖擞,片刻间便哈欠连天、萎靡不振,连语气都变得散懒了。陈介祺一看王爷的模样,知是鸦片烟瘾发作。由于鸦片吸食时散发出香甜的气味,能使人精神大振、飘飘欲仙,因而一度风靡官场,不少官员以吸食鸦片为荣。但上瘾后久戒不掉,若不及时吸食,就会涕泪直流,浑身颤抖或瘫软,严重者屎尿俱出,丑态毕露。朝廷虽三令五申禁止官员吸食鸦片,违令者轻则降职,重则去职严办。但因上瘾者太多,其中不乏亲王、贝勒和重臣,所以禁令成了一纸空文。不少朝廷大员上朝前必偷偷在家中吸食,以保证上朝时的精神。

有一次,道光帝临朝宣政时间过长,以至朝中大臣十有八九哈欠连天,有的甚至浑身瘫软,坐在地上起不来了。也正因此,道光帝决心禁烟。

刘总管见状,忙上前扶住惠亲王爷:"来人,王爷因国事操劳,劳累过度,需要休息!"

看着两个王府侍婢扶着惠亲王爷离去,陈介祺眼中微露疑惑。

刘总管则上前朝他拱手道:"陈翰林,这阵子南方妖孽和洋人都闹得很厉害,王爷昨夜入宫,直至巳时才回府,实在太累了。有失礼之处,还请您谅解,我这就命人送您回去。"

"没事,我自己走着回去就行!王爷乃朝廷重臣,国家栋梁,万不可累坏身体,下官告辞!"

刘总管见陈介祺执意不要自己派人相送,便客套了一番,亲自送陈介祺至王府侧门的门口。

陈介祺独自沿着街道往家走,微风吹来,背心有些凉意,才反应过来身上已被汗湿了。来王府赴宴,自己只顾得与王爷说话,在王爷催促下才喝了两杯酒,连菜都不敢动筷。因而出王府后,肚子开始咕咕作响,正想着找家酒店好好喝一杯,却闻到了熟悉的香味。

只见左边巷口,有副沿街叫卖的挑子。一个六十多岁的老头,正用一双长筷从挑子一头的炉里,夹出一块块饼来。香味正是那些刚出炉的饼子散发而出的。

"这饼怎么卖?"

"客官,三文钱一个!"

陈介祺听出是来自老家的口音:"老人家,您是山东人吧?"

"山东潍县!"

陈介祺惊喜不已,京城的小巷中,竟遇到了自己老家的人,忙改说家乡口音:"俺也是潍县的!老人家,您来京城几年了?"

"几年前潍河发大水,家里淹了,儿子媳妇被水冲走了,就剩下我们老两口和一对孙子孙女,一路逃荒来京城,靠着老家的手艺,卖几个火烧度日。"

陈介祺记得很清楚:一日父亲上朝回来,说潍河发大水,老家的乡亲们遭了灾。朝廷命户部拨银三十万两、麦子五十万担,并派了郎中苏大人前去赈灾,以示皇恩浩荡。另外还派工部员外郎王大人一同前往,查看潍河两岸护河堤岸的修筑情况。为此,父亲还专门宴请两位大人,请他们带上纹银一万两,作为赈灾之用。两位大人回京后,还带回一封潍县百姓表达感激之情的万言书。父亲去世后,他奉旨扶柩回乡时,知县还一个劲地赞扬父亲的美德。可自从遇到小玉,得知官员上下欺瞒、贪赃枉法、鱼肉乡里,朝廷赈灾银两被层层瓜分,赈灾粮食真正到灾民手上,人均不到半斤,其余都被贪官暗中变成了银子。陈介祺终于意识到,父亲的一片好心被贪官利用,大清国的吏治,已到了无法挽救的地步。老百姓每日生活在水生火热中,难怪南方会出乱党。他失望又痛苦,想过上书弹劾贪官,却无力挽天,只得将悲愤强压心底。

"客官,您在京城做大生意吧?"

"嗯,您刚才说这是老家的火烧,可在我的印象中,老家的火烧不是这样啊!"

潍县火烧历史悠久。《资治通鉴》中记载,东汉人赵歧流落北海(即潍县)以卖饼为生。到了清代乾隆盛世,大批农民利用农闲做烧饼进城叫卖,以木杠子压面,把面和得非常硬,称之为"乡火烧"或"杠子头火烧"。后来,有精明人士在潍县城内开了火烧铺子,火烧的品种也多了起来:什么"砍火烧""梭火烧""瓢子火烧""芝麻火烧"等等。陈介祺记忆里,老家的火烧出炉时,焦黄生硬,只有浓浓面香,却并无大葱和肉香。

"俺们潍县火烧确实不是这样,虽有嚼劲,也能扛饿,可京城没人喜欢吃,一天都卖不出几个。后来认识个前街卖肉包的,他教俺照做肉包的方法制火烧。开始时做的肉火烧虽有肉味,但不好吃。于是俺按老家制作咸菜的方法,用上好的五花肉,切碎后用浓花椒水搅拌腌渍入味,再加上大葱和香油,皮酥柔嫩,香而不腻,咬一口满嘴流汁,俺一天能卖上百个。既是老乡,俺应当请您吃,尝尝!"

老头说着,顺手拿了两个肉火烧递给陈介祺。

陈介祺也不客气，接过来张口就吃，果然如老头所说，皮酥柔嫩，香而不腻，咬一口满口流汁。他吃完后，抹抹嘴角上的油，拿出一锭纹银，轻轻放在担子上："老人家，你一天卖一百个，每个三文钱，除去成本，赚净不过百十文钱，一个月也不过两三两银子，要不俺请你去俺府上当厨师，每月五两银子，如何？"

老头停下手里的活："客官出手挺阔绰，这一锭银子有二三两吧，俺那两个火烧送您吃，不要钱！"

"俺这锭银子送你的！"

"俺们虽是同乡，但初次见面就送如此厚礼，老汉实在不敢当。您既是山东人，应知山东人的秉性。"

"山东人个性刚烈耿直，勤劳淳朴！"

"您既是潍县人，难道不知道朝廷中有个俺们潍县的大官吗？"

"你所说的可是上书房总师傅、曾任过四部尚书的陈大人？"

"不是他还有谁呢？当年俺到京城时，若去他的府上，只怕今日也不在这巷口卖火烧了。人老性子倔，不愿平白受人恩惠。陈尚书是好人，听说潍县遭灾，他拿出一万两银，托人带回潍县救灾，哪知那银子一两都没到灾民手里，全让官府衙门拿了。"老头叹了口气，"陈尚书两年前就去了，朝廷还追封了什么太子太保，咱潍县好歹也出了个大官！"

老头最后的那句话，居然有几分嘲讽意味。陈介祺听后有些生气："出了陈尚书那样的大官，难道不是潍县人的光荣吗？"

"安徽凤阳出了个朱洪武，不还是有人四处要饭？就算是潍县同宗，也沾不了陈尚书多少光，这做人哪，得靠自己！俺听说陈尚书有个儿子仍在朝中做官，官不大，是什么翰林。唉，一代不如一代，儿子比不上老子喽！"

陈介祺内心一阵揪痛，他以为父亲在潍县人眼里，乃无人能比的大人物，哪知实际上什么都不是。

若不能替家乡父老办实事，做再大的官又有何用？作为朝廷重臣，若不能为国为民，尸位素餐意义何在？

老头见陈介祺精神恍惚："老乡,您没事吧？"

"没事！"

"这银子还请您拿回去！"

"要不我出钱,你在京城开一家卖肉火烧的铺子,如何？"

老头笑："这几年来,俺也攒了些银子,前些天去前面街上看了铺子,往后您想吃肉火烧,就去前街找俺,名字都取好了,叫'潍县老郑火烧'。"

陈介祺快快地收回银子,忆起"予唯不食嗟来之食,以至于斯也"的古文来:原来这郑姓老头虽贫穷,却有一身骨气。他暗下决心,有生之年定尽力为家乡父老做些实事。

谢过郑老头,陈介祺沿街走着,却觉被人跟踪了,可回头看时,又辨不清是何人所为。他索性雇了顶小轿,往琉璃厂那边去了。十多分钟后,刚进"德宝斋"大门的陈介祺,竟差点撞倒一个匆匆而出的身影。

他扶住那人,低声问："发生什么事了？"

第五章
古鼎的来历

陈介祺扶住的人不是别人,正是"古缘斋"的夏立祥掌柜。

"没事没事,陈翰林!"

说完,他朝陈介祺拱了手,急匆匆地走了。

这时,陈介祺看见了正从里面出来的李振卿:"李掌柜,夏掌柜这是怎么啦?"

"陈翰林,这里不是说话的地方,来,里屋请!"

李振卿叫店伙计胡庆丰看着铺子,自己则和陈介祺进了里屋。刚坐下,他就问道:"陈兄,去惠亲王府赴宴的情况怎样?"

陈介祺微笑着将情况简单地说了一遍。

"我还替陈兄捏了把汗,看来多虑了。陈兄智勇双全,故意不显山露水,让惠亲王爷以为您名过其实,花5000两银子买座鼎,只是个生意场上的幌子。说不定他以为那鼎是赝品呢!这不,我为帮您,把夏掌柜也请来了,说您买了只假鼎,好让王爷知道后不再惦记。"

"李兄,我就是怕你帮我,才来找你的!"

"此话怎说?"

"惠亲王爷正是听了夏掌柜的话,才对我买的鼎产生了兴趣。他虽同我并无交往,却早通过夏掌柜得知了我的为人——买下的东西从不转手。他本可以王爷之尊逼我将鼎转手,却又不肯落下个仗势欺人的名声。所以约我赴宴,只是探探我的底。我知王爷生性多疑,今日那么做,也是一招险棋,没有办法的办法。但此法只可暂缓一时,若想让王爷彻底断了念头,还得尽快另

第五章 古鼎的来历

想他法。如果夏掌柜将你之言转告王爷,王爷必定起疑,认为你我相互串通,此地无银三百两。如此一来,更确认那鼎不同凡物。若他要鼎,必将逼我无路可退。"

"我原想帮您,没想到帮了倒忙,这可怎么办才好?"

"我让下人告诉你苏老板所在之处,你找到他没有?"

"我让伙计去找了,可伙计回来说,苏老板已离开陕西巷醉花楼,不知去向。对了,我还有其他事要告诉您!"

他说出见到那独眼又失去右手的驼背老头之事,却没说自己也是黄木派弟子。

陈介祺听完后沉思片刻:"不管他们是什么人,有一点可以肯定,那就是他们知道那鼎的真正来历。他不是要你带他见我吗?干脆你带我去见他好了。"

李振卿点了点头,起身走到左手边的壁橱前,用力推开壁橱,掀开后面的隔板,露出了一个暗门来。

"陈兄,他在里面等您多时了,我就不进去了,在外面看铺子,有事扯一下门框边的绳子就行。"

陈介祺与李振卿交往多年,在这屋里也不知喝了多少次茶,却没想到墙边放古董的壁橱后面,居然还藏了个暗门。

暗门很矮,只容得人弯腰进入,内里空间不大且无窗,仅有一张床、一张桌和两把椅子。桌上点了盏油灯,椅上坐了个人。

"老前辈。"

老头微微点头、低声道:"方才你们在外间的谈话,老夫都听到了。你能推掉惠亲王爷的美意,实在难能可贵。李掌柜说你买鼎当晚去鬼市找我,为何事?"

"李掌柜派人告诉我古鼎的来历,我就猜是江湖门派所为。古鼎既是您门派内的高人从古墓中弄出来的,您应知这鼎的神秘之处,至于我为何急着找您,想必您比我清楚!"

"不愧为陈翰林,见识多广、聪明过人,佩服!老夫姓鲁,单名一个'海'字,江湖人称'鲁一手'。"

陈介祺暗暗吃惊:他虽不关心朝中大事,但也知自南方太平天国闹腾后,皖北一带的捻军也开始猖獗,匪首张乐行和龚得树等人,几次聚集数千之众抗击清军,朝廷已命安徽河南督抚联合围剿。捻军中另一关键人物,江湖人称"鲁一手"。这鲁一手在江湖上地位极高,正是有此人的帮助,各路捻军才推张乐行为首。若无此人,捻军不过一盘散沙,不足为惧。然此人极神秘,朝廷多次派人暗中缉拿,却难觅其踪。

"前辈直言相告,不怕在下拿前辈的人头染红自己的顶子?"

"以你的才能,若真要爬上高位,根本无需老夫的人头。老夫既告诉你真名,就不怕你取走老夫的性命。"

"前辈好胆识!"

"这鼎内铭文,陈翰林识得多少?"

"仅百十来字,只知此鼎是一个叫'毛公'的人所铸,献给西周宣王的,大体意思是以文王和武王的德行告诫宣王。但奇怪的是,史书上所说的毛公,乃文王之子、成王时的司空。从成王至宣王,前后近两百年,莫非毛公和彭祖一样,活了数百岁不成?"

"陈翰林通晓古今,难道不知得道之人洞彻玄机,参悟生死之理?"

"依您之意,此鼎非同凡物,其内铭文另有玄机?"

"陈翰林难道没听懂老朽以前过的话么?若陈翰林不以实情相告,老朽无话可说!"

陈介祺明白,面前这看似不起眼的老人,其城府之深超出了自己的想象,如果不说出所见奇景,只怕得不到自己想要的答案。他略一思索,便把买鼎当晚看到的奇景说了。

"世间万物莫不在阴阳五行中。陈翰林,老夫相信凭你之才,定可参悟出鼎内铭文的玄机。"

"鲁前辈既知此鼎的来历,何不实情相告?"

第五章 古鼎的来历

他猜测鲁一手也想知道鼎内铭文的玄机,故而大胆反问,要鲁一手说出那鼎的来历。

鲁一手将身子后躺、斜靠在床上:"你熟读史书,可知文王八卦?"

"昔日伏羲依河图洛书所变而生出先天八卦,后文王被纣王囚禁于羑里时,依照伏羲先天八卦之术,推演出后天八卦,这便是《易经》由来,故《易经》也称为文王八卦,其宗为太极生两仪,两仪生四象,四象生八卦,八卦定吉凶,总数八八六十四卦。"

"世人只知文王八卦定吉凶,却不知若能参悟出其中暗藏的天地乾坤山河命脉之理,则可知晓过去未来之事,甚至改变生死。"

陈介祺暗暗吃惊:他虽知文王八卦对后世影响极大,却不知《易经》竟能让人参悟生死、知晓过去和未来。瞬间,他想起了四个人:"鲁前辈,照你的意思,汉代张良、三国诸葛孔明、大唐袁天罡、明朝刘伯温,都参悟了文王八卦?"

鲁一手那只独眼中射出一抹异光:"你说的这几人,虽有所参悟,可参悟得不够。故其能知晓过去未来,却无法改变生死!"

"即便是文王,只怕也不能改变生死。鲁前辈所言,在下不敢苟同。依鲁前辈所说,只要真正参透,便能成仙?"

鲁一手居然微微点了点头。

"莫非鲁前辈亲眼见过参悟了生死的仙人?"

"老夫没见过仙人,但老夫可以告诉你,如果那鼎的主人还活着,你会怎么想?"

陈介祺大惊:他想不到鲁一手说出了这样的话,若不是见对方神智清楚,他还以为对方抽了鸦片,正说胡话呢!一个三千年前的人还活着,说出去谁都不信!

"周文王共有十九子,除长子伯邑考遭纣王所害外,其余十八子皆长大成人。武王伐纣建西周,其兄弟十七人皆有封地。叔郑为文王第七子,最初封地在岐山,后转封巨鹿,为毛国,这便是毛公叔郑的来历。毛公叔郑自幼聪慧,深得文王喜爱,文王生前将八卦演绎之法尽悉传给叔郑。叔郑助周公旦平定管叔、蔡叔、霍叔及纣王之子武庚,还有东方各国的叛乱后,即居司空之职辅助成王处理朝政。后来他年岁渐大,主动请辞回到封地,一心研究八卦推演之术,并传于后人,文王后天八卦才得以流传。毛公叔郑参悟八卦精要,离开封地隐居于终南山仙境之中。因周宣王自坏章法,毛公叔郑命人铸鼎,将文王和武王的德行刻于鼎内,并在鼎内暗藏八卦精要,献与宣王。他这么做也是出于私心,希望宣王领会自己的苦心,扭转周朝的衰败之势。"

说到此,鲁一手沉默了。

陈介祺听到的这些,史书上并未记载,也不知鲁一手从何得知。他不敢多问, 只轻轻叹了口气:"诸葛孔明火烧上方谷,可天降大雨助司马父子逃脱。后来孔明于五丈原用祈禳之法,想延寿一纪,可事与愿违,纵使他有回天之术,也无法逆天。鲁前辈,我说得对吧?"

"你只说对了一半,其实历史可以改变,最起码有两个人改变了历史——汉代的张良张子房、明朝的刘基刘伯温。"

"愿闻其详!"

"其实鸿门宴中,刘邦已死于项羽之手,项羽一统天下,创立西楚帝国。是张良以所悟之八卦精要之法扭转乾坤, 提前告知项伯与樊哙, 得二人相助,才有了大汉天下。而朱元璋与陈友谅大战鄱阳湖时,也死于乱军中,是刘伯温偷天换日、命人替死,才有了大明王朝。后张良辞官不就,隐于黄袍山;刘伯温功成身退、潜心修道。"

陈介祺越听越心惊:没想到世上真有颠倒乾坤、偷天换日之术。但是鲁一手之言,似乎漏洞百出,换了别人绝不相信。他思索了一会儿:"在下有几处不明白!"

"陈翰林请讲!"

"首先,前辈告诉过我,说鼎的主人还活着。若毛公至今还活着,何人见到了?其次,毛公叔郑既在鼎内暗藏八卦精要,为何不亲自见宣王?或施展扭转乾坤之法,保佑大周万万年?还有,在此之前,毛公鼎是否多次被人从古墓中盗出,却又放了回去? 再有……"

说到"再有"时,陈介祺见鲁一手脸上肌肉抽动了一下,就停住未再往下说。

"当你弄明白鼎内铭文的真正含义后,就不会再有这么多问题了! 陈翰林,时候不早了,你该回去了,若再迟些回去,只恐家中生变。"

老头起身,用独手推开右边一块木板墙,露出一扇门:"李掌柜忙,你也无须向他道别了! "

陈介祺分明记得那扇并非他进来的门, 心里寻思不知李掌柜到底是何人,居然在密室中开了两扇可进可出的暗门。

他略一迟疑,起身走到门边,见里面黑咕隆咚,只透出一线光。刚要转身询问,只觉背上一阵力道传来,身体顿时腾空飞入门内。惊骇中,他迷糊了起来。

清醒过来时,陈介祺发觉自己正坐在街边一棵柳树下,浑身软绵无力,头晕乎乎的。而这柳树,则是他陈府胡同口的那棵。他起身朝胡同里望去,看到家门两边的大石狮。门似乎开了,从里面走出两人来,走在前面的是陈忠,跟在后面的,是府内的下人刘勇。

陈忠见到他,快步上前,和刘勇一起赶忙来搀扶:"少爷,您去哪里了? 两天不见人,以为您出了什么事,害夫人担心呢! "

"怎么,我两天都没回来了吗? "

"两天前您去王府赴宴,天黑没回来,夫人吩咐我去王府找。可王府的刘总管说您午时就离开了,他本想派人送您回来,可是您不答应,自己走了! 少爷,看您的样子,是不是在哪儿喝多酒了? "

"我没喝酒,只觉有些乏力,先扶我回去吧! "

陈忠和刘勇扶着陈介祺回到府内。陈夫人得知消息,从内宅赶来。只见她眼圈略有红肿,似乎偷偷哭过。

"以后你出门,身边带个人吧。要有个三长两短,我们一家人可怎么办呢? "

"夫人放心,我没事! "

"去王府赴宴后,都两天没见人了,还说没事？"

陈介祺明明记得去"德宝斋"找了李掌柜,又在密室中与江湖奇人鲁一手交谈,前后不过一两个时辰,怎么会是两天呢？但为了使夫人放心,他只得说："我这两天去了趟通州,因情况紧急,出发时没来得及告诉家里,让你受惊了。"

"以后可不许这样了！"

陈介祺微笑着点头,接着让陈忠端来一盆热水,洗漱后又喝了几杯茶,才感觉头脑清醒了不少。他见围在身旁的人中未见小玉的身影,于是问："家里人可都还好？"

"几个小少爷都还好,在里面跟先生读书呢！只是小玉姑娘……"

陈忠看了看陈夫人,没有往下说。

"今天一早王府刘总管又来了,说王爷买了件古董,想让你再去看看。你不在家,小玉自告奋勇说懂货,要去王府帮忙鉴宝。我怎么拦都拦不住,就让她去了,我约摸着也快回来了！"

陈介祺思忖,想必惠亲王爷听了夏掌柜的话,心中起了疑,才要他再去府里一趟。而小玉之所以要去,是想借机认识惠亲王爷,让王爷替她报仇。这孩子不知人心险恶,她这一去,非但不能报仇,只怕连王府大门都出不来了。

"她不懂鉴宝,万一惹怒王爷就糟了,我这就去王府找她回来。"

走到门口,他想起一件事,回身朝陈忠问道："你没去琉璃厂德宝斋找我？"

"我去了,李掌柜说你前日午后去了他铺里,他还介绍了个人和你认识,后来他出门办事,回来就不见你们了。"

陈介祺点了点：自己无缘无故失踪两天,李掌柜不可能不知原因,既然未如实告诉陈忠,定是有隐衷。他决心先去王府把小玉弄回来,再找李掌柜。不管李掌柜究竟还有什么其他身份,都必须要问清楚。自己宁可明明白白地替朋友两肋插刀,也不愿糊里糊涂被人玩弄。

就这样,他和陈忠一前一后出了门。刚走到胡同口,就见前面来了顶青衣小轿,洋教士大卫走在轿前,步履匆忙。

"陈翰林,您这是要去哪儿?"

陈忠上前一步挡在陈介祺和大卫中间,朝大卫吼道:"我们去哪里关你什么事?你别再来无理取闹!我们少爷不会帮你鉴宝的,你也别来纠缠小玉姑娘!"

陈介祺听出陈忠的话里有话,忙问:"忠叔,到底怎么回事?"

"少爷您不在家的两天里,这洋人天天上门,说是求你去帮他的什么大人鉴宝,又说要见小玉姑娘。这洋人不是好东西,八成见小玉姑娘美貌,垂涎三尺了!"

"我找陈翰林的目的,是想求他去帮驻大清国公使梅德公爵鉴宝;至于我想见小玉姑娘,那是我的私事!"

"大卫先生,还是那句话,我不会去帮你们洋人鉴宝的,至于小玉愿不愿意见你,那得问她!我想她如果在家里,一定不愿意见你!"

这时,轿帘被坐在里面的人掀开了。陈介祺微微一惊:想不到里面的人居然就是他要去王府寻找的小玉。小玉脸色不太好,轻轻叫了声"姐夫"。

小玉明明去了王府,怎会被大卫送回呢?他看了看小玉,又看了看大卫:"怎么回事?"

"还是把小玉姑娘送回再说吧,这里不是说话的地方!"

一行人回到陈府,小玉下了轿,并未跟陈介祺和大卫去客厅,而是直接进了内宅里。

陈介祺叫陈忠通知夫人去陪小玉,自己则陪大卫来到客厅,分主客坐下后,命下人端上茶来。

待大卫喝了几口茶,陈介祺才道:"我听家里人说,小玉是代我去了王府,帮王爷鉴宝的,怎么是你送她回来的?是不是她在王府出了什么事?"

"我不知她去王府的事,我是在街上遇见她的。她的脚好像崴了,我带她到街边一家医馆找人做了按摩,还贴了一副黑皮膏药。又见她走不得路,才雇了轿子送她回来!"

陈介祺记起小玉下轿时,走路确有异样。听了大卫的话,想必小玉在王府遇到了什么事情,说不定是跑出来的,而跑的过程中不小心崴了脚。但以王府的森严戒备,又怎会轻易让一个弱女子逃脱?

"京城有的是古董鉴赏名家,你为何不找别人,却坚持来找我?"

"因为我不认识他们!"

"你不认识没关系,夏掌柜认识就行,你可找夏掌柜帮忙,大不了给他几两茶水钱!"

"我不会找他的!"

"为何?你不是和他挺熟吗?你就是在他的铺里认识我的!"

"你们大清国的生意人实在太奸诈,只知眼前利益,却不顾后果!一个月前,我帮梅德公爵在他那里买了件古董,他信誓旦旦地保证是真品。公使大人为向大清国示好,将所买的古董赠给了大清国皇帝。后来大清国皇帝竟将公使大人所赠的古董退了回来,还附上一封信,说公爵以假古董蒙骗自己、欺大清国无人识货。那封信措辞激烈,公使大人看了后让我去找夏掌柜,可夏掌柜说从铺里买的古董,百分之百是真的,毕竟当场还找来两人鉴定过,他怀疑公使大人买的古董被人掉包了。在法国,接受别人的礼物后,无论贵贱都不得退回,否则对赠出方而言,将是一种侮辱。陈翰林,您应知道,一旦此事上升为两国间的外交事件,轻则影响两国间的正常邦交,重则引发战争。几年前的战争,您都看到了,大清国不是英国的对手,同样也不是我们法国的对手。一旦开战,吃亏的还是你们……"

"够了,你们法国人不是好东西,见英国人在我们大清得了好处,也想来占便宜,你们真以为我们大清好欺负?"

"陈翰林,请您理智地想一想,大清国不思进取、积弱成贫已是不争的事实。我只是站在个人立场上,不想为一件小事闹得不可收拾,到时遭殃的是大清国的国民!"

"那我可要替大清上下臣民谢谢你的好意了!"

"你可知那晚我为何会在夜市上碰到你吗?"

"那是你的事,与我无关。"

第五章　古鼎的来历

　　"我不想把这件事闹大,因而进宫见了你们大清国的皇帝。你们的皇帝和你一样,不信我的话,说什么大清各行有各行的规矩,做古董生意的,物品卖出后,不论真假一律不得退换。公使大人买到假古董,那是公使大人自己的问题。而将假古董送给大清国皇帝,则是嘲讽大清的皇宫中没有宝物。看在两国邦交的分上,你们的皇帝说不追究公使大人的嘲讽之罪,只将原物退还,这已很不错了。我没法让大清国皇帝向公使大人致歉,只好从宫中出来。听送出宫我的侍卫说,京城琉璃厂有卖古董的鬼市,那里也有些稀世珍品。我想自己掏钱买件礼物送给公使大人,就说是大清国皇帝送的,是对退回那件古董表示歉意,或许公使大人就不会那么生气了,没想到在那里居然遇上您!我知道您常帮人看古董,所以想求您帮我在鬼市上买件好东西,毕竟代表你们皇帝的回赠,不能太差,是吧?"

　　说到后来,大卫渐露笑意。

　　陈介祺这才听懂大卫的意思。兴许是恨洋人的缘故,此前他有些仇视大卫。可没想到,眼前这黄头发高鼻梁的洋教士,还真是个好人。

　　"你买了东西送公使大人了?"

　　"那晚没买到。第二天上午我去夏掌柜那里,说想买件好古董,这次必须保证真品。我告诉他我会请您陈翰林帮忙看货。他说店里没上等货色,介绍我去了别家铺里,花了6000两银子买了尊唐代的羊脂玉观音。"

　　陈介祺经常在琉璃厂一带转悠,对一些铺里的上等藏货大体知道,可没听说哪家有尊唐代的羊脂玉观音。虽和洋教士没什么交往,但他知道,洋教士和中国和尚道士一样穷的多,于是问:"你哪来那么多钱?"

　　大卫有些不好意思地:"我没告诉您,其实梅德公爵是我舅舅。在法国,我家是个大家族,所以我和别的传教士不一样。"

　　一般的传教士是不可能见到大清皇帝的,大卫是梅德公爵的外甥,拿着公爵的名帖,自可入宫。陈介祺对这个年轻的传教士产生了兴趣:"据我所知,法国驻大清公使大人并不会说中国话,为何你却说得不错?"

　　"我爷爷年轻时来过中国,还受到你们大清国皇帝的接见。回法国时,他带了几个中国女人，我的乳母是中国人，她姓冯，是天津卫的，我的中国话就是她教给我的。"

有钱的洋教士回国时，花钱买几个中国女人回去当佣人使唤很正常。

"你那唐代羊脂玉观音，是在哪家铺里买的？"

"那铺子是个百年老字号，叫'德宝斋'，掌柜姓李！"

陈介祺微微一惊：他知道李掌柜的店里确有一尊玉观音，是明代青海玉。昆仑羊脂玉质地细润、淡雅清爽、油性好、透明度高，以晶莹圆润、纯洁无瑕、无裂纹、无杂质者为上品。而青海玉呈半透明状，比羊脂玉透明度还好，质地则比羊脂玉稍粗，拿在手里没那么沉，质感不如前者细腻，常见透明水线。青海白玉与和和田羊脂玉极为相似，同属软玉，非内行很难分辨出来。李掌柜手里那尊玉观音，换做懂行人买，不过千两银子；即便什么都不懂的中国人去买，也不过多花一两千冤枉钱。大概李掌柜觉得大卫是洋人，才狠敲一笔。可明明夏掌柜铺里也有好货，为何偏要介绍大卫去李掌柜那买玉观音呢？

"公使大人觉得那玉观音如何？"

"我舅舅非常喜欢和收藏你们中国的古董。去年大清国有个王爷送了一件羊脂玉的兔子，舅舅喜欢得不得了。这次他看了那尊玉观音，觉得玉质和玉兔有些不一样，就叫我找人帮看看。我知道您是这方面的行家，所以想请您去。"

古董就是这样：不怕不识货，就怕货比货。王爷送公使大人的玉兔，肯定是正宗的新疆和田羊脂玉，而大卫在李掌柜那买的，不过是青海玉。

"我实话告诉你，你从李掌柜那买的玉观音，并非新疆和田羊脂玉而是青海玉。年限也不是唐代而是明代的，只不过雕工是仿唐代风格。"

"这可怎么办？"

"你入宫见我大清皇帝之事，公使大人可知详情？"

大卫点了点头，狡黠地笑了下："我并没告诉他详情。我告诉他去向大清国皇帝传教，并求皇帝赏赐我块地、建座教堂。交谈时，大清皇帝提起舅舅送他假古董的事。我告诉皇帝,在法国,无论别人送的东西是贵是贱,若原物送还,则是对送礼者的侮辱。皇帝也觉得此事欠妥,便要我转送一尊玉观音,以示两国和好。"

"你把玉观音送给公使大人时,还有别人在场吗?"

"没有!"

"公使大人只是喜欢中国古董,并不懂鉴赏,是吧?"

"是的!但我舅舅喜欢在酒会上,向各国公使和参赞炫耀他的藏品。玉观音既是大清国皇帝为赔礼道歉所赠,那就是大清国的宫廷藏品,他肯定会拿出去炫耀,一旦被懂货的人看出来,可就麻烦了!"

陈介祺也感到问题严重,他皱了一下眉头:"这么说,如果让别人看出来,公使大人失了颜面,一定以为大清皇帝也用一尊假货回敬他,后果不堪设想!"

"是的!当初我只想帮两国化解矛盾,没想到问题反倒越来越严重。用你们的话说,这叫'好心办坏事'。"

"那尊玉观音虽非新疆和田羊脂玉,但其价也不菲。如果你不告诉公使大人,那是尊唐代的羊脂玉观音,就什么事没有了!"

"可我早已把话说出去了,现在来说这些,有用么?陈翰林,我是求您帮忙想办法,而不是要您安慰我!我舅舅后天就要开酒会,除了你们大清国的几个内阁亲王和大臣外,还特别邀请了日本和葡萄牙等八九个国家的公使和参赞。我听说日本公使藤野太郎是个中国通,也同样爱好收藏中国古董。我舅舅半个月前参加日本公使藤野太郎开办的酒会时,藤野太郎当众炫耀了他的藏品,是明代宣德皇帝生前深爱的一对景泰蓝雌雄双瓶。所以我舅舅会在后天的酒会上向大家展示那尊玉观音,就是想把藤野太郎的景泰蓝雌雄双瓶比下去。"

"被邀的客人,可否带随从一同进去?"

"来的都是很尊贵的客人,从安全着想,我舅舅会加强大使馆的保卫工作,各国大使与参赞肯定会带一些亲信随从,但那些亲信随从是不允许进入酒会现场的,他们会被安排在另一处地方休息!对了陈翰林,你问这干什么?"

"没事,我随便问问!"

"如果您想去,我可让舅舅给您发请帖。没有我舅舅亲笔签名的请帖,是不允许进入大使馆的。"

"那就麻烦你帮忙,我要三张请帖!"

"您要三张干什么?你和你夫人,还有小玉姑娘,只要一张就够了!"

"我这么做,也是以防万一。在那尊玉观音在没被放到酒会上前,有个办法可以一试。"

"您说!"

"如果我确定那玉观音有假,就给你使眼色。你趁公使大人不注意时,故意失手将它打碎!"

"这个办法行吗?"

"行不行,那也是个办法!没了玉观音,他就无法在酒会上展示了,只怕公使大人为此怪罪你!"

"为了两国间的和平,不管舅舅怎么怪我,我都认了!"

陈介祺正要送大卫出府,就见陈忠急匆匆赶来:"少爷,不好了,小玉姑娘上吊了!"

陈介祺大惊,顾不上身边的大卫,就跟陈忠出了客厅,沿走廊朝内宅走去。见大卫跟在他的身后,他忙道:"大卫先生,按中国的规矩,内宅是绝不让外人进的。你要是关心小玉,就请耐心在客厅等候,要不然我要下人送你出去,如何?"

"那我还是在客厅等消息吧!"

小玉的闺房在陈介祺与夫人房屋旁边,是一栋上下两层的小楼,门上方挂有一匾额,上书"迎风阁"三个大字,字体苍劲,颇有秦晋之风,乃是陈介祺的父亲陈官俊亲笔所书。迎风阁原是陈官俊的藏书楼,陈官俊去世后,陈介祺依父亲的遗愿,在扶灵柩回潍县老家时,顺便带走了藏书楼内绝大部分藏书,所以此楼便空了出来。

第五章 古鼎的来历

小玉进陈府后,即被安置在迎风阁的楼上,从此这迎风阁就成了小玉的闺房。

陈介祺和陈忠来到迎风阁的楼下, 自小玉住进来后, 他还没进过这扇门。只见夫人正从楼梯上走下来,低声道:"小玉现在不想见任何人,让她安静一下吧!我已命春香陪她了!"

"那就有劳夫人费心开导她了。"

"您放心吧!不过,我觉得你应去趟王府,问问究竟发生了什么事!王爷虽是朝廷重臣,但也不能目无王法,若侮辱了小玉的清白之身,我们也该替她讨个公道。"

陈介祺知道惠亲王爷除正福晋外,还有四个侧福晋,在大清诸王中,并非好色之徒。但小玉清纯美丽,难保王爷不起色心。他担心的是王爷已侮辱了小玉的清白,自己一个七品翰林编修,如何去向堂堂大清王爷讨公道呢?一旦此事传出,小玉今后还怎么做人?他想了想、低声道:"我这就去!"

别了夫人,陈介祺来到前面客厅。大卫看到他走来,忙起身问:"小玉姑娘没事吧?"

"没事!"

"那她为何要上吊自杀?"

"如果你在大庭广众下遭人羞辱,你会怎么样?"

"主会宽恕有罪之人,我也会原谅他。"

"可我们中国的女人脸皮薄!"

"是谁羞辱了她?"

"惠亲王爷!"

为给小玉讨个公道,陈介祺下定决心,就是豁出性命,也要与王爷斗一斗。

第六章
诛九族的大罪

送走了大卫，陈介祺并未去惠亲王府，而是来到琉璃厂的德宝斋。他必须弄清楚，为什么在和鲁一手交谈后，会出现眼下这些莫名其妙的怪象。

来到德宝斋时，他见铺里有个叫胡庆丰的伙计在张罗，另两个伙计在一旁打下手。一般铺里除东家外，还应有个管事的掌柜。可古董行业与其他行业不同，进货看货卖货，全凭过人眼力和伶俐嘴皮：一进一出，少则几十上百两，多则数千上万两，若有差池，谁来负责？

因此，如非特殊原因，掌柜的就是东家。自己看货卖货，是赚是赔，都是自己的本事。铺里另找一两个伙计，帮忙应酬着就行。伙计跟着掌柜的学些行内的本事，有朝一日把本事学个八九成，便可自己开铺面当掌柜了。

胡庆丰看陈介祺走来，忙上前打千："陈翰林，掌柜的去了前门外的聚贤楼，说是见个朋友，刚走没多久。他说如果您来了，让您也去那里，他介绍那朋友给您认识！"

陈介祺愣了愣，原来李振卿早料到他会来这，所以给伙计留了话。

"我一路过来口渴了，先进去喝杯茶，再去聚贤楼找他！"

胡庆丰领陈介祺进了里面的堂屋，端上了茶。

陈介祺端起茶盅，低声道："你前面看着铺子，我喝完就走！"

他和李振卿十几年交情，以前过来拜访，若李振卿出去有事，自己便坐在这堂屋里边喝茶边等李振卿，也不是一次两次了。因此胡庆丰见他这么说，便转身出去了。

待胡庆丰走后，陈介祺放下茶盅，起身走到左边壁橱前，用力推开壁橱，

第六章　诛九族的大罪

掀开后面的一块隔板,看到了一个暗门。接着他推开暗门,见里面漆黑一片的,就用随身带的火镰,点燃火折子,借着光进入,隐约见那床榻上坐着个人。他大惊,几乎让火折子落在了地上。

过了会儿,见那人影一动都不动,也不开口说话,陈介祺便壮着胆,走过去点燃了桌上的油灯。油灯一亮,他看到床榻上放着一尊三尺多高的青花大瓷瓶,这瓷瓶在黑暗里,还真与一个人的身影有些相似。

略一细看,陈介祺即辨认出这是正宗的元青花。但他进屋的目的,并非来看瓷瓶的。记得当时鲁一手就坐在这床榻前的椅子上,而鲁一手要自己出去的小门,就在椅子后面。

陈介祺走了过去,轻轻摸了摸,发觉并非自己此前见过的木板墙,而是灰泥青砖。然后他又敲了敲,从声音判断,这堵墙是实心墙。任他在屋里如何寻找,也找不到上次出去的那扇门。

他心想:好奇怪,难道见鬼了不成?

突然,他看到油灯旁的桌上,滴了几滴灯油,遂用手指沾了一点,放在鼻子下面闻了闻,嗅出一丝淡淡香味。陈介祺记起那天与鲁一手交谈时,似乎也闻到一抹淡淡的清香,只是当时自己的注意力全在鲁一手身上,忽略了其他。

他并未在小屋内停留多久,就灭了灯出了小屋,将壁橱恢复原位,而后坐回堂屋喝茶、思考。没一会儿,胡庆丰就拎着个铜壶进来,给他续上热水。陈介祺喝了几口,放下茶盅:"我这就去前门外找他,你忙吧!"

"陈翰林,掌柜的回来了,正在前面招呼客人呢!他听说您在这里,要我进来先上茶水,让您等下,他一会儿就来。"

约摸半盏茶的工夫,陈介祺听到外面传来脚步声。他抬头望去,见李振卿正跨过门槛走来。

"李掌柜,陈某人这里有礼了!"

李振卿看到他眼中的愤怒,顺手将门关上,上前低声道:"陈兄,你这么说话,实在折杀兄弟我了!"

"你我十几年交情，不算浅了吧？我一直把你当知己，不顾一切帮你保住这家老字号。可万万没想到，我正是被你这样的知己在背后捅了刀子。"

李振卿的脸色一变："陈兄，我李某绝非出卖朋友的小人！"

"那天我跟你在这喝茶，你带我进密室认识了鲁一手。可当时我并不知你们在灯油里下了迷药，令我昏迷了两天。而这期间，你们把我弄到另一个地方，那地方的布置，与你这里的暗室一模一样。我与鲁一手交谈后，他要我从另一扇门出去，却在背后将我打晕，命人将我送到我家的胡同口。你们这么做的目的，是让我产生错觉，以为与鲁一手交谈那阵，就过去了两天，进而使我深信他说的话，我说的没错吧？"

"你是怎么知道的？"

陈介祺望着对面的壁橱："在你来之前，我进去过里面，里面四周都是实心墙，找不到任何新砌的痕迹。我在桌上发现了几滴灯油。记得那天和鲁一手交谈时，我闻到一股香味。油灯里的灯油还有大半盏，根本无需另外添油，所以我肯定油灯里的油被人换过。当时你并没跟我进去，是因为你知道里面有迷香。"他见李振卿脸色苍白，并未开口反驳，即接着道，"李掌柜，十几年交情，你让我很痛心。如果我没猜错的话，你也是他们的人。鲁一手是个老江湖，他再怎么笨，也不会轻易相信一个外人。"

"陈兄，我……不想让你知太多，是怕你陷进来，害了你全家呀！"

"那我可真要谢谢你的好意了！"

"事情远没你想的那么简单！"

"一开始我就陷入了你的圈套，是吧？"

"其实那时我也不知怎么回事，以为街面上哪个老板唆使了苏老板，用只谁也看不准的铜鼎来害我，便求陈兄来帮忙，没料想居然引出了那么多事情。实不相瞒，我祖上确是江湖中人，属地黄门下的黄木派。我一直隐瞒身份，以防卷入江湖恩怨。本以为陈兄拿走的不过一只商周铜鼎，可当陈兄将看到奇景直言相告后，我才知那是传说中的毛公鼎。毛公鼎现世，必然祸事连连。正如我所担心的那般，鲁一手找到了我，为逼我入局，不惜以掌门之位

第六章 诛九族的大罪

相让。"

"继续说下去！"

"有关毛公鼎的传说，地黄门下的人，或多或少知道些，只说此鼎乃人间至宝，谁拥有它，破解鼎内铭文的秘密，就能拥有江山社稷。昔日秦始皇问李斯，朕能一统天下否，李斯答曰，若能问鼎，可知天下。这便是问鼎天下的由来。"

"你的意思是，秦始皇要问的鼎，就是我府内的毛公鼎？"

"不错！"

陈介祺听出李振卿话中有话，故意笑道："难道那鼎是人不成？秦始皇要统一天下，只管逐一征服就是，还需问一只鼎不成？"

"陈兄此言差矣，古代君王若遇大事，必定先祭天，而后占卜凶吉。陈兄见过毛公鼎的奇异之处，应知此鼎不同凡物。"

"虽是不同凡物，但也不能像人一样说话，莫非此鼎还能变为人不成？"

"鲁掌门可有告诉你，说毛公叔郑还活着？"

"他乃一江湖术士，靠旁门左道的手段糊弄人，说的话不足为信。"

"难道陈兄不知江湖中确有奇术？"

"并未亲眼所见，因此我不相信。"

"那你如何解释看到的毛公鼎奇景？"

陈介祺皱眉：那晚所见的毛公鼎奇景，实在令人匪夷所思。

"毛公虽已死，但他的魂魄在鼎内，所以说他还活着。"

"你究竟还瞒着我多少事情？"

"我还是那句话，只要破解鼎内铭文的玄机，就能问鼎天下。陈兄，我对天发誓，就算赔上自己的性命，也不会害你！"

"如果我无法破解鼎内铭文的玄机呢？"

"当你告诉我，你看到鼎上的奇景后，我就知道，除你之外，没人能够破解！"

陈介祺喝了几口茶，见李振卿的眼神不时瞟向门口。他隐隐听到外面传来细微的脚步声,遂冷冷望着李振卿。放下茶盏,陈介祺起身走到门边,见外面的人已离去,便扭头道:"我这就回去将毛公鼎砸碎,至于鼎内的铭文,我已拓下,慢慢研究也行啊!不过呢,你恐怕要大祸临头了!"

李振卿起身道:"陈兄慢走!"

陈介祺要的就是这句话:"李掌柜,若我把鼎砸掉,你可害怕鲁一手不会轻易放过你?"

"你我十几年交情,你的事自然是我的事。有关毛公鼎的其他秘密,等我弄清后会原原本本告诉你。"他见陈介祺转身坐下,就问,"你刚才说我大祸临头,是怎么回事?"

"我记得你这有尊明代的玉观音,对吧?"

"是有一尊明朝的玉观音,青海玉的,两天前卖给了一个洋教士。"

"我只想知道,那洋教士到你铺里后,是他自己要你的玉观音,还是你主动卖给他的?"

"他好像说是别人介绍来的,说我这有尊唐代的羊脂玉观音。"

"于是你将错就错,用那尊明代的青海玉观音,冒充唐代的羊脂玉观音,要了人家6000两,是吧?"

"陈兄,古董行业的规矩,您不是不知道。我这百年老店虽说诚信为本,可那是对我们中国人。洋人没一个好东西,弄个福寿膏害人。我这么做,那也是替天行道!陈兄,难不成你和那洋人熟?"

"其实洋人里也有好人!"

接着,陈介祺把大卫对他说的话告诉了李振卿。

李振卿听完后,呆了片刻,才道:"在外行眼里,我那青海玉观音与羊脂玉观音并无差别,可就怕遇到内行。这事也麻烦,就算我愿意退银子给他,可他也没办法把东西还我呀!谁让他说是皇上送的呢?"

"我觉得问题不在大卫身上。你想想,大卫只是个什么都不懂的外行,只想买件能够代表我们大清皇上送出的东西。夏掌柜和我一样,都知道你铺子里的观音是明代青海玉,可他为何要大卫来你这买唐代羊脂玉呢?"

第六章 诛九族的大罪

李振卿打了个激灵,脸色登时煞白:"我当时只顾多蒙那洋人几个银子,也没问清谁叫他来的。如果公使大人一旦得知所谓的'唐代羊脂玉观音',不过是明代青海玉,那他势必对朝廷施加压力。而朝廷为向洋人交代,定会把责任全推到我身上。那样一来,我全家上下十几口的性命,就都完了!陈兄,看在我们交情多年的分上,你可得帮我!"

"我也想帮你,可人家夏掌柜后面有惠亲王爷撑腰呢!"

"那可怎么办?"

"这我就不知道了,得问夏掌柜去!或许他正等你求他呢!"

"他既然那么做,我就算去求他,怕也无济于事!"

陈介祺和李振卿交往多年,一直当对方是好朋友,想不到一番好心,竟然被对方扯进江湖风波,心里不免窝火。他强压心头之气,淡然掀开茶盅盖子,用食指沾了茶水,在桌面上漫不经心地画着。

"当初你要我帮看那明代玉观音时,因其外形与唐宋时期的极为相似,所以好几个人都说是唐宋古玉,我也无法断定真假。后来还是高老太爷从浸色上分析是明朝高仿。"

"是啊,要不是高老太爷好眼力,我几乎要花上两倍银子!"

"其实除夏掌柜外,并没几人知道你这尊玉观音的底细。你在行内这么多年,认识的人多,看看谁家有尊与那玉观音一模一样且又是羊脂玉的。"

"你这么一说,我倒想起来了。五年前,夏掌柜从一个江苏人手里买了尊玉观音,好像说是从南唐后主墓中弄出来的正宗羊脂玉。但那尊玉观音被惠亲王爷送给了先皇。我还听夏掌柜说,先皇对那玉观音极为喜爱,因而龙御归天后,玉观音是留在了宫中,还是被先皇带入了陵寝,不得而知。你该不会要我打那玉观音的主意吧?我可没那本事去皇宫盗宝或去盗皇陵,那可是诛九族的大罪。"

"你没办法,但鲁一手有办法!"

"就算他有那本事,也不见得会帮我。再说这时候我去哪找他呀?陈兄,我们不妨想办法,在洋教士那下点功夫。"

"怎么下功夫？"

"他不是要你去帮忙看看吗？你就不小心把观音打碎，大不了赔他些银子，无论多少银子，我出总行了吧？"

陈介祺心中苦笑：想不到李振卿最后的主意，居然和自己对大卫说的一样。他认为李振卿在这件事上对自己有所隐瞒，觉得有必要装作置身事外捉弄对方一番，出出心头火气，于是起身："既然宫里的那尊观音没法弄出来，我看就算了。其实这事跟我没半点关系，懒得操那份闲心。我啊，明天也甭去公使大人那了，省得到时进退两难，最后说不定落个满门抄斩罪。干脆趁早辞官回老家，等着大清和法国人开战，让百姓遭殃吧！"

一见陈介祺要走，李振卿赶忙往前两步，拉着他的衣袍，跪地道："陈兄，看在我们交好多年的分上，救救我全家吧！"

"我倒不是不愿帮你，但凭我一人之力不行，你得照我说的去做！"

"除了宫里的那尊玉观音，其他的我都答应！"

陈介祺想了一下，俯身在李振卿耳边说了几句。

"这样……能……行么？"

"除了你家十几个人的性命，还有我那一家子呢！你认为我会拿自己的命去冒险吗？"

"陈兄，我答应你！"

当他睁开眼时，陈介祺已迈着方步走出去了。李振卿走到桌边，见桌面上水迹未干，分明写着四个字：惠亲王爷。

陈介祺从德宝斋出来后，就去了惠亲王府。王府的门丁回答说总管出外办事未归，王爷去总理各国事务衙门会见洋大人了。他忽然想到一个很严重的问题——与当今圣上有关的。

咸丰帝登基以来，内有太平天国为患，外受西方列强欺凌，朝廷官员腐败。他想学康乾二帝，整治朝纲开创盛世，勤于政事、广开言路、明诏求贤。为显示自己的权威，首先拿朝廷重臣开刀；以"贪位保荣、妨贤病国"为名，罢斥

第六章 诛九族的大罪

了首领军机处二十余年的穆彰阿，让力主革除弊政的肃顺进入内阁军机处，并下旨提拔了一批敢于言事的汉官，其中包括之前因上书《备陈民间疾苦疏》获罪遭贬的曾国藩。

咸丰帝此举，使得不少主和派的满族重臣人人自危。朝中有消息传出，说皇上年轻气盛，易受人蛊惑，大清若与洋人结怨，后果不堪设想。更有消息说，宣宗皇帝（道光）遗诏中称，若奕詝（咸丰）无德，可另立新君。一时间朝野上下流言四起。

当朝议政时，以内务府总管、文澜阁大学士耆英为首的满族重臣，对皇上的想法，更以各种理由搪塞与推诿。而身为内阁大臣、首领军机处的惠亲王爷，则一直称病于府中修养。即便上朝，也极少说话——只有咸丰帝点名问时，才含糊几句。

内有阻力外无援手，即便有滔天的宏图壮志也难以施展。一向软弱的咸丰帝，并未像其祖康熙帝那样刚柔并施、恩威并济，而是变得优柔寡断，以至于有时上书房刚拟好圣旨，却又传旨过来说废除。

大清朝政朝令夕改，吏治混乱不堪，哪里能令人看得到希望呢？

果不其然——南方暴乱：以洪秀全为首的太平军，连连击败前去围剿的清军，由广西侵入湖南，连克道州、郴州。面对太平军势力坐大，朝廷除不断派兵清剿外，已拿不出良策，一些大臣甚至建议对贼众进行招抚。

其实，文治武功的惠亲王爷不可能拿不出剿贼良策，却俨然一副置身事外的派头，多次称病，躲在王府闭门不出。

陈介祺虽是七品翰林，无法得知朝堂上的君臣内斗，但心里明白，王爷那么做，并非只是欺凌皇上年轻气盛，应有更深层的原因。记得上次与惠亲王爷见面，对方谈吐间那令人窒息的霸气，城府之深令人无法捉摸。烟瘾发作时，王爷不停地打着哈欠，但被人扶着离开时，步法矫健灵活。事实上，一个真正烟瘾发作者，其走路时脚底定是打虚的。

一个在任何人面前都隐藏着自我的人，是否也会隐藏着一颗祸国之心？

大明朝有燕王朱棣起兵夺位，惠亲王爷是否也打着夺取侄子江山的主意呢？虽说他权倾朝野，势力很大，但若真要夺位，也绝非易事。与在外面拥兵多年的燕王朱棣不同，他的根基就在京城之内，即使有督抚将军们的拥护，可一旦动起手来，血溅皇城脚下，成功与否还得两说。

以他的性格，须得步步为稳，时机不成熟，他是不会轻易那么做的。

但由于咸丰帝日益压制皇族大臣，也保不齐会狗急跳墙。

陈介祺一边走，一边低头思索：若我是惠亲王爷，眼下就是最好的夺位时机。因为英国人和法国人觉得之前签订的条约，限制了两国对大清的"贸易"，遂要求再定条约，以此提高两国在大清的"贸易"地位。如此一来，王爷可利用英法两国借"修约"对朝廷施加压力，逼咸丰帝签订不平等条约，引起主战派大臣对皇帝的不满，再进一步拉拢各省督抚将军，借清剿太平军，培植自己的军事势力。一旦英法两国再次与大清开战，则可趁机以"圣上无德"废掉皇帝，那时朝野上下都是自己人，谁还敢说半个"不"字？

想到这里，身处炎炎夏日的陈介祺竟出了一背脊冷汗。

"陈翰林，你近来可好？"一个声音从旁边传来。陈介祺循声望去，是一位和自己年纪相仿、着一身宽大夏布对襟坎衫、头戴圆顶瓜皮帽、脚穿官靴的男人。

他认出了打招呼的人——吏部左侍郎曾国藩。对方是道光十八年的进士，后授翰林院庶吉士，与自己曾在一处入值，因而两人相识。曾国藩原是内阁首辅、军机大臣穆彰阿的门生，为人精明，故仕途坦荡。道光二十七年授内阁学士兼礼部侍郎衔，任四川乡试正考官，二十八年升翰林院侍读，不久升为侍讲学士。二十九年离开翰林院任礼部右侍郎兼兵部右侍郎。三十年兼署工部右侍郎，咸丰二年兼署吏部左侍郎。穆彰阿被革职后，相关的人等都受到牵连，但曾国藩却是个例外。此人虽是个擅钻营的人，然也算为人正派，可谓官场中屈指可数的不倒翁。

"曾大人这是要往何处去？"

"随便走走看看，我见你一路过来低着头、眉头紧锁，可是有心事？"

"没呢，刚我在李掌柜铺里看到只细颈花瓶，像是元青花，可李掌柜却说

第六章 诛九族的大罪

是明代的仿品！"

"自离开翰林院，就没再和你闲聊了，走，一块儿找个地儿喝茶去！"

两人进了一座茶楼，找了处僻静的地方坐下。曾国藩要了壶西湖龙井，还有几碟就茶的小点心。

"陈翰林，你刚才可没对我说实话吧？"

"逢人只说三分话，不可全托一片心"——这可是官场上的至理名言。古往今来，有多少人因多说了几句真心话，就被同僚在背后捅了刀子。陈介祺并未直接回答曾国藩的问话，而是将话题岔开："我听说曾大人因给皇上上书《备陈民间疾苦疏》，鞭笞腐败吏治而遭皇上斥责，被贬去江西任乡试正考官，是真的吗？"

"陈翰林知道的事情，哪有不真的呢！这不，过几天我就要去江西上任了，那边正值乡试。皇上这么做，是想让我出去走走，看看情况，老待在京城，屁股都长茧了！"

乡试正考官不仅在品衔上比吏部左侍郎低了一级，在权力上更是差了一大截。陈介祺想不到曾国藩居然如此想得开："此去江西路途遥远，一路上盗贼横行，曾大人应多带些人手才是。"

曾国藩明白陈介祺说的"贼寇"，指的是打进湖南、逼近江西的太平军。以自己的官职，对南方的形势，自然比陈介祺要清楚得多。他眯着眼睛，一手捻着短须，一手端起茶杯，喝了几口茶，沉默了片刻后，道："南方贼寇虽势猛，但不足虑！我听说惠亲王爷请你赴宴，有这事吧？"

陈介祺微微一愣，想不到惠亲王爷请自己赴宴之事，连曾国藩都知道了。或许正因如此，曾国藩才不惜放下两人间的悬殊官阶，拉他进茶馆套近乎，当下只得点头："王爷买了件古董，要下官帮忙看看！"

在曾国藩面前口称"下官"，陈介祺意在拉开两人间的距离。朝廷最忌汉官结党，一经发现必从重处置。

"早听说你在金石方面很有研究，有机会我可要讨教一番，免得被黑心老板骗了，花了银子却买回不值钱的东西。"

"下官只是略懂而已,哪敢在曾大人面前班门弄斧?"

"你太谦虚了,京城内外,有谁不知你陈翰林擅长鉴宝呢?"

"都是行内人的抬举。"

"依陈翰林之才,却一直在翰林院供职七品编修,实在屈才。令尊人品德行乃百官楷模,可官场如一潭浑水,稍有不慎就……"

有些话说一半就够了。曾国藩喝了口茶,在桌边留下二十枚铜钱,也不待陈介祺说话,便顾自起身,倒背双手迈着官步下楼去了。

陈介祺望着曾国藩的背影,细细品味对方最后说的话。想不到此人的话竟带着另一层含义,城府之深不在惠亲王爷之下。然他并未想到,10年后,已是两江总督协办大学士的曾国藩,几次来信请他出仕,均被他拒绝,不过这是后话了。

第七章
神秘蒙面客

窗外皎洁的月光透过纱棱,如银丝般洒在陈介祺和夫人身上。而弥漫在空气中的艾草香,更使卧房中氤氲着梦境般的浪漫。

陈介祺望着蒙在窗上的纱窗,想起幼时听父亲说过的那副绝佳上联:月照纱窗,格格孔明诸葛亮。此联为乾隆年间大学士纪晓岚所出,诸葛亮复姓单名,孔明诸葛亮这一字与姓名的巧妙组合,不但相互之间词意相关、丝丝相扣,且与"纱窗"这一特定事物关照熨帖,所以至今尚无人对出下联。

可眼下,他根本没那份诗情画意。外面传来的琴声如泣如诉,压抑凄婉,饱含无尽哀怨,令人心乱如麻。陈介祺不止一次听到这琴声了:小玉住到府内来的第一个晚上,那小楼上即传出琴声,只是那琴音单调苦闷,无助彷徨,并不似这般伤痛欲绝。

琴是父亲的遗物。本来扶枢归乡时,他想把琴也带回去,可临行前太匆忙忘记了,想不到竟成了小玉心爱之物。看到这琴像人一样有了归宿,陈介祺打心里感到欣慰。

几个月里,他听琴声就判断出小玉的心情,偶尔欢快,更多时却惆怅沉闷。

"打听到小玉在王府发生了什么事了吗?"

"我去了,没见着刘总管。听说王爷去总理各国事务衙门了,最近南方贼寇闹得厉害,洋人也跟着瞎掺和!"

"天塌下来有高个儿顶着,再怎么闹也闹不到我们头上。"

"我明天再去王府看看,小玉那你多陪陪她。这孩子性子倔,得多留个心眼儿,防止她想不开。"

"我已让春香陪着她了，应该不会出事。这几天我会多开导开导她。对了，忠叔说傍晚时，那个叫'大卫'的洋人又来了。不是找你的，他想见小玉。忠叔没让他进来。"

"告诉忠叔，要是大卫再想见小玉，就让他进来。只要小玉愿意见他，我们就顺其自然！"

"你原来不是挺恨洋人吗？"

"我觉得这个洋人倒不坏，既然他喜欢小玉，就看他和小玉有无缘分吧！"

"我听说洋人间男女关系很随便，不在乎女人的贞洁。若小玉真被惠亲王爷……不说了，睡觉吧！"

两人没再说话。过了会儿，夫人发出了细微鼾声。陈介祺边听琴声，边想着这几天来发生的事，辗转反侧，毫无睡意。见夫人已熟睡，他便偷偷起身，轻手轻脚地推门走了出去。

抬头望去，圆月挂在深邃夜空，他走到"迎风阁"，在门口停留片刻，转身径直朝书房而去。进了书房，点上蜡烛，坐在案桌前，提笔饱蘸了浓墨，却不知写些什么。墨汁顺着笔尖滴到宣纸上，一滴一滴的，瞬间便积了一大滩。他索性放下笔，走到藏毛公鼎的地方，掀去上面的青砖，扒开浮土，摸到毛公鼎的两耳。陈介祺正想着找东西来把鼎弄出来，突然听到头顶上传来一阵瓦片的声响。

京城虽是天子脚下，但也不平静，常有江湖上流传的"神秘人物"出没。上个月发生了几起入室杀人偷盗案，均系高手所为，刑部正犯愁呢！他警觉起来，三两下将浮土掩好，重新盖上青砖。才起身，就见案桌前的窗子竟奇怪地开了，夜风吹灭了蜡烛，两道人影在窗外一晃而过。

他几步冲到书橱旁，从橱上抽出宝剑走到窗边，朝外面道："朋友，有事请进来说，不必鬼鬼祟祟的。若为财而来，我可奉上银子，若是来取命的，我倒要见识下阁下的本事了！"

"既不为财，也不为命！"

"难道朋友是路过？"

第七章 神秘蒙面客

"也不是路过。"

"既不为财,也不取命,更不是路过,那为何而来?"

"为了一件东西!"

"什么东西?"

"陈翰林可真健忘,几天前才花几千两银子买来的。"

"为何不进来说呢?"

书房的门无声地开了:从外面闪进两个蒙脸黑衣人,走在前面的手里提了柄宝剑,后面的则两手空空。

陈介祺坐回案桌前,对两个人道:"两位好汉原是为那鼎来,那鼎是我花5000两银子买的。"

提剑的黑衣人在屋内转了一圈,随手翻了翻架上的书:"看来陈翰林不但博学多才,还是位练家子,文武双全啊!"

"若两位今夜就想把鼎带走,怕要让你们失望了,它现在不在我这里。"

"那古鼎现在在哪呢?"

"惠亲王爷素来爱好收藏,得知我买了古鼎后,一心想要看。于是昨日我带着古鼎去了王府。王爷一见古鼎,爱不释手,提出用一万两银子买下。我虽极不情愿,可也怕王爷权势压人啊!"

"陈翰林伶牙俐齿果然厉害,几句话就想把我们打发走。如果没看错,你去见王爷,可是空着手上轿的!"

陈介祺一听这话,清楚对方有备而来,便坦然将身子往椅上一靠:"不错,那鼎就在我府内,两位想强行拿走,先问问我手里的宝剑答不答应!"

那人收起宝剑,笑道:"陈翰林此言差矣。我二人今夜前来,虽为古鼎,但却不是来取鼎的。不知陈翰林得古鼎后,是否收到一封血书?"

血书是收到了一封,但陈介祺并未放在心上:"莫非那血书是你们送来的?"

"神鼎现世,天灾降临。若陈翰林想平安无事,最好将鼎毁掉!"

"为何?"

"那鼎内铭文涉及到天机。若天机泄露,只怕因江山社稷,不知又有多少人命丧沙场,多少人无家可归了!"

"莫非你们也是地黄门的人?"

"你别问我们是什么人。"

"你们和鲁一手是什么关系?"

"别管我们是什么关系!如果你不愿毁鼎,我们可以帮你!忘告诉你了,最好的办法是把鼎放入大炉中炼化。"

"为何要这样?"

"你只需按我说的做就行!"

"鲁一手以我全家人的性命相威胁,要我破解鼎内铭文的玄机。而后让他们将鼎送回古墓。可你们却要我将鼎毁掉,我到底听谁的?"

"你认为该听谁的?"

陈介祺一步步走到案桌前:"我不管你们和鲁一手是什么关系,我的事不用着你们操心!"

"我这都是为你好,别把好心当成驴肝肺,否则一旦陷进去,后悔就晚了!"

"那我可得谢谢你们的'好心'了。"

"既然如此,我们今晚就要将鼎带走!"

语毕,他的身体腾空而起,长剑出鞘,在空中画了一个圆弧,朝陈介祺当胸刺来。陈介祺早有防备,右手提剑隔开刺向胸口的长剑,左手抓起案桌上的笔筒扔向窗外。

人影一闪,站在旁边没说话的黑衣人,已将笔筒抓在手里。

那人一击不中,往后退了两步:"身手果然不赖,再来试几招!"

陈介祺和攻击自己的黑衣蒙面人打在一起,另外那个蒙面人则把双手拢在胸前,权当作看戏。几招过后,陈介祺就觉有些吃力了,他虽然习武,但武功底子只可对付一般人。若和江湖高手过招,则显得力不从心了。好几次对方的剑尖离他的身子不过一两寸,他以为自己会中剑,谁知对方的剑却如灵蛇一般缩了回去。

看样子,对方只是在和自己过招而已,并非真心想取性命。

虚晃一招后,那人跳到一旁:"陈翰林,你这三流功夫根本不是我的对手,有机会我教你几招。不过在这之前,我倒想看看,你买回的古鼎是不是真的?"

"难道毛公鼎还有假的?"

"你既是金石名家,又如何不知道琉璃厂的古董真真假假,难得有真品呢?"

陈介祺不得不承认这蒙面人说的是事实:半夜鬼市上假货居多,白天铺里的也真假难分。买不买得到真古董,就看人眼力。他往后退了几步,将剑横在胸前:"难道你见过假鼎?"

那人未回答陈介祺、却道:"据我所知,从古至今毛公鼎至少现世五次,最后的两次分别是隋末与元末。这两次分别有三人破解了鼎内铭文的玄机,并据铭文的玄机进行八卦推算,记载在纸上。那两本书的书名,无需我多说了吧?"

"你说的是《推背图》和《烧饼歌》?"

《推背图》和《烧饼歌》是众多玄学书记中最为著名的两部奇书。传闻唐太宗李世民一统天下,四海升平,万国敬仰。有天心血来潮,他命当时著名的天相家李淳风和袁天罡推算大唐国运。由于李淳风推算得上了瘾,一发不可收,竟推算到两千多年后的国运,直至袁天罡推他的背:"天机不可再泄,回去休息吧!"《推背图》因此得名。全书共六十图像,以六十甲子和卦象分别命名。每幅图像之下均有谶语,并附有"颂曰"诗四句,预言后世兴旺治乱之事。唐太宗翻看《推背图》后,大为赞赏,重赏司天监李淳风,袁天罡因妒忌李淳风夺其功,对他怀恨在心。唐太宗死后,两人更将《推背图》图、文分家,李、袁两家成为世仇。推背图因被认为预言准确,为皇家所不容,一直被列为禁书。由于历朝历代均严禁此类谶书,该书在流传过程中不断被人篡改,将已知历史改成图谶,加以比附,故其本来面目已渺不可考。

《烧饼歌》全文共计1912字:依据卦撰词,用40余首隐语歌谣组成。其由来更具传奇色彩:相传明太祖朱元璋知刘伯温精通阴阳之术,洞晓天机。一天,朱元璋在内殿吃烧饼,才咬下一口时,宫内太监火速紧急来报,说护国军师刘伯温晋见。朱元璋突然想起自元朝顺帝十九年、刘伯温助己一臂之力以来,到收复江山为止,共九载寒暑,大小战役无数。尤其五年前与陈友谅六十万大军会战于鄱阳一役,军师用兵如神,以寡击众,好比诸葛孔明再世。果真刘伯温有如此神算,朕倒要好好测试一番。于是,朱元璋先将盘中的烧饼用碗盖着,再召请刘伯温晋见。等刘伯温坐定,朱元璋问:"先生深明数理,可知碗中是何物。"刘伯温当即掐指一算:"半似日兮半似月,曾被金龙咬一缺,依臣之见碗中乃烧饼是也。"朱元璋赞叹曰:"我朝之中,有如此博学异人之国师,真是我大明子民之福分。"接下来,朱元璋以朱家天下能维持多久开始问,他问一句,刘伯温答一句,连说了数十句。到后来,刘伯温知自己泄露了天机,忙就此打住,同时道:"圣上要臣回答,臣不得不答,现臣已泄露天机,恐日后受天谴,望圣上看在臣一片忠心的分上,留臣一脉。"朱元璋见刘伯温这么恳求,当即答应。果然后来朱元璋大肆屠戮功臣,皆诛九族,唯独刘伯温的后人未遭牵连。

听陈介祺说出《推背图》和《烧饼歌》两部奇书,那人点点头:"凡事应顺应天命,逆天而行者,必遭天谴。此两部奇书虽泄露天机,但能破解其中奥秘者寥寥无几。"

"既然如此,又如何分辨真鼎与假鼎?"

"假鼎是死物,而真鼎却充满灵气,只需以中指血滴到鼎上,便可看到奇迹!"

陈介祺想起那夜的情形,确是自己中指的血滴到鼎上后发生的。当时还觉得有些奇怪,竟不知自己的中指是如何伤到的。

"你可知惠亲王爷为何请你赴宴?"

"想必你还知道不少关于我的事情,是吧?"

"要想破解鼎内铭文的玄机,光有真鼎还不行,还得有枯骨之汤。"

陈介祺自买下毛公鼎后,各种怪事接踵而来,也见过不少人。他虽弄懂了些关于毛公鼎的传奇，可这"枯骨之汤"却未听过，当下问道："何为枯骨之汤？"

就在这时，外面传来急促的脚步声，还有火光照进来。

"他们要你破解鼎内铭文的玄机，定会告诉你枯骨之汤在哪里。陈翰林，当心你身边的人！"

说完后，那人打了声呼哨，两道人影朝后窗飞出，转眼不见了。

书房的门被人从外面推开：陈忠带头冲了进来，他一手提着灯笼，一手拿着把大砍刀，身后还跟着两三个府内的男仆。

"少爷，你没事吧？"

陈介祺还剑入鞘，拍拍手、整整衣服："你们怎么来了？"

"小玉姑娘听书房边有打斗声，就把我们叫来了。我们担心进了贼，所以急忙赶过来。没进门时，我好像听到里面有人说话！"他走到两扇打开的后窗边，朝外面看了看："贼人定是听到我们来，才从这跳窗走了！少爷，以后我安排下人值夜。"

"今晚来的两个贼人不像坏人，要真打起来，我根本不是他们的对手！没事，你们回去睡吧，忠叔，我看也不用安排人值夜了！"

"少爷，要不我以后都陪着你，万一有个风吹草动什么的，也好有个照应！"

"你也回去睡吧，我想静一静，今晚的事，不要告诉夫人！"

"是，少爷！"陈忠说完后退了出去。

陈介祺坐在椅子上，回想那人最后说的话——要他当心身边人。可自己身边的人，个个都是信得过的，究竟要当心谁呢？那人既已说出"枯骨之汤"，却不愿告诉他"枯骨之汤"是何物，和毛公鼎到底是何关系。不过，从话中的意思推测，自己买到这只毛公鼎，似乎是有人刻意安排。

首先是整件事的开始：江湖上的盗墓高手从古墓中盗出毛公鼎，几经辗转落到苏亿年手里。苏亿年做古董生意多年，在京城应有别的朋友，却带着毛公鼎来到京城后，别人不找，单单找了李振卿。通过李振卿之手，将古鼎"转"到自己手里。原因很简单：京城内外，对金石文字有所研究的人，除自己外，找不到第二个合适人选。

鲁一手和苏亿年都是一伙的：他们如此精心安排，无非想让他破解鼎中铭文。即便铭文真的有那么神奇，以捻军这样的势力，又如何与朝廷对抗、妄想问鼎天下呢？难道鲁一手背后，还有更为可怕的大人物？

至于今晚来的两个神秘人物，不但要他将鼎毁掉，而且说话明显带着西北口音。他们似乎知道整件事的内幕，却又不愿把事情说清楚：或许他们还有什么顾虑？两个人究竟是何人，和鲁一手又是什么关系？

想了一阵，陈介祺越发不明白了。他索性不去想，从壶里倒了杯残茶。刚要喝，却听得书房门"吱呀"一声开了，从外面进了人。陈介祺以为是担心他安危的小玉，扭头看却是丫鬟春香。

春香是当年跟随夫人陪嫁过来的，比夫人小五六岁，也是个标准的美人胚子，几年后便出落得亭亭玉立，端是俊俏无比。夫人有心让他收房，可他却以视春香为妹妹，不敢亵渎兄妹之情为由，就这么拖延着。夫人见他无意，眼看春香变成老姑娘，便张罗着给春香找个好人家嫁出去，可春香的秉性刚烈，宁愿老死在夫人身边也不愿出嫁，否则立即死在夫人面前。夫人见春香这么执拗，只得随她去。这一晃十几年过去，春香成了半老徐娘。府中上下没人拿她当丫鬟，都称她"姨娘"。

春香朝陈介祺躬身道了万福，低声说："老爷，小玉姑娘让我来请您过去，她好像有什么话要对您说。"

陈介祺微微一愣：小玉有话要对他说，大可像上次那样直接过来找他，却为何要春香过来传话？莫非经历了王府的事，开始对他避起嫌来了？当下他没吭声，只微微点头，起身随春香离开书房。

春香提着灯笼在前面带路，来到迎风阁楼下，并未推门进去，而是沿着左边的石子路往前行，来到后花园，才停住脚步。

"她在花园凉亭等您！老爷，春香有几句心里话，不知当不当说？"

"你不是外人，有什么心里话但说无妨！"

春香理理鬓发，仰头望着夜空里的明月："奴婢随小姐到陈家，算来有二十年了。蒙小姐抬爱，一直当奴婢是姐妹，奴婢感激不尽。记得奴婢十八岁那年，小姐对奴婢说，愿意让奴婢成为她真正的姐妹，无奈落花有意、流水无情，奴婢对老爷一片痴情，苦苦等候老爷十几年，老爷自是不知。奴婢已下定决心，甘愿以此残生服侍老爷和小姐。奴婢知小玉姑娘的心思，与当年的奴婢一样。老爷若是有意，无需理会什么害人的孔孟之道，千万不能再像对待奴婢那样，误了人家终身！"

说到后来，她声音沙哑，哽咽了起来。

"春香，我并非无情无义之人。当初不愿纳你为妾，正值我父亲遭人陷害，一家人随时可能大祸临头，所以想让夫人为你找个好人家，也不枉你跟夫人一场。后来见你那样，我越发不忍心辜负你，本想将你收房，可哪知父亲遭先皇猜忌一病不起。我早晚服侍直至后来父亲病逝，加上服丧三年，这一来一往便是十年。春香，对不起，是我辜负了你！"

春香哽咽着说道："老爷，现在说这话，不觉得晚了么？"

"若你不嫌弃，现在也不晚。明日我就与夫人商量……"

"老爷，园里还有人在等您，您还是想好怎么对待小玉姑娘吧！"

陈介祺凝视着春香孤独落寞的消瘦背影，心里不禁蓦然惆怅起来。他长叹一声，迟疑了会儿，才朝园里走去。

皎洁的月光照在花园的池塘里，隐隐映出一抹抹奇怪的光晕。池塘东南角的凉亭中，一个黑影正面向池塘立在那里。

"外面露水大，当心着凉！"

小玉并未说话，两人就这样站着。一条鱼跳出了池塘水面，激起一圈圈涟漪。

"忠叔说你听到书房有打斗声，才去叫醒他的，谢谢你！"

"姐夫，你不想知道我在王府发生了什么事？"

"发生那样的事，姐夫也觉得对不起你。如果你不愿说，我不会问的。"

"姐夫，在你们男人眼里，我究竟长得怎样？"

陈介祺没想到小玉竟然问出这样的话，愣了片刻才道："你虽非倾国倾城之貌,却有一种清新脱俗的独特气质,宛若仙子,连大卫都对你一见倾心!"

"既然如此,为何王爷对我无兴趣?"

陈介祺大吃一惊:"王爷究竟对你怎么了?"

"我原以为凭自己的美貌,定能让王爷有所心动,谁知……"

"你……"陈介祺只说了一个字,就再也说不下去了。他实在不知用什么言语来表达此刻的激动和愤怒。激动的是小玉并未被王爷侮辱,愤怒的则是她居然不顾廉耻勾引王爷,还反被羞辱!此事一旦传出,可比失去清白之身严重得多!

"姐夫,如果王爷认我做义女,转而将我送进宫,你认为会怎么样?"

陈介祺以为自己听错了——他万万没有想到结果会是这样,不禁为先前的无端猜测感到惭愧:"王爷真那么说了?"

"王爷见到我后,问明我和你的关系,只让我随便看了几件平常的古董,就提出要收我做义女,送我入宫伺候皇上。他要我回来和你商量,想知道你的意思。"

陈介祺明白了:王爷乃多疑之人,本是邀他过府鉴宝,可自己没去,却去了个仙女般美貌的义妹。他才拒绝王爷的抬爱,何至于要让义妹去勾引王爷?若王爷认为他被朝中某个权臣所用,派义妹进王府接触王爷,背后有不可告人的目的,该如何是好?父亲去世时,一再告诫自己,万不可卷入朝廷内的权势纷争。如果同意小玉进宫,便是与王爷合谋;如果不同意,便成了王爷的对手,前后都没有退路。他不过区区七品翰林,王爷若想置自己于死地,如同捻死只蚂蚁般容易。想到这里,他忍不住出了一身冷汗。

"姐夫,难道你不想我入宫?"

"你终究年轻,不懂得世间险恶,只想替父伸冤报仇。你可知王爷的如意算盘?你被王爷认作义女送进宫去,就等于是王爷安插在宫内的一颗棋子,以皇上和王爷的微妙关系,别说得到皇上宠幸,不被打入冷宫就万幸了。"

"那怎么办?"

第七章 神秘蒙面客

将美女认作义女送给皇上，既讨了皇上的欢心，又不怕遭人算计，这种一箭双雕的计策，也只有王爷那种绝顶聪明的人想得出来。陈介祺想了一下："要想回绝王爷，有个人能帮忙。不过……"

"不过什么？"

"不过我想知道，你为何要自杀？"

小玉既背着自己去找王爷，也未拒绝入宫，想必她已有心理准备。可回来后却死活闹着要自杀，这其中原委，确实令人匪夷所思。

"我虽不如姐夫通晓官场厉害，却也明白人心险恶。回来后我寻思王爷并非善类，那么做的目的，必是想陷害姐夫你全家。我蒙姐夫收留，无以为报。可如今因一时冲动给姐夫带来横祸，觉得对不起姐夫和姐姐，所以想一死了之……"

"你可千万别再做傻事了。你要是这种时候出事，一旦王爷怪罪下来，我可真吃不了兜着走了！"

"放心吧，姐夫，我不会再干傻事了！"

陈介祺看了看天边的启明星："天快亮了，我要去入值，你早点回去歇着吧！"

"姐夫，你还没有告诉我，有谁可以帮我们？"

"大卫！"陈介祺转身，从牙缝中蹦出两个字来。

要不是陈介祺提醒，李振卿还没意识到被夏立祥算计，赚几千两银子把全家人性命都搭进去，这笔买卖可亏大了。陈介祺教他去找高老太爷，只要高老太爷愿出面，这事就有转机。

同样一件古董，即使有人怀疑是前朝高仿，也只需几个权威人士一口认定为真品，这古董即是真品无疑了。因而高老太爷一旦认定的东西，没人会再有异议。

陈介祺向大卫要三张请柬，其中一张就是留给高老太爷的。

李振卿待陈介祺一走，就立即去找高老太爷。来到高老太爷家的胡同口时,他一眼就看到门口那高挑着的白幡,心底一沉,脚下顿时飘虚起来。

自己全家的性命都在高老太爷身上,若高老太爷一死,这祸只怕躲不过了。

好不容易走到高老太爷家门口,见门口左右两个站着的下人,腰间都系着孝带。勉强上了两三级台阶,他带着哭调问道:"高老太爷什么时候走的?"

不料其中一个下人瞪了他一眼,竟低声骂道:"你是什么人,居然上门诅咒我们家老太爷,看你也是活腻了,滚!"

李振卿一听这话,顿时来了精神——敢情死的不是高老太爷!他忙朝那下人施了一礼:"我是德宝斋的李掌柜,和高老太爷多年交情了。前几天蒙老爷子帮忙,还没来得急相谢,今日专程前来,见府上这样,还以为……"

那下人听李振卿这么说,也知是对方误解,忙下跪打了个千:"原来是李掌柜,您看我这狗眼……还请李掌柜原谅才是,我们家老太爷身体硬朗着呢,昨儿去的,是我们家五姨奶奶。"

李振卿吃了一惊,他和高老太爷虽非深交,但对高老太爷的情况,多少知道一些。高老太爷原是进士出身,在吏部做事,不久卷入党争被罢了官职。后来就未出仕,醉心于玉石的鉴赏,多年来练就一双火眼金睛,行内无人能比。当然,这高老太爷也是个风流之人,除正室外,先后收了四个偏房。不仅如此,还经常出入烟花之地。几年前,曾花了大价钱从妓院买回个叫紫鹃的,比孙子都小几岁,硬是收房成了五姨奶奶。而自己两年前来高府时,还见过这五姨奶奶,模样俊俏极了:那水蛇腰、桃花眼,能把男人的魂给勾了去。

"麻烦通报高老太爷一声,就说德宝斋李掌柜有急事求见。"

那下人进去没多久就出来了:"李掌柜,今日恐怕不方便,老太爷谁都不见,要不您改日再来?"

"我这可是天大的急事,片刻耽误不得!"

说完他推开那下人,跨脚就走。两个下人见他这么说,相互望了望,不敢上前阻拦,任由他进去了。

李振卿转过照壁,一眼看到对面正厅上的白色灯笼,但灵堂却不在此,而在西侧一块空地上,临时搭建的。灵堂前面站着不少人,乱哄哄的,两侧各一副白色的大对联。那对联上的字,一看便知出自高老太爷之手。能有精力写对联,身体想必还行。

这时有几人迎了上来,李振卿认出为首的人,是高老太爷之子。

对方上前朝他施礼:"原来是李掌柜,请里面看茶!"

"看茶就不必了,我先给五姨奶奶上炷香,再找高老太爷,有要事相商。"

上完香,他跟着对方朝后院走去。路过一间雕梁小楼时,李振卿见小楼侧面池塘里的荷花,全都蔫伏在黑色的塘泥上,池塘里的水已被人为抽干了。他记得高老爷子最喜欢这满池荷花,眼下是饮酒赏花的好时节,怎会将水抽干了呢?

高老太爷之子上前敲了敲门,叫了两声"爹",见无回音,便推门进去。

李振卿正要跟进去,就听到里面发出一声惨呼。他两步抢进去一看,只见高老太爷坐在一张紫檀木太师椅上,被一把利剑由前胸贯至后背地钉在椅子上。从胸口喷出的鲜血,顺着长袍流到地上,在脚边积了一滩。连颌下那数寸长的花白胡子,也溅上了血迹,红白相间煞是骇人。

李振卿腿一软,几乎瘫软在门边。高老太爷为人随和豪爽,从不与人结仇,究竟是何人下此毒手?他明明记得,从自己到门口算起,至被老太爷之子带进后院,前后不过半盏茶时间。高老太爷死得如此突然,莫非凶手知道自己要来找高老太爷,暗中下毒手,目的是要害死他全家?

蓦然间,他想起陈介祺在桌上写的三个字,心道:就算夏掌柜要害自己,可这与惠亲王又有何关系?

第八章
亡羊补牢之计

李振卿离开高家后，并未回店里，而是直接去了陈介祺家。而当陈介祺得知高老太爷突然被杀的消息，顿时惊呆了！

"我觉得高老太爷之死与我有关，莫非夏掌柜料到我会去……"

"现在还无法确定，不过我相信，有那么一天，你会知道幕后真凶究竟是谁的！"

陈介祺也深知高老太爷之死绝非仇杀，无论李振卿猜得正确与否，都不重要。在没查清凶手究竟是何人之前，最重要的是如何摆脱眼下的困境！

按陈介祺的想法，最好是让李振卿再求高老太爷一次，由高老太爷和自己一起，当众鉴定玉观音确是唐代之物，让赝品成为真货，以消除梅德公爵的猜忌之心。如此一来，公爵找不到滋生事端的借口，就能避免两国间的战事，救万民于水火。高老太爷乃通晓大义之人，为了大清的安危，是不会拒绝的。

可如今老太爷死了，就只剩一个办法——事先在玉观音上动点手脚！

"陈兄，还有什么办法？"

"我向你要一样东西。"

"说吧，要什么。只要是店铺里有，尽管开口便是。"

"新疆老绵羊胎脂！"

这老绵羊胎脂并非凡物，须得20年以上的新疆老母绵羊，怀有5年以上的死胎。取出死胎后，小心刮下死羊胎里的胎油，用文火炼化数个时辰，待胎脂凝成玉色油膏即可。

第八章 亡羊补牢之计

古董界人士若想在玉器上作假，除其他的润色秘密工序外，最好的就是这老绵羊胎脂了。经老绵羊胎脂浸色，玉质沉稳，入手柔润，自是与一般玉质不同。

用老绵羊胎脂给玉浸色，需要时间，短则数年，长则十几年，才能达到一定的效果。但是最重要的一点，当玉器抹上老绵羊胎脂以后，绝对不能马上入手，否则滑溜无比，稍有不慎便会从手中滑落。

陈介祺需要的正是这效果。依他现在的想法，自己和李振卿提前到法国公使馆，找机会趁梅德公爵不注意时，在玉观音上抹一层新疆老绵羊胎脂。再让大卫按计划捧起来，"不小心"摔碎，一切都就圆满地解决了。

可他心里又有一丝担忧：若杀高老太爷的凶手真是冲李振卿去的，这次即便不成功，肯定会有下次。但眼下顾不了那么多了，先熬过这一劫再说。

20年以上的老母绵羊世间罕有，更何况还需怀有五年以上的死胎。不过以李振卿的身份，要弄到老绵羊胎脂并非难事。

李振卿脸色微微变了："好，我这就回去拿！"

"拿上东西后，我们一起去法国大使馆！"

看着李振卿的背影，陈介祺脸色凝重起来：大清自康熙皇帝开始，就与一些国家保持外交，因而各国均有派公使驻京城。但大清不屑于西洋诸国交流，只在贸易上与各国公使略有接触，故从康熙到道光的一百多年间，各国公使几乎无所事事。公使们受大清国国法约束，不能随意到处行走，只可使馆附近的地方活动。为排遣寂寞，他们不定时在使馆内举行酒会，邀请别国公使和大清部分外交大臣。

西洋各国驻大清公使在任期满回国时，都会带走大批中国产的好物。除瓷器茶叶丝绸外，还有不少古董和艺术品，而这些物品则令更多人眼红和垂涎。

西洋诸国窥视中国富有，想方设法来大清捞取好处。自虎门销烟起，各国公使不再在贸易上下功夫，转而寻找借口与大清开战，以便像英国那样攫取利益。

法国公使梅德公爵就是其中的典型。

梅德公爵开酒会宴请各国公使和大清官员并展出玉观音,定会说明是大清国帝向他表示歉意后的赠品。公爵的如意算盘打得很精准——若玉观音为假,可借此向大清发难;若为真,则可向别国公使炫耀,以显示法国之强大。

京城有那么多会看古董玉器的行家,可公爵却偏要大卫来找自己,因为自己的双重身份——既懂鉴赏古董,又是大清官员。

如果连大清官员都证明是假的,到皇帝那里,还有什么话可说?

因此,为挫败梅德公爵的阴谋,为了大清的安危,陈介祺必须舍命一搏!

就在陈介祺思考着如何对付梅德公爵时,另一个人也正在考虑此事,他就是当今圣上的亲叔叔——惠亲王爷。

惠亲王爷正坐在书房内眯眼喝茶。茶是福建总督送的上等铁观音,用玉泉山的泉水冲泡,味道更香郁绵长。

王爷嘴里品着茶,脑里却思索着大清内忧外患的国事:内忧倒不惧,贼寇闹事而已,迟早得剿灭;外患可要留心对待,西洋诸国仗着船坚炮利,对大清虎视眈眈,频频没事找事。

内阁事务,另有几个大臣分担,倒也处置妥当。有些事自己无需过问,倒是总理各国事务衙门之事,必须一一躬亲。因而,他与各国使节都相熟。而各国使节眼中,一定程度上,自己是大清皇帝的代表。

国事上,惠亲王爷主张外抚内剿,以大清一国之力对抗西洋诸国,无疑以卵击石,只有吃亏的份。只要西洋诸国不咄咄逼人,能忍则忍,万事以和为贵。因此各国公使开办酒会,他都前去参加——一来联络感情,二来可探知各国野心,及早研究出对策。

前几天,梅德公爵送给皇上一件古董,后被宫人认出为赝品。皇上不听劝,以假古董为由将礼物退了回去,

据安插在法国使馆内的眼线回报,公爵十分生气,说这是对法国的公然

第八章　亡羊补牢之计

挑衅。要将此告知法兰西第二帝国皇帝拿破仑三世,仿效英国的做法,以武力征服中国。

但仅隔了一天,公爵的外甥大卫就持着公爵的名帖入宫面见了皇上,代表公爵对送假古董给皇上之事表示歉意。皇上念其诚恳,答应让身为传教士的大卫在西郊建一所教堂。

梅德公爵若真的有愧疚之意,为何不亲自入宫?却让一个传教士去?再者,皇上将礼物退回后,公爵又为何要将此事报与法兰西的皇帝?

惠亲王爷的目光落在茶盘旁的请柬上——昨天傍晚法国大使馆的参赞亲自送来的。说是大清国皇帝觉得将梅德公爵送的礼物退回,觉得不妥,所以托大卫带回一尊唐代羊脂玉观音作为回赠, 也算对退回礼物之举表示歉意。梅德公爵非常高兴,特开酒会庆祝,并邀几位大清之臣以及其他国家的公使共同前往观赏。

他明明记得大卫离开皇宫时,皇上只派了两个侍卫负责保护,并未赠送礼物。那尊唐代羊脂玉观音是怎么来的?公爵和大卫两个洋人,究竟唱的是哪一出!

然不管梅德公爵的葫芦里卖的是什么药,惠亲王爷都要前去看看。他寻思起等会儿参加酒会,穿什么样的衣服,才显得气派尊贵、不失身份。

正想着,门外有个声音传来:"王爷,兵部八百里急件!"

被那声音打断了思路,他有些不悦:"进来!"

门开了,刘总管躬身走入,双手举着一份折子:"这是外面送来的!"

惠亲王爷拿过折子打开——乃湖广总督所写:

……各都统围剿太平贼寇不力,致贼寇北上攻长沙克岳州,且有蔓延之势,望朝廷多派精兵良将平息贼寇之乱……

朝廷在对付太平贼寇的问题上,分为两派:一派以汉官为主,主张先招抚,再寻机将贼首逐个诛杀;而以王爷为首的一派,以满官为多,则坚持像对付当年的白莲教一样予以剿灭。

大清入关主政以来,满汉官员势不两立,暗斗不绝。但朝廷终究是满人的天下，汉官再折腾，也斗不过满人。在皇帝的眼中，满人是家奴，汉官则是看门狗。无论如何，狗是无法和家奴相提并论的。但入关多年，满八旗官兵只知嫖赌逍遥，已失去了当年的威猛，在对付贼寇的问题上，更多仰仗汉人。由此一来，朝廷也日趋依仗汉官。

在高宗皇帝（乾隆皇帝）前，汉官并无太大的实权，多委与虚职。而近来在各省督抚将军中，汉官数目越来越多。并非朝廷不委任八旗子弟为官，实在是八旗子弟大多不学无术，无法委以重任。照此发展实在令人担忧，也许有一天，满人的天下将重新被汉人夺走。

朝廷对待汉官的态度，一直是"既用之又防之"。惠亲王自己一直怀疑朝中汉官与汉人贼寇暗中勾结，借以逼迫满人。因而，在对付贼寇的问题上，他坚决不招抚，以免让汉人觉得满人可欺。他处变不惊，遍观朝野上下，正努力找出一个足可对付南方贼寇的最佳人选。

惠亲王爷看完后，轻轻将折子丢在茶几上："这折子其他几位王爷可看过？"

能直接插手兵部和军机处的，除他外还有另几位亲王。

"据门外人说，还没来得急送去那边，是先送来王府的。请王爷定夺！"

"让外面的人先送去兵部，给几位大人看过后，再拟个折子到军机处，明日早朝本王呈给皇上就是！"

"喳！"刘总管打了个千，从地上捡起折子，躬身退了出去。

惠亲王见刘总管退到门口，忙道："安排你的事，都办好了？"

"还没呢，这事可急不得，需等待有利时机。放心吧，王爷，奴才跟您这么多年，什么时候出过岔子？"

惠亲王"唔"了一声，又道："等下本王去法国使馆参加酒会，你就不要跟着了！"

"喳！"

一个时辰后，陈介祺和李振卿来到法国大使馆。守门的法国士兵见到公

第八章 亡羊补牢之计

使亲笔填写的请柬,不敢阻拦,让他们径直进去了。

陈介祺和李振卿是头一次来这种地方, 里面房屋格调和北京四合院相异,更与一些官员的府宅不同。迎面是一个圆形的大池,池中央有个往外冒水的大圆盘,池四周则种着各色花卉,分明就是一个大花园。西洋人就是奇怪,也不管住宅风水,反将屋后的花园,搬到了前面。

陈介祺在圆明园入值,那有不少西洋建筑,所以对眼前的建筑风格并不感到奇怪。倒是李振卿一副"刘姥姥初入大观园"的稀奇模样。

池旁有好几条路,两三拨扛枪的法国兵来回巡逻。池北面是一栋四层西洋楼房,应是大使馆主楼。主楼两侧,各有一栋两层高的稍矮楼房。矮楼和主楼间连着走廊,走廊上有穿白袍、戴白色圆顶高帽的西洋人,手里托着盘子来来去去。

这西洋人真奇怪,家里又不是死了人,用得着穿白衣戴白帽,像吊孝一样么?

两人不敢乱走,以免引来不必要的麻烦。突然看见大卫从左边小路疾步而来。

大卫的神色似乎有些紧张,上前低声道:"请跟我来!"

两人跟着大卫从小路来到一条走廊,沿着走廊走了一段路,进了一间小屋。大卫回身关上屋门:"陈先生,情况有些糟糕!"

大卫接下来的话使陈介祺明白了大致的情况:原来梅德公爵将玉观音放在二楼办公室的密柜中,谁都不让见,说是要在酒会上,拿出给诸国公使共同欣赏的。二楼是大使馆最重要的区域,不仅每个门口,就连楼梯口都有士兵把守,即使大卫这样的法国人,若无使馆内部副领事以上工作人员的陪同,都不能去。密柜钥匙在梅德公爵的手里,时刻不离身。最重要的是,现在公爵就在二楼的办公室中,就是能偷到钥匙,也无法打开密柜在玉观音上动手脚。

李振卿望着陈介祺,如丧考妣:"完了,完了!"

"谁说完了!"随着声音,一个人从屋里开门走来。

"小玉,你怎会出现在这里？"

"是我邀请她来的,她刚到一会儿,你们就来了！"

"刚才你们的话我都听到了。现在距各国公使参加酒会还有半个时辰,若在半个时辰内,我们能偷到钥匙,避开守卫在玉观音上动手脚,情况就有转机了！"

"你说得轻巧,刚才大卫的话你也听到了,公爵现在就在楼上,你怎么偷钥匙,又怎么打开密柜？"

"我已在里面想过了,只需大卫帮忙,将公爵从楼上引下来就行。至于怎么偷钥匙,怎么打开密柜,就不用姐夫担心了。哦,我忘了,姐夫你还得教我怎么在玉观音上动手脚才行！"

"你怎么避开门口的守卫？"

"姐夫,在来京城前我跟过一个戏班子,学了点鸡毛蒜皮的功夫。刚才我已在里面的窗户边看了下周边的地形。梅德公爵的办公室隔这边不过十几丈远,我想以我的身手,借着外面草木的掩护爬进去,应不是难事。"

"看来只有这个办法了！陈先生,您觉得如何？"

陈介祺还没来得及说话,李振卿就忙不迭道:"我觉得可行,不管怎么着,也是个办法呀！"

为今之计,只有试试了。大卫见陈介祺不吭声,知道他默许了,于是道:"你们几位随我来！我先让我舅舅下楼,陈先生和李掌柜和我舅舅说话,小玉就趁机下手偷钥匙！"

李振卿将绵羊胎脂递给小玉,并教她怎么在玉观音上动手脚。小玉聪慧,一点就通。

三人跟着大卫走进主楼大厅。陈介祺只觉眼前一亮:墙壁是略显刺目的白,与通常大户人家的石灰墙完全不同。地上铺着红色毯子,上面的纹色显得怪异却不失气派。大厅正中顶上挂了盏巨大的琉璃灯,从灯上扯出四根彩带,分系在大厅的四个角上。弧形彩带上悬着一片片小彩旗,给整个大厅添了一份喜庆的色彩。

第八章　亡羊补牢之计

左右靠墙处，摆了几张长条桌子，桌上摆放着大大小小的盘碟。几个穿白色短裤、戴白色高帽的洋人，正往盘碟里摆放食物。同时，大厅东南角窗外的墙边，几个戴白帽、穿黑色短裤的洋人，则往一块大铁板的下方放木炭，旁边一张小桌上，还放了些生肉和调味品。

"那是我家乡的煎鹅肝和烤牛排，等会儿您可以去尝尝！"

陈介祺微笑："谢谢！"

他的目光很快转向另一边通往二楼的楼梯口：那里有两个士兵把守，旁边站着位军官模样的人，目光警惕地望向大厅。

大卫来到楼梯口，朝那军官低声说了几句。军官转身上了楼，不一会儿，楼上下来了位蓄着两条大八字须的西洋人，应是大卫的舅舅——梅德公爵。公爵身后，还跟着个脑后拖着长辫的中国人。陈介祺见那人衣着华丽，举止间自有一股雍容华贵之气——尤其是右手拇指上的翡翠扳指，更显出其不同一般的身份。

陈介祺不认识那人。他知道很多官员都公开和洋人交往，朝廷对此也认可，毕竟大清在外事上，很多时候还得仰仗那些与洋人有私交的大臣周旋。但奇怪的是，那人见到他们三人后，脸上似乎闪过一丝惊恐之色。

若是正常交往，又为何惊恐呢？

梅德公爵似乎有些生气，下楼后与大卫说话的口气不太客气。但听得大卫解释后，他望了望陈介祺，两撇八字须微微翘起，眼中露出一抹得意与不屑。

陈介祺早听说，洋大人都看不起大清官民，因而他并不在意。

可当公爵的目光定在小玉身上时，眼珠顿时瞪大了。他咧开嘴，走上前，用不太流利的中国话大声道："哦，东方美女！欢迎你！"

公爵身后的人下楼后，脚步并未停留，在法国军官的陪同下，径直出了大厅左侧的门。

李振卿扭头望着陈介祺，眼露疑惑之色。陈介祺明白对方的意思——是问自己是否认识那人。他摇摇头：自己只是个七品内廷翰林，朝中大官众多，能认得几个？

小玉首先迎上前，朝梅德公爵伸出手。就在两人的手正要相握时，她脚下突然一个踉跄，身体贴向公爵。公爵顿时喜出望外，伸出双臂想将这东方美女抱满怀，谁知眼前人影一晃，双手抱了个空。

陈介祺明明看到小玉的身子跌向公爵怀中，却又以一种不可思议的角度避开了公爵怀抱，最后站在大卫身边。他和小玉认识这么久，只知她是个满怀仇怨的苦命女，却不知她还有这等身手。

大卫扶着小玉，关切地问："没事吧？"

小玉朝陈介祺使了个眼色，暗示钥匙已到手。接着，她有些害羞地低头道："我没事，对不起，刚才走路不小心扭到了脚！"

"可能你们不习惯走地毯，我楼上有中国朋友送的上等药酒，可要擦擦？"

"我没事，让大卫带我去他那边休息下就行！"

大卫先向公爵说了一串西洋话，接着用中国话介绍陈介祺和李振卿。

公爵道："二位可先找地方坐下休息，等酒会开始后，再对玉观音进行鉴赏！"

陈介祺见大卫扶小玉朝大厅外面走去，明白要靠他和李振卿二人拖住梅德公爵："公使大人，玉观音当然是在酒会开始后鉴赏，但在下私下里有些话，不知公使大人可愿意听？"

公爵有些不耐烦了："若还有其他事，你们可在酒会结束后，让大卫转告我！"

"公使大人，这事恐怕拖不得，一旦酒会开始，恐怕就来不及了！"

梅德公爵似乎愣了一下："什么事那么重要？"

"事关大清与法国间的邦交，所以……"

梅德公爵心里有鬼，因而未等陈介祺把话说完，就大声道："你不过是个七品小官，哪轮到你来谈两国邦交的大事？"

见公爵转身上楼，陈介祺一急，上前拉住了他的袖子。公爵一甩胳膊，"嘶"一声被扯掉了半片袖衣。

第八章 亡羊补牢之计

"公使大人,实在对不起!"

"你到底想怎样?"

"公使大人有所不知,我和这位李掌柜的命,都在您的手里拽着呢!"

李振卿听了陈介祺的话,登时脸色就变了。但在梅德公爵面前,又不能乱插话,只得用眼神示意。

"这就是你们来找我的原因?"

事已至此,李振卿只得点了点头。

梅德公爵转着深蓝色的眼珠、狡黠地说:"刚才陈先生说话时,我见李掌柜神色不对,可是有话要说?"

李振卿不过是个店铺掌柜,虽结交三教九流,但未曾出入过一些大场合。在公爵凌厉的目光下,他登时脸色苍白,嘴巴张了张,不知该说什么。

只听得梅德公爵喊了一声,大厅外冲进来一队荷枪实弹的法国士兵,齐刷刷用枪对着他们。

陈介祺望着黑洞洞的枪口:"我们拿着公使大人所签的请柬前来赴会,一番好意特来提醒您,身上并无寸铁。想不到您却这样对待朋友,一旦此举被别国公使知道,怕是有损贵国尊严吧?"

梅公爵脸色微漾,摆了摆手,士兵们收起枪,转身列队出去了。

陈介祺正寻思着怎样用话拖住梅德公爵,却见大卫扶着小玉进来了。公爵撇开陈介祺他们,迎上去关切地问小玉:"脚没事吧?"

小玉让梅德公爵吻了下手背,身体一晃,将钥匙送了回去。

"对不起,公使大人,我的脚有点肿了,恐怕不能参加酒会了。"

"有你这么漂亮的东方美女,定能为酒会增色不少!"

小玉有些为难,却一副盛意难却的模样:"那我回去休息一下,我姐夫会推拿之术,我想请他帮忙按摩一下,或许会好些。"

梅德公爵点点头:"你们请便吧!"

这时,一个洋人从外面进来,朝公爵低声说了几句。公爵微微一笑,吩咐完那洋人后,转身朝楼上走了。

大卫一边扶着小玉,一边领着陈介祺和李振卿,回到原先待过的屋里。进屋后,大卫立即关上门。

"姐夫,我打开了密柜,可里面并无玉观音,我找了整个办公室都没找到!"

陈介祺望着大卫:"你不是说你舅舅把玉观音放在密柜里了吗?"

大卫耸了耸肩:"我前天亲眼看到他放进去的,现在不在密柜里,我也不知道怎么回事。"

李振卿道:"他一定放到其他地方了。"

"我猜他可能放到卧室里了,他的卧室在四楼,靠左边第二间。要不再麻烦小玉上去一趟?"

"你们看!"李振卿望了望窗外。众人随着他的目光望去:只见使馆门口和池边通道上,凭空多出了许多拿枪的法国士兵,俨然如临大敌。

开个酒会而已,用得着摆这么大的场面吗?陈介祺想起此前见到梅德公爵吩咐那洋人军官时的表情。想必公爵也觉得奇怪,于是安排警卫以防有变。

"我在公使大人的密柜中没找到玉观音,却发现了这份文件!"

陈介祺见小玉的手里拿了份文件,刚进屋时,就看到这份文件被放在了桌上。他原以为是大卫的东西,就没往别处想。

小玉打开文件,指着最后一页:"我虽看不懂上面的洋文,可认得下面的印章。"

陈介祺定睛看了看那印章,印油都没完全干,显然是刚盖上没多久。他看清那红印上的文字,顿时大吃一惊:"居然是他!"

第九章
命 悬 一 线

敏亲王爷是当今皇上的六叔。与惠亲王爷不同的是,他虽也是内阁军机大臣之一,却极少入朝参政,只掌管丰台大营的军务,平素对权力不太在意,倒是醉心于武术。此人生性豪爽,爱结交江湖人士,王府内养了一批武术高手。皇上知其秉性,也就由他去了。

陈介祺未曾见过敏亲王爷,只是从其他官员口中,得知了一些朝臣的奇闻轶事。第一眼见到敏亲王时,他就感觉其与众不同,除了身上那股自然散发出的富贵之气外,还有一股霸气——尤其那深邃冷酷的目光,看得人不禁心底一寒。

"大卫说这是一份私下签订的卖国条约。他签这份协议的目的,是想借洋人的实力谋朝篡位,代价是割让土地和赠送大批金银珠宝。"

大卫指着文件上的条款:"这里,是租借江浙沿海15个城市,成为通商口岸;还有这里,是白银5000万两、黄金1000万两……"

"要让皇上知道,这可是诛九族的大罪!"

"他既然做了,就知道事情暴露会有怎样的后果!"

令陈介祺不解的是:敏亲王爷从不与洋人交往,并对朝内亲近洋人的大臣敬而远之;而且还听说有次上朝,他力主让林则徐官复原职,并处置与洋人签订条约的内务府大臣耆英。就是这样的一个人,怎会暗中与洋人勾结谋朝篡位?

"大卫,这上面可有说,让你舅舅怎么帮他?"

"让舅舅借外事争端,联合其他诸国出兵,具体怎么实施,倒是没提!"

陈介祺想了下："问题就在这借外事争端上。看来你舅舅要没事找事，挑起争端，再联合其他国家出兵大清，好让敏亲王里应外合谋朝篡位。"

"如果将这份文件交给皇上，那可是大功一件！"

"这事恐怕没那么简单。即便我们将这份文件交给皇上，让皇上得知敏亲王爷的阴谋。可你们是否想过，以他平日的为人，不但朝中大臣，连皇上都不会相信他与洋人勾结，可见其城府之深！冰冻三尺非一日之寒——敏亲王爷能与洋人勾结，想必早有准备。单凭一枚印戳，无法令人信服。"

"那怎么办？我们不能坐视不管，任由逆贼乱国！"

"如果公使大人知道这份文件被偷，你们猜会发生什么？"

"首先封锁使馆内外，盘查每个可疑之人。"

"当然，公使大人首先要做的，就是盘查每个进入使馆的可疑之人。因此我们根本无法将文件送出，更无法尽快交给皇上。而另一边，公使大人会将文件被偷的消息通知敏亲王爷。一旦敏亲王爷得知这份文件被偷，唯恐事情败露，万一狗急跳墙，势必提前引兵反叛……"

陈介祺并未往下说，敏亲王爷手下数万拱卫京师的精兵强将，一旦反叛，后果不堪设想。

"那你说怎么办？"

"还得辛苦小玉，再将这文件送回去！"

"为何？"

"你我人微言轻，单凭这文件上的印章，无法让皇上信服。再则，这文件如此机密，我们凭什么得到？只怕到时候被敏亲王爷反咬一口，我们喊冤都来不及就已人头落地了。"

"可现在小玉姑娘已把钥匙还给了舅舅，不可能再偷来吧？"

"怎么不可能？既然玉观音不在密柜中，短时间内，公使大人应该不会去开密柜。等酒会开始后，小玉姑娘寻机偷回钥匙，把文件送回就是。我们现在要做的是以静制动——既不能让敏亲王爷的阴谋得逞，又要保全我们自己。"

第九章 命悬一线

李振卿连连点头。

陈介祺发觉小玉侧面衣襟上隐隐有血迹："受伤了？"

"没事，下来时被树枝刮了一下。"

陈介祺没有再问——他知道小玉说了谎。刚才透过窗，他看到使馆主楼那边的情况：二楼的公爵办公室窗边只有棵大柳树，柳树枝条绵柔，不像槐树多刺，不可能将人的身体刮伤。再者，能避过外面的守卫上到二楼的人，又怎会让树枝刮伤？

他越来越觉得自己不认识小玉了——或许她身上还有许多他所不知的秘密。他蓦地想起那晚蒙面人说过的话——要他防着身边的人。若小玉真为了毛公鼎，那为何要提前来到自己身边？难道几个月前，就已知毛公鼎会落在他的手里？难道小玉和苏亿年一样，都是鲁一手安排的？

外面传来的喧哗声，打断了陈介祺的思索。大卫拉开门，朝外面看了眼："各国公使大人来了！"

外面来了好些马车：国家公使中有的带着花枝招展的夫人，也有的带着贴身随从。每个国家公使都带了卫队，人数多的二三十，少的也有十几个。

大卫道："酒会即将开始，我们过去吧！"

几人随即离开了屋子。在走廊上，陈介祺看到大门外来了一顶红顶八人大轿。轿门被掀开，穿褚黄色滚龙朝服的惠亲王爷，从轿里走了出来，四个虎背熊腰的王府侍卫，立即贴身跟上。

陈介祺几人在大卫的带领下，由走廊进入酒会大厅，惠亲王爷也随后跟来。见到陈介祺时，他露出讶异又奇怪的神色。

大厅门口有法国士兵把守着，各国公使的随身翻译及参赞允许入内，其余侍从人员不允许进入，王府侍卫也不例外。

李振卿几步抢上前，朝惠亲王爷单膝下跪打了个千："王爷吉祥！"

王爷并不认得李振卿，略以抬手让李振卿平身，随即问道："你是？"

"在下琉璃厂德宝斋掌柜李振卿，久慕王爷威名！"

陈介祺随后躬身行礼："王爷安康！"

他和李振卿不同，是朝廷命官，这种场合，不可行下跪礼，恐引来洋人围观有失国威。而躬身行礼，既表达了对王爷的尊重，又不失礼节。

"你们怎会在这里？"

陈介祺躬身答："回禀王爷，我和李掌柜由大卫请来，说让我们帮公爵大人看看皇上赠的玉观音。"

惠亲王愣了一下："本王怎没听说皇上赠给梅德公爵玉观音之事？"

陈介祺低声道："那是皇上与公使大人的事，下官不得而知。兴许王爷日理万机，署理国家大事，皇上认为那样的小事，无须惊动王爷。"

王爷的脸上有了怒意，"哼"了一声，不再理会陈介祺，转身拂袖离开。

大厅内各国公使与夫人们，三三两两聚成堆，在随身翻译的帮助下，愉快地交谈着。一些来宾手里还托着盘碟，用夹子食用着桌上的食物。

大清官员除惠亲王爷外，陆续来几个尚书和内阁学士，正围着王爷寒暄着。

陈介祺环视大厅，并未见到梅德公爵，想必还在楼上没下来。他祈祷公爵千万别打开密柜，否则发现文件被偷，那可就麻烦了。尔后，他走到桌边，托起一只装了洋酒的高脚杯，放到嘴边呡了一下，感觉酒味怪怪的，和平日所喝的酒完全不同。在品着洋酒的同时，陈介祺思索起等下可能出现的种种状况。

李振卿走到他身边："陈兄还有心情喝酒？我一家十几口的性命都悬着呢！"

"是福不是祸，是祸躲不过！来，李掌柜，你也尝尝这洋酒，味道和我们平日喝的可不一样！"

李振卿端起酒杯喝了一口洋酒，不禁皱起了眉头。

没一会儿，梅德公爵穿着盛装，在两位随从的陪同下，从楼上下来。他站在楼梯口，说了一通没几人能听得懂的西洋话，接着举起高脚杯，跟客人挨个敬酒。

陈介祺见小玉在大卫的陪同下，端起酒杯主动朝公爵走去。与公爵碰杯

第九章 命悬一线

后,她微斜身子,与公爵擦身而过。就几秒钟,他知道小玉已得手了。有大卫做掩护,小玉定能将文件送回去,无须担心。

一个穿二品朝服的老头朝陈介祺走来:"你是洋人请来的陈翰林?"

陈介祺并不认得这老头,更不知对方如何称呼,想必这老头从别人那里听说了他,才过来寒暄,忙放下杯子躬身回答:"正是下官!"

"你在京城古董界的名气,我也听说了。刚才惠亲王爷问我们,我们也不知皇上送给法国公使玉观音之事。"

"下官也不知,那是洋教父说的。大人若有疑问,可进宫问明皇上。"

"我与令尊曾同朝为官多年。若令尊在世,是不屑与洋人交往的。"

"下官也是没办法。听闻皇上讨厌洋人,但洋人下官也得罪不起。这不,下官进来时,可都是提着脑袋的。"

陈介祺一语双关:在表示自己无奈之余,还警告了所谓朝廷重臣,皇上不喜欢洋人,你们像我这样和洋人走得太近,就等于把脑袋提在手里。

老头脸色一沉,转身离开了。这时,陈介祺发觉小玉和大卫已走出了大厅。

几个士兵抬了一张圆桌放在大厅中央,并在桌上铺上了层黑色绒布。梅德公爵站在楼梯的台阶上,大声地说了什么,厅内氛围随即活跃起来。

李振卿扯了下陈介祺的衣袍:"陈兄,洋大人要拿出玉观音了,怎么办?"

陈介祺见李振卿面如死灰,一副焦急无助的模样,忙道:"李掌柜,你怕什么? 你家有十几条人命,我家也一样啊!"

"我有一种不祥的预感,总觉着玉观音的事,和你那神鼎有一定的关系,可一时又想不明白问题究竟出在哪里。"

陈介祺拍了拍李振卿的肩膀:"李掌柜,别急,慢慢看吧!"

此时,一个军官模样的人,从楼上捧着一件用红绸盖着的东西走下来,将那东西小心翼翼地放到圆桌上。不少人围拢过去,想看看那红绸盖着的究竟是何物。

梅德公爵一副得意而狂妄的样子。他一边说着话,一边走到圆桌边,伸手掀起红绸。人群里发出惊叹，一尊光彩柔润的玉观音，就这样出现在大家的面前。

陈介祺朝圆桌走去时，身后传来细微唤声："姐夫！"

他扭头看去，见小玉站在身后，忙转身问道："怎么了？"

"外面多了很多守卫，连窗户旁都站了人，根本没法再进去。"

他正要开口，大卫却抢先道："陈先生，我舅舅叫您和李掌柜过去呢！"

陈介祺回身见梅德公爵正微笑着朝自己看招手，大厅内所有人的目光都汇集上他身上。当下他无法再与小玉说话，唯有尽力平静下来。陈介祺眼角的余光瞥见正与几位大臣低声交流的惠亲王爷，而王爷的目光却落在自己身上，眼中似乎满含担忧。

梅德公爵改用不太流利的中国话继续说："我们面前的陈先生，是京城内享有盛誉的鉴宝名家，也是大清的官员。而他身边的这位先生，是德宝斋的李掌柜，同样是一位鉴宝名家。今日我向诸位展示由大清皇帝赠我的唐代玉观音，将请他们二位现场鉴定！"

听到这里，李振卿顿时脸色惨白，额上冷汗直冒。

陈介祺见李振卿那副模样，上前拉住他的手，低声道："李掌柜，事到临头，怕也没用，我们两家几十口的性命，可都在你我的嘴皮上。挺起胸膛来，别让洋人把我们看扁了。"

李振卿定了定神，和陈介祺一起向中间的圆桌走去。

玉观音在灯光的映照下，泛出温润柔和的色彩。这时，人群全都聚拢了过来：各国领事和夫人们张着嘴巴，露出惊叹的神色来。

惠亲王爷眼中的疑惑一闪即逝，而玉观音的主人——梅德公爵，虽一脸得意，却又隐含着一丝阴险。

陈介祺围着圆桌转了一圈，又近距离地看了看，接着转身和李振卿交换了眼神。梅德公爵不失时机地问："陈翰林，你觉得你们皇上送我的这尊唐代羊脂玉观音怎么样？"

公爵的目光像狼一样盯着陈介祺和李振卿，所有人都未吭声，大厅内的

第九章　命悬一线

气氛一下子紧张起来。

陈介祺之前就听大卫说过，梅德公爵将玉观音与玉兔比较后，已怀疑玉观音的真伪。而这里，并非只有他和李振卿两人懂得鉴赏。若认定此尊玉观音为唐代羊脂玉，可能会中了公爵的圈套，说不定此刻那尊正宗的羊脂玉兔，就在公爵的口袋中。若皇上所赐的东西竟比不上王爷的赠与，大清国脸面全无……想到这里，他并未回答梅德公爵的话，而是转向人群中的日本公使藤野太郎："我早听说日本公使藤野先生也是一位鉴赏中国古董的行家，喜欢收藏中国古董，不知藤野先生觉得这尊玉观音如何？"

藤野太郎仔细端详了玉观音后嘿嘿一笑："谁都知道，大清国皇宫里的宝贝不计其数。我以为大清国皇帝回赠给法国公使大人的礼物，即使不是绝世珍宝，至少也应是世间罕见之物，可今日一见，实在令我大失所望。"

陈介祺转向梅德公爵："我听大卫说，皇上委托他回赠一尊唐代玉观音给您，而您怀疑这尊玉观音不是唐代羊脂玉，所以请我们两人来给您鉴定。我的鉴定结果和藤野先生的看法一样——眼前的玉观音，确实不像唐代羊脂玉，而是明代高仿品，玉质应为昆仑白玉。"

梅德公爵厉声道："这么说，你们皇帝送我的东西是假的？这分明是对我法兰西帝国的蔑视，我一定要将此事上报给我们的国王，要让你们的皇帝知道我们法兰西帝国的厉害。"

听了这话，所有人都明白此事将给大清带来怎样的后果。不单大卫和小玉，就连惠亲王爷和几位大清重臣都变了脸色。

"陈翰林，你确定你能够为你说出的话负责？"

惠亲王爷的言外之意——你陈介祺说出这话，一旦挑起两国间的事端，可就是诛九族的大罪。

"公使大人别生气，请听我把话说完。刚才藤野先生也说了，我们大清皇宫内珍宝无数。当今皇上乃盛世明君，恩泽四海。我听说皇上平素赏赐给四品朝官的礼物都属人间罕见。若说皇上送给公使大人的是赝品，此话一旦传出，影响两国邦交不说，我们大清也丢不起这脸！"接着，陈介祺又转向几位大清朝臣，"几位大人府中，像这等货色的宝贝，哪个没有呢？"

几位朝臣连连点头。

梅德公爵上前两步，大声道："你这么说，究竟什么意思？"

"我们大清皇上送的东西，绝不可能是凡物。但眼前这尊玉观音，实非宫内的东西。"

惠亲王爷开了口："陈翰林，你的意思，是这玉观音不是皇上送给公使大人的那尊？"

陈介祺点点头，望了望大卫道："皇上送给公使大人的玉观音，是你带出皇宫的。不知你在离开皇宫后，途中可见过什么人？"

他话中的意思很明白——要大卫承认离开皇宫后，玉观音被人掉了包。如此一来，既维护了大清的脸面，又使梅德公爵借事生事的阴谋无法得逞。当然，他还有更深一层的考虑：那就是大卫这个人。虽然和大卫接触这些几天来，自己觉得这洋人可以信任，但凡事都要多留个心眼。万一大卫是公爵布下的棋子，那可怎么办？他将所有责任都让大卫一个人承担，就是想确定大卫是否真的可以信任。

大卫瞬间明白过来，装模作样想了想："那天晚上我从宫中出来，已经很晚了。大清国皇帝担心我的安全，还派了两名侍卫送我。我经过琉璃厂大街，看到那里有很多人，就让侍卫回去了……"

大卫还没说完，梅德公爵呛声："你是不是要告诉我，你在琉璃厂大街闲逛时，所带的唐代玉观音，被别人掉了包？"

大卫刚要点头，就见陈介祺望他的眼色有些异样，心里顿时"咯噔"一下，不知怎么回答了。

"公使大人，事情并非您想的那样。大卫在琉璃厂大街时，我也在那里。当时有个人当众要我鉴定一只宣德炉，引起不少人围观。后来有人在街角看到被人打晕的大卫，大家将他抬来时，他还未清醒。我把他弄醒后，他说不见了一件很重要的东西——是皇上回赠给公使大人的。"

自鸦片战争后，大清国民憎恨洋人，袭击洋人的事件，不知发生了多少

第九章 命悬一线

起。陈介祺这么说，起码可以敷衍一时。

偌大的厅内，没一个人说话，空气几乎凝固了。陈介祺缓缓呼了一口气："公使大人，既然大卫从宫内带出的玉观音已被人抢走，那么，眼前这尊玉观音自然不是皇上回赠给您的礼物了。"

陈介祺一番看似普通的言语，既维护了大清的尊严，又巧妙化解了一场天大的危机，就连惠亲王爷都微微点头，眼中露出赞许之色。

"那为何大卫还是送来了一尊玉观音？"

"当时大卫跟我说丢失了玉观音，求我帮他想办法。我就让他去找夏掌柜，因为夏掌柜的铺里有不少上等货色。公使大人，如果您不相信，可以派人去调查，我愿以全家的性命担保我所言非虚。至于这玉观音是怎么来的，您问大卫吧！"

梅德公爵问大卫道："这么说，这尊玉观音是你在夏掌柜的铺子里买的？"

大卫一副很难堪的样子："夏掌柜那没有玉观音，他叫我去李掌柜的铺里买。我怕舅舅您责怪，所以没敢说。"

"公使大人，酒会开始前，我就想将此事告诉您，可您不听。我说过，我和李掌柜的命，都在您手里攥着呢！一旦皇上追究此事，就是死罪！还请大人向皇上求情，饶我们一命！"

梅德公爵瞪了陈介祺一眼，转向李振卿问："李掌柜，这玉观音真是大卫从你那买的？"

李振卿愣了一下："是的。"

藤野太郎上前两步，仔细看了看玉观音，对梅德公爵道："公使大人，这玉观音虽不是大清国皇帝所送，但也价值不菲。关系着两条人命啊！"接着他拍了拍陈介祺的肩："陈翰林，你放心，公使大人定会替你们向你们皇上求情的！"

陈介祺与藤野太郎并无交情，没想到对方会在关键时刻帮自己说话。他望着藤野太郎，眼里流露出感激的神色。

梅德公爵环视厅内后，目光落在了陈介祺身上："看来这一切都是误会！

我一定向你们皇上替你们求情！"

接着他又转向惠亲王爷："大清国皇上送给本公使的东西被人抢了，不知可有什么好的建议？"

"皇上送给公使大人的东西都被人抢走，足以证明天子脚下盗贼猖獗，是九门提督的失职，我回去后一定严办。"

一个清廷朝臣附和："贼人看大卫是个洋人，加上手里还提着东西，所以将大卫打晕，抢走他身上的东西，换几个银子花花。王爷只需派人盯着各处古董商铺，迟早会有玉观音出现的消息。公使大人，您就放心吧！"

"不知你说的'迟早'，究竟要多长时间？一个月，还是半年？"

那朝臣愣了愣——没想到梅德公爵会这么问。当下朝廷的办案能力，他是清楚的。即便皇上下了严旨捉拿一个有名有姓的贼寇，折腾三五个月，也不一定能办得了。到时找一两个替罪羊，以"办事不力"处理，就算是对皇上有所交代了。如今要大海捞针般去寻找所谓的"玉观音"，究竟要花多长时间，谁心里都没底。他迟疑了片刻，转向另几位朝臣："公使大人要王爷找回玉观音，不知诸位大人可有什么看法？"

官当得越大，就越谙为官处事之道，通晓明哲保身之理。谁都不是傻子，没人愿意把自己的脑袋往刀口下蹭，除非活得不耐烦了。几个朝臣听了这话，谁都不吭声，全都直瞅惠亲王爷，免得把性命搭出去。

惠亲王爷有些厌恶地望了望他们：这几个老家伙平日里唯唯诺诺，谈论国家大事时，一个个足智多谋的样子，深恐被人争了功；眼下需要他们帮忙，却如老狐狸般狡猾。他寻思了一会儿，正要开口说话，却听陈介祺道："公使大人，刚才这位大人已经说了，贼人抢走大卫身上的东西，只想换几个银子花花。想必贼人也知抢劫洋大人后，朝廷势必会派人追查，所以暂时不敢将抢到的东西出手，倒会将东西藏起来。王爷即便派人全力追查此事，只怕短期内难有消息。我有个建议……"

他并没把话说下去，而是望着惠亲王爷。

惠亲王也没想到，关键时刻帮他解围的，竟是自己平日里正眼都不瞧一

第九章 命悬一线

眼的七品翰林："不知陈翰林可有好的建议？"

"玉观音是皇上委托大卫转呈给公使大人的，如今被人抢了，还请王爷禀报皇上，请皇上定夺！"

惠亲王连连点头："陈翰林所言极是。回头本王定将此事禀报皇上，请皇上下旨刑部，务必在最短时间内追回玉观音。"

"不知公使大人您对王爷的答复可满意？"

梅德公爵也非不识趣之人："那就请王爷先禀告你们皇上，看你们皇上怎么说吧！"

语毕，公爵命人收起玉观音，宣布酒会照常进行。但出现这样的插曲，多少扫了来宾们的兴致，一些外国公使找各种理由离开了。陈介祺也想离去，可考虑到小玉拿的那份文件还未送回，只得耐着性子与几位朝臣寒暄。

李振卿将陈介祺拉到一边："陈兄，刚才的情形险些吓死我，还好您足智多谋，我替我家上下十几口多谢您了。"

陈介祺微笑："说这话就见外了，还请李掌门看在多年交情的分上，别难为我就行，我也有一家老小呢！"

他并未称李振卿为"掌柜"，而是"掌门"。李振卿心里明白，当下脸色微变。

惠亲王爷走来，对陈介祺道："陈翰林，我果真没看错你。以你之才，屈居七品翰林之位，实在委屈你！如今大清正值用人之际，还请陈翰林看在本王的薄面上，替朝廷多分忧才是！"

陈介祺听出了王爷的言外之意——和上次在王府一样，要升自己的官职。他沉吟片刻："王爷言重了，下官只醉心于古董鉴赏，并无多大才学。若得王爷提携重用，只怕令您失望。大清有的是安邦定国的人才，王爷您说呢？"

"本王器重你，那是你的福气！即便你父亲活着，也不敢跟本王这么说话！"

惠亲王爷"哼"了一声，转身走了。另几个朝臣也不敢再与陈介祺套近乎,纷纷跟在王爷身后,指责陈介祺"不识抬举"。

梅德公爵端着酒杯,来到陈介祺身边,脸上勉强挤出笑容,言不由衷:"陈翰林,大清国有你这样的人才,很难得!"

陈介祺心知今日挫败了公爵的阴谋,使对方恼恨却不表露,于是也装起糊涂来:"大清人才济济,公使大人实在过于夸奖在下了。"

"我们法兰西帝国的使馆,随时欢迎你的到来!"

"多谢公使大人抬举!"

两人寒暄了几句,随后,梅德公爵朝惠亲王爷那边走去。

大卫赶紧上前将陈介祺拉到一边:"小玉说那东西还没还回去!"

陈介祺朝人群中看了几眼,并未看到小玉。他记得,自惠亲王进来没多久,小玉告诉他无法将文件送回之后,就再也没见到小玉的身影了:"她去哪了?"

"她说有点不舒服,我让她去房间休息了!"

正说着,外面传来嘈杂声。站在门口的几位公使,也都放下酒杯,朝外面望去。陈介祺疾步走到窗前掀开窗帘,见原先守在院子各处的士兵,一齐聚集在大门口,枪口一致对外,不知门外发生了什么事。没一会儿,一个法国军官从外面跑来,在梅德公爵耳边低声说了几句。

大卫对陈介祺道:"没什么事,好像有几个乞丐在外面打架,已被朝廷官兵抓走了!"

陈介祺看到那个法国军官出去后,梅德公爵走到惠亲王的身边,两人低声说着话。

外面的骚乱很快平息了,涌在大门口的法国士兵,在那军官的吩咐下,陆续回到原先岗位。透过大门的铁栅栏,依稀可见外面有不少挎着腰刀的大清巡城官兵,正大声呵斥围观的人群。

"姐夫,"——一个声音从陈介祺身后传来,"文件我已送回去了!"

陈介祺点点头,接着他和李振卿一起朝梅德公爵走去。小玉随后也来到公爵面前,主动伸手让公爵亲吻。陈介祺看到惠亲王爷见到小玉的表情奇怪

第九章　命悬一线

又疑惑。他还没来得及问惠亲王，小玉究竟在王府内发生了什么事。若真是按小玉所言，王爷要认她做义女并送她入宫，需征求他的意见，可惠亲王爷和自己见面这么久，为何只字未提？难道这不是说话的地方？

他看到小玉和梅德公爵擦身而过时，右手快速闪了一下，明白小玉已把钥匙送回去了。

陈介祺三人被大卫送到门口，那法国军官下令开门。大门不远处的街面上，倒着几具无头尸体，地上还残留着一大摊血。虽有巡城官兵驱赶，但围观人群并未完全散去。那几颗被砍下的头颅，挂在使馆右侧的旗杆上，断头处仍往下滴血。

陈介祺低声问小玉："为什么要赔上他们的性命？"

"我只不过想让他们在门口闹事，好引开使馆内的士兵，没想到会这样！"

李振卿问："你人在使馆内，如何与他们联系，要他们在门口闹事？"

"我进使馆前，就与他们约定，只要看到我的信号，就按计划行事！"

陈介祺看着那几具尸体——虽衣衫褴褛，蓬头垢面，但双手白皙，其中一人的脚上穿的还是双牛皮底的新鞋，很明显不是流浪街头的乞丐。那他们又是何人？和小玉有什么关系？

门口还停着几辆马车——各国公使的专车。陈介祺看到日本公使藤野太郎，在几个日本武士的保护下，从里面走来。正要转身，就听藤野太郎大声道："陈翰林，我那有几件古董，还请你帮忙掌掌眼！"

藤野太郎不愧是个中国通，连古玩界的行话，都一清二楚。

"陈翰林，连句'谢谢'都不说，就这么走了？"

"公使大人，若我在梅德公爵面前对您说'谢谢'，您认为他会怎么想？"

"走，上车说！"藤野太郎看了看小玉和李振卿，"其他的人，我恐怕没办法一起送回了！"

大卫道："没事，我送小玉回去！"

李振卿也表示可以自己回去。陈介祺见这样，也没再说话，就跟藤野太郎上了马车。马车前行了一段路，藤野太郎才道："据我所知，那晚大卫从宫中出来时,手里并未拿东西。"

陈介祺心里明白,京城内的一举一动,恐怕都逃不了这个狡诈东洋人的眼睛,就干脆反问:"那你认为大卫为什么那么做?"

"大卫只是个思想单纯的教父,他根本不懂梅德公爵的真正想法。"他望着陈介祺,狡黠地干笑了几声。

陈介祺当然听得出藤野太郎笑声里的意思:若梅德公爵的阴谋得逞,法国逼迫大清,成为最大的赢家,如此一来势必破坏其他国家对大清的企图计划,这无疑是东洋人不愿看到的。但他却装作什么都不懂的样子:"是啊,他今天害得我差点人头落地了,还多亏公使大人您的帮助!"

"不仅你一人的脑袋,还有你家人的,全都会落地。陈翰林,你打算怎么谢我?"

"不知公使大人想要我怎么感谢?只要办得到的,在下一定答应您!"

"听闻陈翰林收藏了一座古鼎,若愿出让,我出一万两银子。当然,我也知道你收藏的东西从不转手。这样吧,我只看一眼,这不算为难你吧?"

陈介祺自买回毛公鼎,各种怪事接连不断,实在不敢将神鼎给别人看,以免再折腾出什么事来。可藤野太郎当着大家面说的几句话,无形间逼迫了梅德公爵,不但救了自己和李振卿两家人的性命,还使梅德公爵的阴谋破产,替大清暂免一场外交纷争。于情于理,他都不应拒绝。如果他连对方的这点要求都不答应,只怕这身材不高但精于算计的家伙,不知会弄出什么幺蛾子来:"那只是一只普通古鼎,不值得公使大人鉴赏。"

藤野太郎"嘿嘿"地笑了两声:"既然是只普通古鼎,为何惊动了惠亲王爷?据我所知,王爷看上的可都是极品古董!"

这东洋人确实厉害,好像什么都知道。陈介祺也知瞒不过:"若公使大人要看,去看便是,不过今日恐怕不行!"

藤野太郎眼中闪过一丝兴奋的光彩:"为何?"

"虽说公使大人去我府上只是看一只古鼎,但难保有人借此生事,只怕那时,我纵然有十个脑袋也不够砍。"

第九章 命悬一线

藤野太郎的眼珠子"咕噜咕噜"转了几圈:"我答应你,我会选个合适的时机,绝不会让别人知道!"

马车到了陈介祺家的胡同口,外面有人打开车门,陈介祺和藤野太郎告别后,抬脚下了车。他看到陈忠手里提着把马刀,身后跟着几个府内仆人,手里也都拿着棍棒,急匆匆地从胡同里出来。

第十章
皇上密旨

却说陈介祺下车后，天色已黑。看到陈忠领着几个府内仆人，手里都拿着刀棒，不知要做什么："你们这是要去哪儿？"

"少爷，您没事吧？"

"我没事，怎么了？"

"没事就好，没事就好！"

"你们还没告诉我这是要去哪里？"

陈忠用袖子抹了抹泪："就在少爷走后没多久，古缘斋夏掌柜来找您。也不知是什么事，他听说少爷和李掌柜去了法国大使馆，连说李掌柜害了少爷，这一去只怕有去无回。夫人得知后也很担心，要我派个伙计去大使馆那探探情况。刚伙计跑回来说，使馆里多了很多洋兵，后来几个乞丐在门口闹事，被闻讯赶到的巡城官兵抓到，当场砍了脑袋。不少外国大使都出来了，只没有见到少爷。我一听情形不对，急忙叫上府里的几个伙计，打算去使馆里抢人呢！"

"看把你们担心的，就凭你们几个人，只怕还没进去，就被洋枪打倒了！"

"少爷，怎么没见小玉姑娘，她不是和你在一起吗？"

"你怎知她和我在一起？"

"今儿一早，少爷还没从宫内回来时，那个叫'大卫'的洋人就把她叫走了。我本来不愿让她出去，可夫人说，只要小玉愿意，随便怎么都行。我寻思那洋人是法国人，一定住在法国使馆里！后来我见少爷和李掌柜出门也是去法国使馆，所以寻思少爷和小玉姑娘应是一起回来。"

第十章 皇上密旨

"她是和我在一起,不过没和我一起回来!我先去见夫人,如果大卫和小玉回来,你让他们到书房等我!"

陈忠答了声"好咧",就带着那几个仆人转身回府了。陈介祺随后迈着方步跟进去,进府后,他并未在大厅停留,而是直接来到后院——夫人这时一般都在后院,和丫鬟春香一起做女红。

陈夫人看到陈介祺推门进来,起身叫了声:"相公!"

陈介祺看到夫人面前堆着一堆红绸,旁边还有绣好的鸳鸯枕头,于是问:"你们给谁做嫁妆?"

春香在旁边道:"还能有谁?你没看大卫对小玉姑娘那么好吗?夫人说了,人家虽然嫁给洋人,可也不能照洋人的规矩乱来!"

大卫钟情于小玉倒是实情,但以小玉的性格,未必喜欢大卫。陈介祺觉得小玉越来越令人不可捉摸。还有个问题他没敢对夫人说,那就是小玉的真实身份。自从买来毛公鼎后,他觉得小玉的言行,似乎不像一个为父鸣冤的无助女子,倒像是一个肩负某种使命之人。或许应找个时间和小玉好好谈谈,不管怎样,都必须知道,小玉和毛公鼎之间,究竟有什么联系。

"这'八字没一撇'的事,你俩倒忙活开了!夫人,我正有件事想与你商量!"

"相公,请说吧!"

陈介祺看了春香一眼:"春香跟了你这么多年,也老大不小了。虽说夫人有意让我收房,可碰上了那么多事,白白耽误了她。我寻思着她总不能跟我们一辈子,须得为她找个好人家,也不枉她伺候你一场。我有个同僚,人挺不错,前阵子刚死了老婆。我对他提起过,他也愿意,春香过去就是大房……"

还没说完,就听春香哭道:"老爷,夫人,你们口口声声说为我好,是不是嫌我年纪大了,想把我赶出去?要真如此,直接说好了,用不着借口帮我找人家!"

"春香,你这是说哪里话!你我相处多年,不是姐妹胜似姐妹,相公也是一片好心,但就算他愿意,我都舍不得!哪会把你往外赶呢?"

"既然如此,那请老爷不要动此念,否则春香宁可死在你们面前,也不愿

117

嫁。春香想过了，就服侍夫人一辈子。等夫人百年后，若春香还有命在，必定出家为尼，替夫人念经求佛，保佑陈家根深叶茂，子孙满堂！"

"我的好妹妹，你别哭了，你这一哭，我的心也跟着酸了！好了，我答应你，让你跟着我一辈子，这总行了吧！"

陈介祺默不作声，他之所以那么想，除了想替春香找个好人家外，还有另一层意思。依目前情况，他已被动地卷入几股势力中间，根本无法自保，说不定哪天会惹来灭门之祸。春香跟着夫人多年，尽心尽力，可不能再搭上一条人命了！

他刚要说话，却听陈忠在外面喊道："少爷，小玉姑娘和大卫回来了，我按您的吩咐，让他们在书房等您！"

陈介祺同陈忠来到书房，进去时，他吩咐陈忠守在门口，别让其他下人靠近。

书房里已点上蜡烛，小玉则加了件翠绿色罩衣，正斜靠在椅上，脸色有些苍白，但精神还不错。而大卫正弯腰在书桌前，欣赏陈介祺前些天写的一篇文章。

大卫看到他后，指着帖子上的字道："中国的文字真是奇妙，同样一个字，居然有很多不同的写法，写得好还能换银子。在我们法国，除了创作，可没那些靠写字赚钱的。"

陈介祺浅笑，对小玉道："文件送回去了？"

小玉和大卫都点头。大卫还笑："她要我找机会把一块红布丢到街上，我还不知怎么回事，原来她和外面的人约好，要那几人在门口生事，引开使馆内士兵们的注意。好趁机爬到二楼，把文件还回去！"

"此事千万不可泄露，否则后果不堪设想。"

小玉"嗯"了一声，对大卫道："你可以回去了，谢谢你！"

"那好，我明天再来找你！"

看大卫出去后，小玉才对陈介祺道："姐夫，麻烦你叫姐姐来！"

第十章 皇上密旨

"叫她来干吗？"

小玉脸上一片潮红,掀开左边衣襟,让陈介祺看到自己肋下的血迹,羞涩道:"你一个大男人,行么？"

陈介祺暗叫惭愧:在大使馆内,他就知道小玉受了伤。只见她肋下侧面衣襟上的血迹,比原先多了不少,看样子伤得还不轻,能熬到现在实属不易。他忙吩咐守在外的陈忠去唤夫人,顺便带点金创药来。

"姐夫,你一定有很多事想问我,但我不会说的。和姐姐姐夫相处的这段时间里,我知道你们都是好人,我就算粉身碎骨,都不会有半点害你们的念头。姐夫,听我一句话,姓李的那个掌柜,你得防着点。"

自从得知李振卿与鲁一手是一路人后,陈介祺就对他有所防备了,无需小玉这么叮嘱。他明白小玉有苦衷,不过既然对方不愿说,又何必强人所难？

没一会儿,手里拿着金疮药盒子的春香,陪着陈夫人推门进来,准备替小玉包扎伤口。陈介祺遂识趣地退了出去。刚走出书房,就见看门的下人疾步走过来:"老爷,外面有人想见您,他说他姓李！"

陈介祺寻思:姓李的除李振卿外,还能是谁？可府内下人们,没有不认得李振卿的。再说,李振卿若知道自己在家里,根本不用下人们通报,有时就直接进来了。那门外这个姓李的,又究竟是何方神圣？

陈介祺吩咐下人将来人先带到客厅,自己随后过去。才入客厅,就见一个穿青衣长褂、脑后拖条清亮粗大辫子的年轻后生,从椅上起身朝自己拱手道:"晚辈李鸿章见过前辈！"

陈介祺见这个叫"李鸿章"的后生,生得剑眉虎目阔鼻,鼻梁高挺,人中阔长,可谓仪表堂堂,坐有龙蟠之势,起身如猛虎出林。当下心中一惊:此人前途无量！

研究珍宝古玩之余,陈介祺对周易八卦和相面之术都略有研究。俗话说:"看人先看相"——以其相貌来看,他日必成大器。

拱手还礼时,他觉得这个自称"晚辈"的人似乎在哪见过,只是一时想不起来。而李振卿铺里,也绝无这样一个人物。当下小心翼翼地问道:"不知阁下找我所为何事？"

李鸿章见陈介祺一脸茫然地望着自己，于是道："您真忘了，一年前晚辈刚入职没多久，为一篇汉代礼仪的文章，还得到了前辈的指导呢！"

陈介祺终于记起——面前的年轻人是刑部郎中李大人之子，天资聪慧，道光二十七年进士，朝考后改翰林院庶吉士，后授翰林院编修，充武英殿编修。翰林院内都是一帮自认满腹经纶的文人骚客。正如魏高祖曹丕在《典论·论文》中说的那样："文人相轻，自古而然"——平时一副相互谦恭的模样，心里还不知怎么轻视对方呢！对于新人，若无背景，轻则冷嘲热讽，重则打压。记得那天自己去办事，见一个年轻人拿了篇稿子在讨教，几个老编修则爱理不理。他当时看不过，遂上前指导了那位年轻人。

他和李鸿章虽同属于翰林院编修，但由于职责不同，所以并未再见面，故一下子未想起来。

陈介祺拍了拍额头："看我这记性！实在惭愧至极！"

"在京城前辈也是知名人物，平日里见过的人很多，你我只在一年前仅有一面之缘，记不起来也很正常！"

"阁下莫非收藏了什么好古董，想要我帮忙鉴赏？"

李鸿章摇头："晚辈的老师离京时，曾对晚辈说，陈翰林满腹才学，非池中物，要晚辈多向您学习！"

陈介祺想起数日前与自己见面的曾国藩，对方与刑部郎中李大人乃同年进士，且私交不错，李鸿章所说的"老师"，应是曾国藩无疑了。他笑了笑："曾大人实在太抬举我了，我只不过对金石古董略有研究，徒有虚名罢，学这些不上台面的东西，只怕会误了你的前程。"

"前辈太谦虚了，满朝文武大臣，能得到惠亲王赏识的有几人呢？"

陈介祺瞬间明白了：原来惠亲王请自己入府的事，虽做得比较隐秘，却已暗地里传开了。一些头脑灵活之人，岂会放弃这巴结的好机会？李鸿章将上门拜访的时间选在晚上，也是生怕被人知道，引起不必要的麻烦。说不定之后会不断有人上门拜访。一旦让皇上得知，岂不落个结党营私之嫌？他正

第十章 皇上密旨

要开口,却听陈忠在外面喊:"少爷,宫内来人了!"

他大吃一惊:一定是法国大使馆的事情,被人禀告给皇上了。若皇上盛怒之下,追究自己勾结洋人捏造事实、有损大清国体的大罪,可如何是好!

想到这,陈介祺顿时吓出了一身冷汗。

"前辈,容我回避,以防被公公撞见!"

陈介祺点点头,见李鸿章转入后堂,忙整理衣衫走出客厅。府门口灯火通明,陈忠领着几个下人,已将正门打开,退到一旁躬身站立。一个公公在几个内廷侍卫的簇拥下大步走来。他松了口气,忙上前几步,依朝廷礼仪下跪施礼:"下官陈介祺见过公公!"

公公将拂尘往臂上一搭,尖着嗓子道:"奉皇上口谕,召翰林院编修陈介祺进宫面圣!"

皇上夜晚紧急召见一个区区七品翰林, 在大清历史上, 是不曾有过的事。公公说完后,即让陈介祺起身。

陈介祺上前借近身之机,偷偷将一张银票塞到公公手里:"不知皇上召下官入宫所为何事?"

"惠亲王爷向皇上荐举你,难道不是好事吗?还等什么,跟我走吧!"

陈介祺一听这话,心里"咯噔"一下:以王爷的权势,若想提拔自己,只需让吏部拟个折子即可,根本无需惊动皇上。王爷此举有何用意?

他换上官服,随公公上了轿子,一路胡思乱想。不知过了多久,下轿后见五步一岗十步一哨——宫禁内果然戒备森严。见眼前殿堂门口上方匾额上写着的"勤政殿"三个大字,陈介祺才明白自己并未入宫,而是来到了圆明园。

"皇上有旨,宣翰林院编修陈介祺觐见!"

公公见他面有惶恐,遂朝里面指了一下:"陈翰林,请吧!"

陈介祺看了看站在殿门口两边的内廷侍卫,硬着头皮进去了。殿内只有两人,一个是先前见过两次的惠亲王爷,另一个则是位面容清秀、身穿金线滚边黄色龙袍的年轻人——当今圣上。

他三跪九叩、高呼万岁后伏跪在地上，听得一声清脆的"平身"后，才敢起身，低着头不敢乱动。

"你就是陈介祺？"

"正是奴才！"

"你在洋人使馆内的事朕已耳闻，皇叔觉得你是个不可多得的外交人才，遂举荐你入阁参与外事！"

入阁参与外事，至少是三品官员——一下子从七品跳到三品，对于很多人而言，那真是祖坟冒烟！

"王爷实在太抬举奴才了！奴才并无多大才学，实在难以胜任！"

"听皇叔说，你对金石很有研究？"

"回禀皇上，奴才只是爱好而已！"

伴君如伴虎——他不敢乱说话。在皇帝面前，稍有不慎便会脑袋搬家。

"那你看看，朕手上这枚玉扳指，究竟怎样？"

"奴才不敢！"

"你尽管看，即便说错，朕也赦你无罪！"

"谢皇上恩典！"

起身后，他才敢抬头看咸丰皇帝：只见皇上微抬左手，翘起拇指，面无表情。

"此乃正宗新疆和田羊脂玉，其料为上等籽玉……"

话没说完，就见皇上脸色一沉："陈介祺，你好大胆！仗着对金石有几分研究，就肆无忌惮，居然勾结洋人捏造事实，险些酿成大祸，你可知罪？"

陈介祺吓得筛糠般的跪在地上，话都不敢说了。

"……念你对大清忠心一片，此事朕不追究，但不许有下次！你回去吧！"

听到这话，陈介祺如蒙大赦。本想起身谢恩，却毫无力气，还是身旁的公公扶他起来的。

他脚步飘忽地退出了勤政殿，只听扶他出来的公公神秘兮兮道："陈翰林请随我来！"

第十章 皇上密旨

那公公提着灯笼在前面带路，他跟着公公转了几道走廊，进了一座偏殿，公公命人送来上等的龙井茶，让他安心等会。

喝了几口茶，陈介祺正要起身，只见殿门开启。他抬头一看，吓得立即跪在地上，口称"万岁"。

此时咸丰皇帝已换了身便装，见陈介祺跪在地上，低声道："平身吧！"

"皇叔举荐你入阁参事，你为何不愿意？朕若当场下旨，你想抗旨不成？"

"皇上，若此事发生在半年前，奴才感激都来不及。可现在，奴才实在不敢，奴才虽不怕死，可家里有十几口人呢！"

咸丰皇帝"咦"了一声，问道："这是为何？"

陈介祺于是将如何买到毛公鼎，以及后来发生的事情，一五一十地说了。只对小玉身份以及敏亲王爷与梅德公爵签署卖国条约等几件事做了隐瞒。

"想不到世间竟有这等宝贝，朕想见一见！"

"皇上若想要，奴才这就回去将毛公鼎送来！"

"不急，如果真如你所说，朕倒愿让毛公鼎留在你府内，看看那些人究竟藏了什么样的狼子野心！朕见你情愿得罪皇叔，也不愿入阁参事，朕就放心了！"

"皇上乃盛世明君，奴才如今已被逼得几乎无路可走了，还请皇上示下，给奴才指一条活路。"

"你就当什么事都没发生，仍当翰林院编修，继续研究毛公鼎上面的那些古怪文字。朕也想知道，毛公鼎是否真的那么神奇，能颠倒乾坤，预知未来之事。"

"可以奴才一己之力，根本没法和那些人抗衡！万一神鼎让人抢走，奴才就是有十个脑袋，也不够皇上砍呀！"

"这没关系，从今日起，朕命大内侍卫暗中保护你。另外，朕再给你下一道密旨，危急时刻，可调动京城内外的兵马！"

陈介祺内心一紧，已知皇上用意：要大内侍卫保护自己，自然不愿让毛公鼎被人抢走。可大内侍卫还有另一个职责——监视与毛公鼎有关所有人。深居皇宫大内的咸丰皇帝，别看年纪不大，可心机不逊于惠亲王爷。只是令人不解的是，皇上既已派大内侍卫保护自己了，为何又另给一道可调动京城内外的兵马的密旨？要知道，有这份密旨，他便可控制京城内外，即便谋朝篡位，也不无可能！

咸丰皇帝写完密旨后盖上印章、折好，用一个香囊装了，交到陈介祺手里，说："朕知你父亲刚正不阿，有其父必有其子，朕相信你。有了这份密旨，朕将大清江山和无数黎民百姓的性命，一并交给你了！切记，不到最后关头，千万不可打开，更不可随意将密旨示于他人！"

陈介祺接密旨的手在发抖——他清楚这密旨的重量。

咸丰皇帝面色悲戚："西洋诸国咄咄逼人，南方贼寇作乱，你以为朕不想学圣祖皇帝那样威服四海吗？可你也知道，如今的大清，早已不是那时的大清了。朕也想用举国之力同西洋人一决高下，以振国威，可西洋人即便怎么样，只不过要几块地方，讨几个银子，而南方贼寇要却是整个大清江山！"

陈介祺明白了咸丰皇帝的意思——在对付西洋人前，首先要对付的，是南边造反的太平贼寇。

"你回去吧！若你能为大清立下不世之功，朕自有重赏。"

陈介祺小心将香囊贴身藏好。刚退到门边，又听咸丰皇帝道："小玉姑娘父亲被冤一事，你可写好状纸，让小玉姑娘去刑部衙门喊冤，朕自会还她父亲一个清白！"

陈介祺退出门外，在那公公的带领下出了园子。抬头一看，天边已微露晨曦。一阵风吹来，他感觉背脊微凉——内衣已被冷汗浸湿了。

他并未回家，而是直接去了入值的地方。刚进门，就见几个同僚惊诧地看着自己。这才想起，原来今天没轮到自己入值。在与几位同僚寒暄一阵后，他借口有事离开了圆明园。

回到府内，陈介祺坐在书房里呆了半晌。回想这几天发生的事，若不是确认咸丰皇帝给自己的香囊还在怀中，他宁愿这是一场未醒来的梦。

第十章　皇上密旨

他从怀中取出香囊，拿在手里掂量。谁都想不到，这轻若无物的香囊中，竟有份关系大清国运的密旨。陈介祺环视了书房里的书架，小心翼翼地将香囊藏入一本《道德经》中。

回到椅边正要坐下，却见书房门开了：夫人端着一只盛着火烧和小米粥的盘子进来了。

"相公，听忠叔说你回来后，在书房里呆坐着，已有一个时辰了。我不放心，就过来看看。"

"夫人请放心，我没事！"

"还没事？也不看看你那脸色！"

"我的脸色怎么了？"

陈夫人拿过一面镜子，让陈介祺照了照。一照镜子，他几乎吓了一跳：脸色惨白，双目无神，眉宇间居然有一抹青灰色。照相面之术，这是大凶之兆——短时间内即使能逃过一死，也难免不了牢狱之灾，凶险不得而知。

"有件事我差点忘记了，就在你跟公公出门没多久，府外来了顶轿子，将小玉姑娘接走了！"

陈介祺惊得从椅上蹦起来："什么人接她走的？"

"据忠叔说，来人山东口音，说是小玉姑娘的远亲。我也寻思小玉来府上后，从未提起还有什么远亲。她受伤不轻，我本不愿让她走，可她自己坚持要走，我也没办法。她临走时还说若相公从宫内回来，有什么事想找她，可去正阳门外找一个叫"铁面神算"的算命先生。"

陈介祺呆坐回椅子上：小玉也知在自己面前难再掩藏身份，遂选择离去。冥冥之中，他觉得小玉与那晚来书房的蒙面人，似乎有些某种关系。

"要不我让忠叔陪你去一趟？"

陈介祺想了一下，朝夫人摆摆手。他至今没弄明白小玉那拨人，究竟是什么人，但起码到目前为止，都没有想害自己的举动。再则，小玉大伤未愈，正需调养。若此刻贸然去找，跟踪自己的大内侍卫，势必将行踪报告给皇上。一旦皇上认为他有所隐瞒、另怀私心，后果不堪设想。倒不如以静制动，看情形究竟如何发展。说不定有一天,小玉会主动出现在自己的面前。

当前,陈介祺需要考虑的并不是怎么找小玉,而是如何应付日本大使藤野太郎。若藤野太郎看了真的毛公鼎,不知又会惹出什么麻烦来。若是能有个以假乱真的高仿就好了!

陈介祺在夫人的服侍下换了便服,吃完火烧和小米粥,并未让陈忠跟着,起身朝外面走去。陈夫人望着他的背影,轻轻叹了口气。夫妻多年,心里早有默契,他不愿说的事情,她从不开口问。

陈介祺离开家走到街上没多远,就觉后面有人跟踪。他趁在路边小摊看玩具之际,朝后偷瞄了一眼——果然看一个穿黑色短褂的汉子,站在离自己不远的地方。他装作什么都不知道的样子,一路边走边玩。又走了一会儿,迎面碰上德宝斋伙计胡庆丰。胡庆丰疾步上前朝他打了个千:"陈翰林,我正要去您府上,想不到在这碰上您了!"

"去我府上做什么?难道你们掌柜的有事找我?"

"正是!我们掌柜的和夏掌柜他们几人,往高老太爷府上去了,他让我来找您,让您直接过去。"

陈介祺早知高老太爷被杀一事并不简单,只是眼下情形,哪有心思去顾及高老太爷的死因?李振卿和夏掌柜他们去高府,定是看在昔日情分上,给老太爷上一炷香。至于其他事情,就看个人怎么想了。

"我知道了,你回去吧,我这就去!"

胡庆丰走后,陈介祺在街上雇了顶小轿子,朝高老太爷府上去。到高府门前下轿,早有府内下人迎着。陈介祺说明来意,下人将他领进府内,先到客厅奉茶。

客厅内,只见八仙桌已被撤去,两边各放了两排椅子。他见李振卿和夏立祥等人都在,还有其他几位古董界名人。

夏立祥低声道:"陈翰林,听说高老太爷是被人杀的,衙门已派人查验过了!"

第十章　皇上密旨

"看来夏掌柜消息灵通啊，不知夏掌柜是否知道高老太爷为何被人所杀？"

"这我怎么知道？要不等会上完香，你顺便问问高家人，看看老太爷与什么人结下如此深仇大恨？"

陈介祺心知夏立祥颇有心计，要想从他口中探出口风，比登天都难。这时，身后有人低声说道："我听府内人议论，说高老太爷的死，好像跟刚刚死掉的五姨太有关系。陈翰林，你是官府的人，只需去衙门那边打听一下，应该就知道了！"

陈介祺正要说话，却见从客厅外进来两人，走在前面那个身穿孝服的，是高老太爷的儿子高士虎；跟在其身后的，居然是惠亲王府的刘总管。他心中一惊：高老太爷平日最不喜欢与官府的人交往，金盆洗手后更是闭门不出，即便督抚一类的大官也很难请得动，怎和惠亲王府扯上了关系？

刘总管微微抬头，在客厅人群中扫了眼，看到坐在一旁的陈介祺，忙上前拱手道："想不到陈翰林也来了！"

陈介祺回了礼："陈某虽与高老太爷相识多年，可并无深交。然敬仰高老太爷为人，应李振卿掌柜之请，特来送送老太爷！怎么，刘总管与老太爷也是熟人？"

"我与高老太爷也只见过几面，请老太爷帮王爷看过几件东西。王爷听说老太爷被人害了，命衙门全力捉拿凶犯，又命小人过来看看！"

高士虎朝刘总管施礼道："承蒙王爷如此厚爱，我高家上下实在感恩涕零。若能抓获杀死我父的凶手，来世做牛做马，我也要报王爷的大恩大德！"

依刘总管之言，惠亲王爷与高老太爷并无多少交往，以王爷之尊，怎会如此关注此事？如此岂不是有"此地无银三百两"之嫌？以王爷的智商，怎会犯这般低级错误？

在高府的安排下，众人依次到灵堂给老太爷上香，上过香后就告辞离去。

陈介祺和李振卿离开高府时，并未见到刘总管和夏立祥二人。向高府的人打听，才知刘总管上完香就直接走了，而夏立祥是和另外一个人一同离开的。

走在街上，陈介祺低声对李振卿道："你对高老太爷的死，有什么看法？"

"你不是在我家桌上留下了那三个字吗？除了他还能有谁？走，陈兄，我们找个地方喝茶，慢慢聊！"

两人来到一家茶楼，找了处靠窗僻静的地方坐下。喝了几口茶后，陈介祺将藤野太郎在车上对自己说过的话，告诉了李振卿："你问问鲁掌门，要连东洋人都想得到古鼎，我该怎么办？"

"或许藤野大使得知王爷对古鼎感兴趣，他也想见识一下？"

陈介祺何曾不希望是这样，可他在与藤野太郎交谈时，总感觉那身材矮短的东洋人，看似通情达理，却透出一股异于常人的精明。而这种人，往往最难对付。

他端起茶盅喝了几口，朝窗外望去，漫不经心地看着街上来来往往的人流，这时，人群中有个人引起了他的注意。

第十一章
古鼎与玉佩之谜

且说陈介祺与李振卿在茶楼上喝茶，本是想商量出应付日本公使藤野太郎的办法，但见对方并未将此事放心上，便未再说下去，而是在喝茶的同时望着街上的人流。不料这时却看到一个人，他忙拉李振卿到窗边，指着人群中的那人道："李掌柜，你看，那不是苏亿年苏掌柜吗？"

那毛公鼎是苏亿年卖给他的，可后来其兄苏兆年却找上门来，不但要寻弟弟，还想将那鼎重新买回去。再后来陕西巷醉花楼的熊二，又以苏亿年输光银子为由，在自己这讹走了一千两银子。

李振卿看清了那人的模样："正是他！"

"我早让他回西安，他怎么还在京城？走，看看去！"

李振卿虽有些不情愿，却被陈介祺拉着，两人一起下了楼，隔着几丈远的距离跟着苏亿年。一身黑绸长衫的苏亿年在人群中闲逛，时不时驻足街边小铺，随手拿些东西看看后又放下。

当他走到一处街道的拐角时，旁边过来了一个人。苏亿年与来者站着说了会儿话后，那人便匆匆往另一边去了。

"陈兄，怎么不上前？"

"我想看看他究竟要去哪，回头也好让他哥找到他，你说是吧？"

李振卿脸色微变，默默地跟在陈介祺的身后。两人跟着苏亿年转了两条街，见对方进了一家名叫"瑞祥号"的布匹店。陈介祺认识"瑞祥号"掌柜——姓马，大家都叫他马掌柜。"瑞祥号"经营南方丝绸布匹，质地上乘，生意不错。马掌柜亦有收藏古董的爱好，陈介祺曾帮对方鉴定过几件古董，所以认识。

在离"瑞祥号"不远的街边，两人找了个卖凉粉的小摊坐下后各要了碗凉粉，边吃边注意着"瑞祥号"的动静。

一盏茶的时间过去了，并未见苏亿年从店里出来。陈介祺在桌上丢了几个铜板，起身朝"瑞祥号"走过去，李振卿忙起身跟上。

刚进"瑞祥号"，里面就冲出一个人，险些撞到自己。陈介祺抓住了那人，他正是差点消失的苏亿年。

苏亿年也认出挡住自己去路的两人，登时脸色惨白，挣扎着要逃走，无奈被陈介祺死死抓住，他只得涎着脸，硬着头皮打招呼："原来是你们二位呀！"

"苏老板别来无恙？"

"多谢陈翰林挂念，若二位没什么事，我就先告辞了！"

就在这时，从店里追出一个人："苏老板，你这么做太过分了！我若去报官，只怕你吃不了兜着走！"

陈介祺认出从店里追出的人，正是"瑞祥号"的马掌柜。马掌柜也看清拦住苏亿年的是陈介祺和李振卿，当即拉起了他们的手："二位来得正好，给评评理！这三十六行，每行都有每行的规矩，总不能不讲信用、坏了规矩吧！"

"那是那是，不知马掌柜和苏老板之间，发生了什么坏规矩的事？"

"前两天他来店里，拿出块玉佩，说要卖给我。我看那佩不错，就给了他一千两银子。谁知今天他来说玉佩上有些问题，想指给我看。我见他实诚，才回屋取出玉佩，想不到他居然将佩抢了过去，丢给我一张一千两的银票，说是不卖了！陈翰林、李掌柜，你们说说，哪有卖出的东西又要回去的理呢？"

陈介祺微笑：这姓苏的也不知中了哪门子邪，居然想着将卖出的东西要回去。不过，他仔细寻思后，觉得这里面似乎问题：若苏亿年来找马掌柜退货，根本不可能有心思在街上闲逛。他依稀记得，对方是在街边与一个人说了话后，才来"瑞祥号"的。也就是说，是那人要苏亿年来退钱取回已卖出的东西，当下后悔自己未注意那人的模样。

"苏老板，这就是你的不对了。按行业的规矩，哪有卖出的东西又要回的？你我多年交情，若是缺银子，尽管开口，何必去做这坏了规矩的事？"

第十一章 古鼎与玉佩之谜

苏亿年脸色很难看："这……这玉佩……实在不能卖给他！"

"既然玉佩不能卖给人家，你当初就不该卖，现在说这话，不觉得晚了么？"

趁说话的当口，马掌柜已招呼店里的两名伙计上前将苏亿年死死拖住，从他的怀中搜出了件用黄绢包裹着的东西。

马掌柜将东西托在掌心，小心掀开黄绢，露出一块颜色暗黄、形状古怪的玉佩。陈介祺从玉佩的色泽上一眼认出这是块汉代前的古玉，而古玉上的纹理，分明有商周时期的风格。至于这形状，不圆不方，像个扇面，却有处缺口，这样的玉佩他此前并未见过。但更令他惊奇的是，这佩背面的文字，与毛公鼎内阴刻的文字极为相似。

李振卿看到玉佩，脸色突变，瞪着苏亿年："这块玉佩怎会在你手里？"

陈介祺见李振卿说出这话，忙问："你认识这块玉佩？"

不等李振卿回答，马掌柜道："陈翰林、李掌柜，二位既然来了，就帮看看，这玉佩究竟值几两银子？"

自古黄金有价玉无价：真正上等的古玉器，是无法估价的。

李振卿也顾不得陈介祺在旁，对马掌柜正色道："马掌柜，你若听我一句劝，除苏亿年还你的一千两外，我另外再给你两百两，当是他坏了规矩的补偿，你把玉佩还他，这事就当没发生过！"

听李振卿说愿意出两百两作为补偿，马掌柜更认定这玉佩价值不菲，越发不答应了："这是我和苏掌柜之间的事，李掌柜用不着当好人，干脆我报官，让官府来处置好了！"

陈介祺知道马掌柜有亲戚在工部主事，他一定仗着衙门里有人，才敢这么说。

"马掌柜若想报官，我自然不阻拦，但在报官前，容我把话说完！"

"我倒想听听李掌柜有何高见！"

"马掌柜有所不知，这玉佩乃高老太爷的随身之物，不知怎么竟然落到苏老板手中。高老太爷被杀之事，想必马掌柜也听说了！"

马掌柜点了点头，高老太爷被杀一事，在皇城根下早已是街知巷闻。

"惠亲王爷已下令刑部彻查此事,若将苏老板交给官府,我也好去讨几个赏银花花。不过一旦官府追查起来,只怕这销赃的罪责,马掌柜是逃脱不掉了!"

"那你认为我该怎么办?难道要把到手的好东西还他不成?"

"马掌柜是聪明人,无需我再多说了吧?"

马掌柜转了转眼珠子:"大家都是熟人,我可不管这玉佩是不是赃物,除这一千两外,另外再加两千两,否则我宁愿报官!"

陈介祺暗忖:这姓马的确实够狠,明知李振卿诳他,也不点破,反倒漫天要起价来。须知这"瑞祥号"的店铺,买下来也不过两三千银子而已。

李振卿也不是傻子:"这事和我并无半点关系,我为何要瞎掺和?陈翰林,我们走,顺便去衙门领个赏!"

马掌柜见此情景,忙扯住李振卿:"李掌柜请别急,我让一步,一千八百两,怎样?你既愿意帮他,不如帮人帮到底!"

"我最多出五百两,多一文都不干,行就行!"

"好好好,就五百两。李掌柜,我是看在你和陈翰林的面子上,若换了别人,我可不答应的。"

李振卿拿出一张五百两的银票递给马掌柜,顺手将马掌柜手里的玉佩接了过来,转身准备离开了"瑞祥号"。陈介祺走在李振卿身边,苏亿年则像个犯了错的孩子,一声不吭地跟在他们后面。

李振卿和马掌柜讨价还价时,陈介祺没吭声——他想知道的是,这李振卿的葫芦里究竟卖的什么药?

三人一前一后地走了一段路。陈介祺偶一歪头,看到街边有个卦摊,卦摊旁立了一面旗,旗上写着"铁面神算"四个大字,大字两边各有两排小字:左边是——铁面判官判定人世凶险;右边则是——八卦神算算尽苍生祸福。平仄虽不对仗,但意思却明了。他突然想起夫人的话——小玉让他来正阳门外找一个铁面神算的卦摊,就能见到她。

一转身,陈介祺看了看前面的正阳门城楼,又见那卦摊后坐着个六十上下、颌下三缕鼠须、戴墨镜的老头。于是他拍拍李振卿的肩膀："李掌柜，这些天你我都不顺，要不测个字算一下如何？"

李振卿停步笑："想不到你也信这个！"

陈介祺径自走到卦摊前，提笔写了个"人"字。

老头用手指往下拨了拨墨镜，一双泛白的眼珠看了陈介祺一眼，沉声道："客官这字，卦银二两！"

李振卿惊道："这糟老头子，你疯了？京城内外谁不知崇文门外的刘铁嘴，最贵的卦银不过五分银子，你居然敢要二两？"

"那你们找刘铁嘴去！"

李振卿正要拉陈介祺离开，陈介祺却已将二两碎银丢在了卦摊上："你要是算不准，我砸了你这卦摊！"

老头从桌旁的签筒内捻起一支签，在"人"字上面画了一下，变成了个"大"字："客官定是官府中人，虽目前官职不大，但很快就能飞黄腾达！"

"何以见得？"

老头再在"人"字上面画了一下："一画为大，二画为天，客官背后，通着天呢！"

陈介祺暗自一惊：这江湖算卦的大都是善于察言观色、靠一张巧嘴蒙几个银子的骗子。但这老头似乎与众不同，他与皇上之间的事，外人并不知，老头如何算得这么准？

接着老头又在"人"字上下左右各画了一下："这人字加口，就是个囚字，客官要当心啊！"

这时，李振卿拿起笔，在纸上画了一横："我测这字，看你怎么说！"

"这位客官的卦银，只需一文钱！"

李振卿立刻丢了个铜板在桌上。

老头用竹签在"一"字上一画："客官如同站在十字路口，不知何去何从。我劝客官一句，横竖都一样，何苦自寻烦恼？"

李振卿听罢脸色苍白，头也不回地转身就走。陈介祺随后跟去，刚走几步，就听老头在身后道："我送这位官人几句话——花前月下自潇洒，家中丑妻家中宝，原是南柯梦一场，子不语来父不言。"

陈介祺边走边细细品味那几句话的意思，片刻时间，便领悟过来：看似不着边际的四句话，每句第一字凑起来，便是个地名——花家园子。这花家园子在海淀西郊、玉泉山脚下。年轻时，自己曾随友人前去游览，几人走到名为"花家园子"的小村，去村口茶肆中喝茶。山上的泉水是皇帝的，寻常人没那口福，但这山下的泉水，皇帝就管不着了。村里人在村口摆茶摊，卖给前来游赏的人。去过那地方一次后，他便喜欢上了，偶尔也带朋友前去。

他原以为这老头只是测字神准，哪知对方竟知道自己的来历、对自己的情况了如指掌，还知道他要去找人。

李振卿走了一阵，对陈介祺道："你说这算命看相的，真那么准么？"

"这种事情，谁都说不清楚，仁者见仁智者见智。你看你，眉头紧锁、一副愁闷的模样，连我都知道你有麻烦事，算命的又怎会看不出来？"

李振卿点点头，脸上犹自愁眉不展。

"李掌柜，如果你还有其他事，那我们就此别过，如何？"

李振卿转身站住，看了看走在他们身后的苏亿年，对陈介祺道："难道你不想知道这玉佩和那毛公鼎之间的事？"

"那就看你愿不愿告诉我了！"

"有些事情确实不能再对你隐瞒了，但这里不是说话的地方，走，去我家！"

三人从正阳门外一路走到李宅，陈介祺和李振卿都未再说话。进了屋，各自分头坐下，苏亿年有些畏惧地看着李振卿，在边上找了个地方坐了下来。

李振卿命下人送上茶来，便将屋门紧闭。他坐在椅上，脸色阴沉，也不吭声。陈介祺喝了几口茶，看着坐在一边的苏亿年。

苏亿年忙道："陈翰林，您别看我，这里可没我说话的份！"

以李振卿对苏亿年的态度，陈介祺早就明白，只是他不愿逼李振卿说话，所以用眼睛上下打量苏亿年。

第十一章　古鼎与玉佩之谜

"陈兄,你只知我对你隐瞒,却不知我为何要隐瞒。今天我当着他的面,将我知道的一切都告诉你,免得你以为我姓李的对你不仁不义!"说完后,他从口袋中缓缓摸出那块玉放到桌上后,又从身上拿出另一块类似的玉佩,与原先那块放在一起:"这玉佩确实是高老爷子的,我没骗你。你过来看看,这两块玉佩有什么不同?"

陈介祺起身走到桌前,拿起两块玉佩仔细观看。只见玉色和纹理都一模一样,但正面的阳刻图案与背面的文字却有些不同。他将两块玉佩放在一起,残缺处居然可以吻合,形成一个更大的扇形。以多年的金石研究判断,这定是将一块完整的古玉璧分解开了好几块:"你对我说过,鲁掌门将掌门玉佩交给你,也就是说,这两块都是掌门信物,高老爷子和鲁掌门一样,都是一代掌门!"

李振卿点点头,神色变得迷离起来:"相传毛公叔郑研究周易,已参透生死玄秘,并能预知过去未来。他将生死玄秘之术隐于治国兴周的谏书中,刻于鼎上献与周宣王。但宣王不屑,毛公一气之下解脱肉身撞鼎而死,其魂魄附于鼎内,其族人将鼎与毛公肉身同葬。古鼎沉于地下数百年之久,地黄门祖师爷黄石公奉秦庄王之命寻到古墓,得到古鼎与一块玉璧。古鼎现世,祖师爷家中即遭巨祸,此鼎便被认为是不祥之物。黄石公研究鼎内文字,历时三年终于破解玉璧与古鼎的玄妙,遂将玉璧留下,将鼎送回古墓,只把鼎内铭文的治国之策献于秦庄王。秦庄王励精图治,终始秦国强盛。可惜秦庄王只活了三十多岁就归天了,其子秦王政统一六国,成为秦始皇。因秦始皇暴虐而猜忌心重,加之吕不韦和李斯之流把弄朝纲,祖师爷于是退隐东海下邳,将所悟之道及古墓地图隐入其所著之《太公天书》中。后来祖师爷遇张良,将书与玉璧相赠。张良参悟书中玄机,携玉璧进到古墓之中,得到指引。后其辅佐汉高祖刘邦,成就汉家数百年天下。此后一千多年,虽有多人得到玉璧和奇书,但仅有数人进到古墓中,参悟鼎内铭文玄机。直到明正德年间,派内五大执法长老不和,地黄门分裂成五个派,玉璧也被分为五块,分属于黄木、赤金、黑土、红火、白水。玉璧一分为五,成为各派掌门玉佩。地黄门一分,那奇书也不见了踪迹。满清入关时,各路江湖人士响应洪门反清复明。五派掌门曾经聚会,但此后不久又起内讧,导致其中两派掌门遭朝廷毒手。自那以后,五大派再未相互联系过。"

陈介祺想不到毛公鼎与玉佩之间,竟有这样一段渊源:"既然如此,这掌门信物也非等闲之物,高老爷子作为一派掌门,又岂会轻易将这东西给别人看?你又怎知这玉佩是他的?"

"我虽与高老爷子认识多年,却不知其乃红火派掌门。我多次去他家中,一来一往,和他第四房姨奶奶好上了。有一天,那女人拿出这玉佩,让我帮看看值几个银子,说是老爷子将这玉佩看得比命都重要,她是趁老爷子不注意,偷偷拿出来的。我认出是红火派掌门信物,却只对她说是汉代古玉,可能是老爷子的传家宝,让她放回去,以免被老爷子知道。"

"这两块玉佩只是背面文字不同,你又如何知道是红火派的掌门之物?莫非你认得上面的字?"

李振卿拿起两块玉佩,侧向一边,让陈介祺看清玉佩侧面上的图案:"这是当年五大执法长老将玉璧一分为五成为玉佩后,各自在玉佩上留下的印记!"

陈介祺方才看两块玉佩时,并没留意玉佩侧面的图案标记。当下他仔细看了看高老太爷的那块玉佩,确实有个细小的图案,此图案在五行八卦中代表火。

"难道你就不问问,高老爷子手里的掌门玉佩,怎会落到苏老板手里?莫非苏老板和你一样,也是刚上任的新掌门?"

"不瞒陈兄,我被鲁掌门逼着接掌黄木派,才得知他也是我黄木派的人。以本门的门规,他不可能背叛本门,成为红火派的人,否则他属于犯下本门重罪,全家都活不成!"他望向苏亿年,"这玉佩的来历,你现在可以说了!"

苏亿年吞了吞口水"这事还得从头说起!我按鲁掌门的吩咐,将毛公鼎送来京城,谁知被几拨人盯上,好在一路上有本门的弟子相帮才保无恙。我……"

第十一章 古鼎与玉佩之谜

陈介祺想到一个问题，遂打断了苏亿年的话："苏老板，那鼎到你手上多久了？"

"是去年10月，鲁掌门亲自送鼎来到我店铺，让我当众买下。后来他要我找人破解鼎内铭文的意思，我找了不少人，虽有认得一些的，可全部铭文的意思，竟没一个人知道。今年五月，鲁掌门要我将鼎送到京城德宝斋，所以我就送来了！"

陈介祺略有所思地点点头：正如之前想的那样，自己从李振卿铺里买下毛公鼎，都是别人设好的局，目的是想让自己破解鼎内铭文的含义。

"我卖了鼎，拿着几千两银子，去陕西巷醉花楼找相好的。哪知中了别人布下的局，不但输光银子，还欠了一屁股债。我没办法，只得央醉花楼的熊二去找陈翰林，先拿几十两银子应急……"

"可熊二从我这拿走了一千两！"

"妈的，那个死龟公！他回去对我说，你只给了八十两。居然私吞了九百二十两，我一定不放过他！"

"你和李掌柜认识，又是同门中人，为何不去向他要？"

"陈兄有所不知，我和他仅通过生意来往才认识的，并不知彼此还有另一个身份。只在鲁掌门找到我后，才知道他们兄弟都是黄木派西安分舵的人。门派内各分舵的兄弟，只有掌门才知道，这是本门派的规矩，也是为了所有兄弟的安全。"

"我卖鼎所得的银子，是属于本门派，应事后交给掌门，可我竟然输光了。我想过找李掌柜帮忙，但后来得知鲁掌门已将掌门之位传给了他，哪还敢找他要？"

"别扯其他，继续说你那红火派掌门玉佩的来历！"

"我在醉花楼被骗后，很快查到给我下局的两个人的来历：一个是京城古董界赫赫有名的高老爷子的儿子高士虎，另一个则是惠亲王府内的总管。以他们在京城的势力，难怪醉花楼的熊二见了他们，就像老鼠……"

陈介祺和李振卿听到这里，不禁惊诧起来。

"惠亲王府内的总管,我可不敢动;但高老爷子的儿子,我可就不客气了。我找了两个江湖上的朋友帮忙,想夜入高家,把我输掉的银子给弄出来。谁知竟碰见了他家的一桩凶杀案。"

"高老爷子是在我去高家时被杀的,那时是白天。你看到的应是高家五姨奶奶被杀,是吧?"

苏亿年连连点头,将自己和那两个江湖朋友潜进高家后看到、听到的事说了出来:高士虎与五姨奶奶私通被高老爷子撞见,老爷子怒斥奸夫淫妇后,亲手用剑杀了五姨奶奶,并当着高士虎的面,把装有玉佩的盒子扔出窗外。

"玉佩就这样被我顺手捡走了。我知道那是红火派的掌门信物,不敢私藏,怕哪天被本门的兄弟知道,可就犯下了大罪,所以把玉佩卖了出去,换几个银子花花。今儿逛街时,听一个朋友说,高老爷子死了。我一听急了,高老爷子一死,红火派的人定会追查掌门信物。万一查到我头上,我纵有千百张嘴都说不清了。"

"所以你就想着把玉佩给要回来,给红火派送去?"

"我怎敢公开送去?那窗外是一个池塘,东西掉水里,一时半会儿肯定找不着。我寻思着晚上再去一趟,把玉佩丢到池塘里。"

"你可不知,高家人在老太爷死前,就已抽干了池塘里的水,说不定已将里面的塘泥都翻了一遍!为的就是找到掉在窗外的玉佩。"

苏亿年"扑通"一声跪在地上涕泪直流:"掌门,不管怎么着,我将古鼎大老远送来京城,没功劳也有苦劳,求掌门饶我一命!"

"我问你,你哥找到你没有?"

"我也听说他来京城,那是鲁掌门的安排,他找我只是个幌子。再说,我不是想和相好的多……那什么嘛,所以躲着他!"

"别说我不给你机会,给我马上滚回陕西去。若让我再在京城看到你,别怪我不客气。记着,掌门玉佩的事,就当没发生过。要是敢漏半点口风,连你家人的性命一并取了,滚!"

第十一章　古鼎与玉佩之谜

苏亿年如获大赦，忙不迭从地上爬起来，弓着身拉开门就溜了。陈介祺见李振卿那严厉的模样，与平时谦虚和气的李掌柜判若两人，当下不禁一凛。他看了李振卿一眼，起身拍拍衣服上的尘土，作势要走，却听李振卿道："陈兄，你不听听我的想法么？"

"我虽非你们门派中人，倒想听听李掌门的高见。"

他没称李振卿为李掌柜，而是直呼李掌门，其中含义，相信李振卿能听明白。

"我知道红火派人丁凋零，高老爷子一怒之下将掌门玉佩丢掉，也是一番苦心，那是要让他儿子高士虎死了继任掌门之心，免得卷入五派夺鼎之争、丢掉性命，使高家绝了后。但高士虎与刘总管在醉花楼设局弄走苏亿年的银子，这事没那么简单！"

"如果他们的目的是我府内的古鼎，大可在王爷那做点文章，命我将鼎送入王府就是！"

"陈兄，若古鼎进了王府，别人还能得到么？"

"你认为他们想通过苏老板得到什么？"

"如果我没有猜错的话，他们是想得到黄木派掌门手里的名册。除此之外，实在找不到第二条理由。黄木派与天地会携手反清复明由来已久。自打那鼎到你府上的第二日，我店门口就多了不少陌生的面孔。现在我终于明白，那些人都是朝廷的鹰犬，是冲着鲁掌门来的！"

听到这里，陈介祺额上冷汗直冒：他知道自满清入关后，高举反清复明义旗的江湖帮派，一直是朝廷重点镇压的对象。见到鲁掌门时，他已猜到黄木派是暗中与朝廷对抗的江湖帮派。李振卿将这么重要的事情告诉自己，除了对他的信任外，实在找不出第二种解释。若他将此事报告给皇帝，不知要掀起一场怎样的腥风血雨。他觉得有很多话要说，却又不知从何说起。细想起来，李振卿和自己一样，都被人设计了，想躲都躲不开："既是如此，为何我与鲁掌门见面时，不见那些朝廷密探有所动作？"

话说完后，他暗自惭愧：鲁一手既已知道德宝斋门口有朝廷密探，以其神龙见首不见尾的本事,进出自然有准备,岂会被外人识破?

李振卿仰头向天,眼角流下两行老泪,哑声道:"你知道吗?我虽是黄木派的人,可不愿意卷入江湖恩怨,只想过平平淡淡的日子。我只是门派内一个并不起眼的小人物,至今都不明白鲁掌门究竟看上我哪点。虽然他将掌门之位传给我,但却没给我名册!后来才渐渐明白,原来他那么做的目的,是利用我这个新掌门,引起别人的注意,从而保全名册。殊不知我一家的性命,都时刻在刀口上悬着!"

"或许他认为名册至关重要,所以想找个合适的时间给你!"

"那名册关系到数千弟兄的性命,一旦落到朝廷手中,黄木派就大祸临头了。除掉黄木派,他们就能顺利夺得古鼎!"

"你认为高老爷子不知道他儿子的企图么?"

"这才是我所担心的。老爷子肯定知道高士虎的所作所为,怕高士虎执掌红火派后,利用门派做出有伤天理的事,所以不惜将掌门信物扔出!"

"有没有一种可能,高老爷子也是身怀绝技的高手。其实苏老板带人潜伏在门外,他已知道,所以宁可将掌门信物落在外人手里,也不给高士虎。"

"我与高老爷子相识几十年,也暗中观察过他,虽然从未见他显露功夫,但走路步伐仍刚劲有力、不似常人。金盆洗手后身体虽大不如前,可眼含精光,没有几十年的功力,不可能那样!"

"既然如此,他又是被何人所杀?高手过招,应有一番打斗才对,高府的人不可能听不到动静!"

"只有一种可能,是自杀!"

"你想过没有,如果高老爷子仅是因为知道儿子投靠朝廷而自杀,这个理由太不符合常理。作为掌门,他不可能不顾全大义,在抛出掌门信物时,他或许就已想好了怎么做。人只有在绝望或无可奈何的情况下,才会选择自杀!"

"你的意思是,他有可能被人逼着自杀?"

陈介祺微微点头。

第十一章 古鼎与玉佩之谜

"可那个能逼他自杀的人是谁？刘总管？"

"我猜刘总管只不过是颗棋子，还记得我在你桌上写的三个字么？"

"惠亲王！"

其实陈介祺还想到了与梅德公爵勾结的敏亲王。除了这两位王爷，他也实在想不出还有谁，能有那么大的本事操控这一切。

第十二章
铭文玄机

　　微弱的烛光照着陈介祺的面孔,在后面的墙上映出一个消瘦的背影。他背着双手,在书房内踱步,围着宽大的黄金樟木大书桌,都不知道走了几个来回。大书桌正中间放着几页宣纸,纸上的文字是他从毛公鼎上拓下来的,最上面一张宣纸上的两排文字,则来自李振卿手里的两块玉佩。宣纸旁边,有一堆历年来他从药店里收集的龟甲,但龟甲上的蝌蚪文,与宣纸上的文字不一样。倒是放在桌角的那个西周铜鬲,腹底有几个阴刻的文字,与鼎内铭文类似。明末时,有研究这类文字的学者,就已将这种文字命名为西周金文,意思是刻在金属上的文字。但同是西周金文,却因时期和阴刻工艺不一,文字也有不同。像毛公鼎内的文字,笔法圆润精严,线条浑凝拙朴,字体严谨、一笔一划间刚劲有力,笔画与玉箸相似,是典型的"玉箸体"。

　　现在,他已将鼎内铭文深深刻进大脑,闭着眼睛都能画出来,可依葫芦画瓢般写出来有什么用? 本以为玉佩上的文字,能助自己破解鼎内铭文,但他错了。那两排玉佩上的文字,每排只认得两三个,其余皆不认识。

　　从未时初刻起,他已在书房内研究了四个时辰,还同以前一样,大致揣摩出铭文的本义,却无法悟出其玄机所在。

　　以他对金石文字的研究,至少在京城之内,还没人能够超过自己,所以黄木派不惜大费周折将古鼎送来,无非是希望他破解鼎内铭文的玄机。难道破解了鼎内铭文,就真如鲁一手所言,能洞悉生死玄妙、预知过去未来之事?

　　他见过古鼎的神奇之处,所以对鲁一手所说的话,有八九分相信。

　　毛公鼎放在书桌下方的阴影中:硕大圆鼓的肚子,就像街头泥人摊上造型夸张的猪八戒。那黑乎乎的大口,似乎像一个妖魔,朝他张着巨口发出讥讽的嘲笑。

他蹲下身,抚摸铜鼎右耳:上一次就是在抚摸铜鼎右耳时,右手中指莫名其妙受伤,指尖鲜血滴到铜鼎上,才出现了奇迹。

今晚,不知摸了多少次铜鼎右耳,手指都没受伤。他思索片刻,起身走到墙边摘下宝剑,回到鼎前,正要用剑尖刺破中指,却听陈忠在外面低声道:"少爷,少爷,有客人来访!"

陈介祺想起上次李鸿章来的事:"如果是上次来的那个年轻人,就说我已睡下了,让他先回去!"

"少爷,不是上次的那个人,但年纪差不多。我对他说少爷已睡下了,可他让我把您叫醒,哦,他还说他姓金!"

和李鸿章那么大年纪,又是姓金的年轻人,会是谁?陈介祺带着疑问放下宝剑,打开书房门:"他在哪里?"

陈忠手里提着灯笼,身上还披一件薄褂:"就在门外,身边还有个仆从,看样子有些来头!"

名字姓金而又有来头的人?陈介祺在京城所有权贵中搜索了一番,都找不到可以匹配的人。突然,他脑海闪过一道灵光,张了张嘴,脸上露出惊异的神色,忙从陈忠手里拿过灯笼:"忠叔,你睡去吧!记着,今晚的事情,不能对任何人说,包括少奶奶!"

陈忠已从陈介祺的神色里预感到了什么,忙点点头,躬身消失在黑暗中。

陈介祺提着灯笼疾步来到大门口,看见站在台阶下的人,正是之前见过的咸丰皇帝,而皇帝身后那虎背熊腰的仆从,是武功高超的大内侍卫。

他正要下跪行君臣叩拜之礼,就见咸丰皇帝用眼神制止他:"陈翰林,金某久仰大名,特来拜访!"

陈介祺忙躬身回礼:"在下徒有虚名,金先生,里面请!"

陈介祺迎着咸丰皇帝进了门,那大内侍卫返身将大门关上。咸丰皇帝低声道:"朕昨晚听到你说有那宝贝,也想见识见识,所以趁今儿有空过来看看！"

"皇上想看，只需派人来取便是。如今皇上微服出宫，若有什么闪失，奴才可担当不起！"

"陈翰林多虑了，朕既然出宫，自然有出宫的道理，你无需担心！"

"那多谢皇上，皇上请随我到书房！"

去书房的路上，陈介祺见两边屋顶上似乎有人影在晃动。想必此刻，周边都已在大内侍卫的控制下了。

"适才奴才听下人说，有位金先生求见。据大清野史中记载，高宗皇帝(乾隆)南巡时，也曾微服私访，自称龙先生，皇上却为何自称姓金呢？"

"亏你还是翰林学士，岂不知大清入关前的国号？"

陈介祺其实早想到，但仍装作恍然大悟的样子，连连用手拍着额头："奴才愚钝，请皇上恕罪！"

咸丰皇帝跟随陈介祺进到书房，一眼看到了书桌下的毛公鼎，随即走上前端详起来。陈介祺则端来烛台，好让皇上看仔细些。

"宫内也有几个铜鼎，式样和这差不多，只是没有里面的铭文。哦，有件事要告诉你，今儿早朝时，朕已下旨，命惠亲王给法国大使梅德公爵送一件宫内玉器，以示两国友好！朕这么做，也是无奈之举。此事皆因那梅德公使无端而起，幸有爱卿与那洋教父全力周旋方保无恙。西洋人欺我大清太甚，实在可恶至极，若非大清国力不继，朕岂容洋人如此猖狂！"

"皇上息怒，梅德公爵获此荣恩，已超其他各国，应不敢再生事！"

"法国人暂时不敢生事了，可有人想生事呢！"咸丰皇帝转身，背对着陈介祺悲戚道："外面的洋人、南方的妖寇、满朝文武，天天在逼朕，一个个都想逼死朕！陈翰林，此刻你若想行刺朕，那可是最好的时机！"

陈介祺一听这话，吓得几乎丢掉蜡烛。他匍匐在地下，连连磕头："皇上此言真是吓煞奴才了，奴才父子深受大清皇恩，感激都来不及，怎敢有此念头？"

"平身吧，朕和你开玩笑呢！陈翰林，你为何将宝剑出鞘，放在桌子上？"

陈介祺这才明白过来：原来皇上见桌上放着宝剑，故意拿话试探自己，

第十二章 铭文玄机

忙道:"适才陛下进来前,奴才正要拿剑刺破指尖,滴血在鼎上,看看能否出现上次那样的奇景!"

咸丰皇帝走到一旁:"既然如此,还等什么?"

"奴才遵旨!"

拿剑时,站在门边的大内侍卫,目光警觉地望着他。他走到铜鼎前,用剑尖刺破中指,将血滴在鼎上。由指尖流出的血落到鼎上后,顺着鼎壁滑了下去,却并未渗入鼎中,更无奇迹出现。

咸丰皇帝看了一会儿,问:"这是为何?"

陈介祺丢掉宝剑,跪下道:"奴才也不知!"

"可你上次对朕说过,此鼎会出奇景,可现在却什么都没有。陈翰林,你这是欺君之罪!"

皇上的声音虽不大,但在陈介祺耳中,如同炸开个大霹雳。他吓得发抖,口中连连道:"皇上恕罪,上次的奇景,非奴才一人所见,还有奴才的贱内和小玉姑娘。若皇上不信,可命人传来问便知!"

"若是事先你与家人合谋,即便传来问话,也问不出实情!"他走到书桌边,拿起几页纸,看着上面的文字,"你对朕说过,鼎内铭文,只认识百十个,其大意不过是毛公向周宣王的进献的治国之策!"

"奴才凭那认识的百十个字,猜测其大意而已。但内中玄机,短时间内奴才实在无法得知。"

咸丰皇帝又拿起另一页纸:"你说鼎内铭文三十二行,为何在这页纸上多出两行字来?"

陈介祺不可能将那两行字的来历如实告诉皇上,以免多生事端,只得硬着头皮道:"回禀皇上,那页纸上的两行字,是奴才从那堆龟甲中选抄的鸟篆,慢慢演变过来,想看看与鼎中铭文有何关联。"

咸丰皇帝丢下那页纸,拿起几片龟甲看了看:"若以朕之血滴到鼎上,不知可会有奇景出现?"

"皇上乃万金龙体,奴才就是舍上一腔鲜血,也绝不让皇上流一滴龙血!"

"陈翰林无需多言!"

语毕,咸丰皇帝拿过宝剑,用剑尖刺破中指,滴了几滴血在鼎上,只见那血滴与陈介祺的一样,顺着鼎壁往下淌,并未渗透进去。

陈介祺的身子抖得如筛糠般:"求皇上赐奴才死罪!"

咸丰皇帝"哼"了一声,丢掉宝剑,在书房内来回走了两趟:"陈尚书是清官,清官的家宅都如此规模,那贪官就更加不用说了,大清的江山就是被这样的贪官蛀空的。如今大清国库里的银子,只怕还买不下这处宅子吧?"

按时下的价格,这处宅子最少也值个十万两白银。想不到堂堂大清国库,居然连十万两白银都拿不出来了。

陈介祺面如死灰——这欺君之罪可担不起,一家人能够保住命就不错了:"奴才明儿就找人将宅子给卖了,所得银两尽数捐给大清国库!"

"朕听人说过,这宅子是先皇赐给陈尚书的,若朕逼你卖宅,传出去的话,天下百姓将如何看朕?"

左也不是右也不是,一向机灵的陈介祺,当下大脑一片空白,只跪着发抖。

咸丰皇帝环视书房,从旁边书架上抽了一本书,随手翻了几页:"朕既然出来,就得办点事,你不是说有个叫小玉的姑娘,其父被人冤枉吗?你把她唤来,让朕见一见,若朕今夜能替受冤的民女昭雪,日后也不失传为一段佳话!只是,你该不会也想告诉朕,那个叫小玉的民女,并不在府内,是吧?"

陈介祺张了张口,吐出两个字:"正是!"

"陈介祺,你身为翰林,竟不顾大清法度,一再欺骗朕,枉朕对你信任,朕即便有再大的肚量,也……"

咸丰皇帝没再说下去,眼睛盯着书桌下的毛公鼎,眼中露出惊喜的目光。

陈介祺跪伏于地,双目紧闭,只等着外面的大内侍卫进来将他拖出去。过了半晌,听咸丰皇帝并未把话说完,便偷偷睁开眼,不料映入眼帘的是柔和的金光。他抬头望去,只见那只铜鼎,此刻通体金黄,金光便是从鼎内散发出的,大喜道:"皇上,皇上,它显灵了!"

咸丰皇帝踢了陈介祺一脚,:"嚷嚷什么,朕看着呢!"

第十二章 铭文玄机

只片刻时间,金光便消失了,铜鼎恢复了原样。咸丰皇帝呆了一会儿:"怎么回事?"

陈介祺爬到铜鼎前,上下摸了一番:"回禀皇上,奴才听人说过,这鼎有灵性,恐是奴才方才说话,惊着了它!"

咸丰皇帝又往铜鼎上挤了几滴血,可这回过了好一阵,也未见半点异象。

"朕明白了,它受了惊,怕一时半会儿不会再现金光了。陈翰林,你知道吗?朕刚才真想把你碎尸万段。虽说没见到你所说那么神奇,但好歹让朕开了眼界。想不到后宫那么多奇珍异宝,都比不得这件。"

"若皇上愿意,今夜就可将此鼎带回宫!"

"神鼎肯定要入宫,但不是现在。陈翰林,希望你记得昨夜朕与你的约定,不要辜负朕!"

陈介祺连连磕头:"奴才一定不负皇上厚望!"

"有关小玉姑娘的事情,朕不追究了。还有,从明儿起,你告病休假,无须去翰林院入值,在家中好好研究鼎内铭文的玄机。朕想知道大清国运究竟如何。"

"谢皇上恩典!"

咸丰皇帝转身离开书房,那侍卫立即紧随而去。陈介祺想起身相送,可连动好几下,都无力起身。刚自己被咸丰皇帝一责难,吓出了几身冷汗,身子几近虚脱。他咬牙站起身,才走几步,一阵晕厥感袭来,整个人软软地倒在地上……

不知什么时候,陈介祺听到耳边传来"相公,相公"的唤声。他睁开眼睛,只见自己躺在书房的床上,夫人则坐在床边,陈忠站在一旁。

"少爷,您没事吧?"

"那金先生走了?"

"早走了!我见他们走了,书房门开着,就过来看看。结果看到少爷倒在地上。把少爷扶到床上躺着后,我又去通知夫人过来!"

"那金先生究竟是什么人?他们是不是将你打晕后拿了家里的东西?"

"这事夫人就别问了,也绝不能对任何人说起。总之,今儿我们全家在鬼门关走了两三个来回!"

陈夫人脸色变了,似乎猜到了什么:"爹生前曾说过,你心高气傲,不适合为官。这官场险恶,稍有不慎全家跟着遭殃。我看,不如辞官回山东去,好歹求个平安!"

"夫人,我也想啊!可如今,我就是搭上全家人性命,也走不了!"

"那可怎么办?"

"还能怎么办?过一天算一天吧!"

陈夫人看了眼书桌下的毛公鼎:"这段时间家里出了那么事,都由这只鼎引起,不如把它转卖掉?再不,送出去也行!"

"夫人有所不知,我们全家人的性命,都系在这鼎上呢!夫人只需照顾好两个孩子,不用担心其他。忠叔,你送夫人回去歇着,让我好好静一下。另外告诉抬轿的下人,今儿不用起早,我已告病休假!"

"这叫我如何安心!"

说归说,陈夫人还是在丈夫那复杂又深情的目光中,起身出去了。

陈忠走到门口,回身道:"少爷,有件事我不知该不该说!"

"说吧!"

"从我跟着老爷起,就见过一些督抚将军,甚至亲王类的大官。可今夜来此的,绝不是寻常人。府内有两个下人,之前从外面赌博回来,见胡同口边的街上官兵甚众,心生疑惧而不敢回。后来见官兵走了,他们才进了府。"

"你们知道就行,告诉下人们别往外面乱说,否则我可救不了他们!"

陈忠点点头,转身关上房门,默默地退出了。

陈介祺在床上又躺了一会儿,觉得好了些,遂起身走到铜鼎前,蹲下身凝视着铜鼎内的铭文。铭文的阴刻手法圆润精严,线条浑凝拙朴,每个字都精炼独特,实在是自己见过所有上古铭文中,最上乘的阴刻。

他手抚铭文、口中低声念:"父歆,丕显文武,皇天……我有周……大命……先王……四方死母童,祭一人才立,引唯乃智……惠我一人……出入专

第十二章 铭文玄机

命于外……父歆舍命……母又敢专命于外……王曰……父歆，今余唯……先王命……命汝……一方……弘我邦我家……毛公对歆天子皇休……用作尊鼎……子子孙孙……"

虽有很多字不认识，但这铭文的大体意思，还是能看得明白——确实是毛公向周王献上的治国之策，并无别的意思。

可渐渐地，他还是看出了些端倪：铭文虽上下左右一般齐整，但有些地方字与字之间，却留出了一两个字的空间。陈介祺从桌上拿来那页纸，对照上面的字，心念一动：如果把掌门玉佩上的字，放到空白处，又会如何？

想到这里，心里突然有种莫名的激动，可这激动瞬间便消失了：地黄门下五个门派，已有一百多年未相互联系。李振卿得到红火派的掌门信物，纯属巧合，加上黄木派的那块，也只有两块而已。另外三块玉佩，要去哪里找呢？即使找齐五块玉佩，又怎知将哪个字放入哪处空白呢？

记得李振卿说过，此鼎现世之初，另几个门派也想得到此鼎。那晚深夜到访且告诉自己枯骨之汤的两个蒙面人，兴许是其中一个门派的，可惜蒙着脸，认不得真面目。若小玉和那两个蒙面人不是一路的，则或许又是另一门派。如此一来，只剩最后一个门派的人没露面了。想到这里，陈介祺觉得有必要去趟花家园子，见见那一口一个"姐夫"叫了自己好几个月的干妹子。他想知道，小玉究竟是什么身份。但在去花家园子前，他想先去趟王府，亲自问问惠亲王爷，小玉在府内究竟发生了什么事。

这时，他眼角的余光瞥到桌上蜡烛照出的人影，转身就看到了一袭黑衣的蒙面人。陈介祺愣愣地看着对方："你怎么又来了？"

蒙面人揭开面罩，看清这人面孔后的陈介祺不禁大吃一惊！本以为来人是那晚见过面的蒙面客，想不到却是日本国大使藤野太郎。对方是何时来的？为什么连皇上安排保护毛公鼎的大内高手都没察觉呢？看来藤野太郎也是一位深藏不露的高手。以此人的功夫，取人性命不过覆掌之间，想想就令人毛骨悚然。

"我说过来看鼎，不会令你为难的。陈翰林，听你刚才所说，好像有另一个人会来？"

藤野太郎心机之深,陈介祺是见识过的。所以他干脆不隐瞒了:"是一位江湖上的朋友。藤野先生是什么时候来的？"

藤野太郎得意地笑了一下:"今晚这阵势可真大,除了大清国皇帝,恐怕找不出第二人!你们皇帝会深夜到区区一个七品翰林家中造访,说出去没人相信。不过,我有幸看到了!"

"你还看到了什么？"

藤野太郎并未回答,而是走向放在一旁的毛公鼎,端详了会儿才道:"自从这东西到你手上后,先是大清国的王爷,现在连你们皇上都惊动了!可除了鼎内的铭文,我也看不出这鼎与其他铜鼎,还有何不同之处!"

听了藤野太郎的话,陈介祺顿时放下了悬在心里的石头:想必对方趁皇上离开、伏于暗处的大内高手专注皇上安危时,瞅准空隙潜进来的。所以只知来的是皇上,并没听到他与皇上的对话,更未看到毛公鼎展现的奇景。

"宫内外的商周古鼎虽有好几个,但有如此多阴刻铭文的只此一个。藤野先生既是喜好鉴赏古董的行家,岂有不闻'物以稀为贵'的道理？"

藤野太郎微微点头:"既然王爷和皇上都喜欢, 为什么这古鼎还在你手上？"

"王爷品性高尚,不愿以权势压迫我。而皇上只不过听说此鼎神奇,来看看罢了。我有心将此鼎献给皇上,但皇上却要我尽快弄清鼎内铭文的全部意思。"

"你和神秘江湖门派交往的事,你们皇上知道吗？"

陈介祺微微一怔,心道:这家伙果然来者不善,摆明是来要挟的,得小心应付。当下装作惊慌失措的样子:"你想怎么样？"

"我只不过想和你交个朋友。放心吧,我不会告诉你们皇上的,但有些事还需你的帮忙!"

陈介祺料到藤野太郎会有这一招:"什么事,请讲。只要不违背良心和道义,我自然会帮忙!"

第十二章　铭文玄机

"陈翰林，你应该知道，我们日本国和你们大清国一样，都受西方诸国欺压，我们何曾不想变成一个强国！"

"国家强盛与否，并非你我二人所能办到的！"

"据我所知，此鼎上的铭文是与治国有关的，这也是你们皇上要你尽快译出的原因。你们皇上励精图治，我们天皇同样如此！所以，我想你译出后，也给我一份，我敬献给我们天皇陛下。"

"如果仅是这件事，我答应你！"

"那我先谢谢了！估计你那位朋友也要来了，我先告辞！"

桌上的蜡烛晃了一下，陈介祺微微闭了下眼，再睁开时，藤野太郎已不见了踪影，唯有蜡烛的火苗在微微颤动。

好快的身手！

陈介祺陷入沉思之中：既然藤野太郎对此事了解不少，今夜到此也是冲着毛公鼎。可以此人的心机，怎会只提出这个如此简单的要求？藤野太郎的真正企图，又究竟是什么？如果今后此人还提出了其他条件，自己该如何应付？

他坐在椅上寻思了很久，都想不出一个对付藤野太郎的办法来。眼看四更已过，不多时天就亮了。望着那跳跃的烛火，陈介祺脑中灵光一闪。

他将毛公鼎重新埋入地下，从书中找出皇上给的香囊藏于身上，一手举蜡烛，一手提宝剑，用烛火将书籍点燃，看着那蔓延的火焰，心中感慨万千。书架上的古籍，一部分是父亲生前收藏，其中不乏唐宋时的孤本，还有书架旁那些瓶中的书画，有苏轼和米芾的字、唐寅的仕女图，以及多位名家的真迹。

可惜了这些宝贝。

退到书房门边，陈介祺在自己的胳膊和大腿上各刺了一剑，忍痛走了出去。

不一会儿，书房的火势就窜上了屋梁，烧得"哔哔啵啵"响，火光远近可见。这时，陈忠领了几个下人提着水桶过来，见陈介祺浑身是血，急忙扶住他道："少爷，您这是怎么了？"

"先别急着救火，等火势大些。另外叫一个下人去街上呼救，多叫些人来！"

陈忠忙按陈介祺的意思，安排两个下人出门呼救去了。

陈夫人带着两个儿子，和春香赶了过来，看到陈介祺身上的伤，哭道："相公，您这又是何苦？"

春香扶着陈介祺，也是泪流满面、心痛不已。

"为了我们全家的安全，别说一间书房，就是赔上整座宅院，也值！"

见火势完全烧上了屋顶，他才吩咐下人开始救火。没多久，外面来了些提着盆子和水桶的街坊，还有一队巡城的官兵，领头的是九门提督府下的一个把总。

把总问了起火原因，陈介祺解释说有四五个贼人入屋，抢走了一些古董。他虽极力反抗，但难敌对方人多。贼人得手后放火烧屋，好在家人及时赶到，才将自己从火中救出。

把总依言做了记录，说要报到大理寺和刑部备案。

在巡城官兵的帮助下，大火总算被扑灭，虽没祸及旁边的屋子，但书房已烧得片瓦不存。晨曦中，只留下一堆仍冒着热气和烟雾的残垣断壁。陈忠领着几个下人在废墟中找到一团黑乎乎的东西，一个下人用铁铲敲了下，露出黑黄的颜色。

"可惜那古鼎了，都烧化了，我本打算送给惠亲王爷的！"

把总安慰了陈介祺一番，带着官兵离去。

陈夫人替陈介祺包扎完伤口，扶他到内堂卧房躺下。

陈介祺躺了会儿，便吩咐陈忠找李振卿来有要事商量，另外通知下人，今儿大门就这么开着，无论何人求见，可直接带到内堂卧房里来。他就是要让大家知道，毛公鼎不但被烧化了，而且他还被贼人所伤。

这苦肉计是没办法的办法，应能瞒过一些人。但他也清楚，至少有个人是瞒不过的——当今皇上。

第十二章 铭文玄机

一个多时辰后，陈忠回府，说李掌柜昨天去通州看货，估计今天才回来，他已告诉那姓胡的伙计，只要李掌柜一回来，就立即到陈府。

"真是奇怪，昨晚前门外也烧了间屋。听街上人说，是'瑞祥号'，整间铺子都烧没了，马掌柜和店里的两个伙计都被烧死了。"

陈介祺的心"咯噔"一下：马掌柜的死，肯定是因为那块红火派的掌门玉佩。李振卿不想让马掌柜露口风，杀人灭口是最好的方式。以黄木派的势力，杀几个人如捻死几只蚂蚁般容易！其实杀马掌柜一人就行，何必搭上两条无辜的性命！

陈忠没半盏茶时间就回来了，还带来洋教父大卫。大卫是来找小玉的，但已从陈忠的口中得知陈府发生的事情，在对陈介祺表示了问候后，他急着见小玉。

面对这个痴情的法国人，陈介祺只得告诉他小玉已离开的事实。当大卫确定在茫茫人海中，根本无处寻找小玉时，神情一暗，怏怏告辞而去。

陈介祺本以为大卫离开后，不用多时，李振卿就会前来，所以喝完夫人亲手熬的药后，并未回内堂卧房，而在客厅边的一间屋里躺着。没想到等了一个下午，李振卿都没出现，倒是等来了那个上次领自己进园见皇上的公公。

见过两次面，算是熟人了。公公在陈介祺的床榻前坐下："今儿早朝时，刑部和九门提督府分别上奏，说京城发生两起烧屋事件，皇上命刑部彻查。晌午后，皇上命奴才到您这，带来宫内上好的刀伤药，还有两根老参。皇上说让您好好休养。我说陈翰林，这满朝文武，能让皇上如此牵挂的，也只有您一人了！"

"能得皇上如此厚爱，下官实在感恩戴德，还请公公回去在皇上面前替下官多美言几句……"

公公看了看左右："陈翰林，有句话我可要说了！"

"公公但说无妨！"

"奴才在皇上身边走动，也知道点事，奴才听说惠亲王爷向皇上举荐您入阁,皇上也同意了,可您却死活不愿意,有这事吧?"

"是有这事!"

"陈翰林,您也太不识抬举了,这么好的机会,怎就不要呢?"

"公公,并非下官不识抬举,下官并无多大才学,图有些虚名而已。如今朝廷正值用人之际,虽说应为皇上出力,可下官也担心能力不济,误了国事!"

"您是聪明人,夹在皇上和惠亲王爷中间虽一时风光,可日后准没好果子吃。"

"我和公公认识这么久,还不知公公的尊姓名讳呢!"

"我自小入宫,姓冯,贱名金元,大家都叫我冯公公,时候不早了,我该回去了!"

冯公公起身时,"哎呦"了一声,用手抚着腰。

"公公,您这是怎么了?"

"十几年前,和宫内几个太监玩耍时伤了腰,一直没好利索,每逢阴天下雨,这腰骨子里就酸疼。昨儿服侍皇上,在廊下站了一宿,受了风,就疼得更厉害了。"

"干吗不找小太监给您揉揉?"

"虽说身边有几个可使唤的小太监,可都不称心。这不,趁着出宫的机会,去前门外买几贴狗皮膏药。"

陈介祺随即命陈忠拿来一百两银票给冯公公。冯公公也不客气,收下银票,跟着陈忠出去了。

冯公公走后半盏茶的时间,陈忠又领了一人进来——"德宝斋"的伙计胡庆丰。胡庆丰进门朝陈介祺打了千,说他家李掌柜在从通州回京城的路上,由于马受惊而伤了腿,一时半会儿起不了床,有什么事情,吩咐一声就行。

陈介祺要对李振卿说,是两人之间的秘密,怎可随便让一个伙计知道?当下,他没再说什么,只说等伤好后,再约见面喝茶。

第十二章 铭文玄机

他并没想到，自己受伤在家里休养，一躺就是一个多月，而这段时间里，无人上门来，倒是收到一封曾国藩从湖南老家写来的信。原来曾国藩在前往江西的途中，得到母亲病逝的消息，于是上书朝廷为母奔丧，虽是服丧期间，却也留心大清国运。在信中，曾国藩坦言太平贼寇的肆虐，乃大清祸害，尽管朝廷征调各处八旗军和绿营官兵平寇，然贼势凶猛，祸害不除，大清永无宁日。

看完信之后，他本想给曾国藩去一封信，可仔细想了一想，实在不知道该写些什么，只得作罢！他并不知，太平军攻下岳州(湖南岳阳)后，朝廷派出的八旗军和绿营官兵连战连败，江南诸省的督抚将军束手无策，纷纷急报朝廷。而在这样的大气候下，各地豪强也都顺势崛起，暗自以保卫乡土的名义组建乡勇队伍，以增强地方势力。曾国藩组建的乡勇队伍，已达两三千人，并成功打退了太平军的两次围攻。

大清内忧外患，将年轻的咸丰皇帝推到历史的风口浪尖，而咸丰皇帝则指望陈介祺尽快译出毛公鼎内的铭文，将大清国运维系到一只铜鼎上。苦闷至极的咸丰皇帝，为寻求精神上的解脱拼命地临幸宫女，并将一个刚刚临幸的镶蓝旗宫女赐号"兰贵人"。而这兰贵人，便是日后垂帘听政数十年、将大清推向万劫不复之地的慈禧太后。

第十三章
可怜的小乞丐

金风乍起,落叶漫天飞舞。

陈介祺披着长袍走出屋,站在台阶上,望着秋日里的萧瑟与凋零。廊下几棵树上,颜色暗黄的树叶,在寒风中苟延残喘地挣扎着。唯有墙边几株含苞待放的菊花,展露出难得的生机,多少给人一点心理上安慰。

"相公,当心着凉!"

"我没事!"

在家待的一个多月里,他数次反复研究玉佩和鼎上的铭文,虽有所收获,但并无太大进展。他听李振卿说过,张良、诸葛亮、袁天罡和刘伯温四人,是根据那本奇书的指引,进入古墓后,才在玉璧的帮助下破解鼎内铭文的玄机。可那本奇书,自地黄门分为五派后,就失去了踪迹。一百多年过去了,去哪找那本书呢?

还有一件事,他至今没想明白——黄木派的盗墓高手,为何能在没有奇书的情况下,进入古墓取出毛公鼎?难道黄木派知道古墓所在,无需奇书也能进入?

他几次想去问李振卿,可话到嘴边却又咽了回去。

眼见身上的伤好得差不多了,陈介祺决定出去走走,找李振卿好好聊聊。这期间,他留意朝中动静,尤其是关于惠亲王爷和敏亲王爷两人的。

南方的太平贼寇闹得更凶了,听说已进犯江西并过了长江。守长沙的清军拼力抵挡,虽被贼寇包围,但一直未失守,反而打死一名贼寇的将领。

见清军平寇不力,敏亲王爷曾上书要求前往南方平寇,但皇上不允许。

第十三章 可怜的小乞丐

惠亲王爷作为军机处首领大臣,则因平寇不力数次遭皇上责难。

除打算去看看李振卿外,陈介祺其实还想去堂弟陈介猷那儿走走。陈介猷比自己小几岁,咸丰二年进士,同受翰林院编修。兄弟俩入值时,常凑一块儿聊天。自毛公鼎到自己手上后,他已好几个月没见到堂弟了。

听说陈介祺要出去,陈夫人叫春香从屋里拿来薄棉褂,伺候他穿上后看着他离去。

陈介祺沿青石板路朝大门走,行到书房时,看着那堆残砖破瓦,胸中涌起一阵感叹。夫人本想在烧毁的原址上重建书房,但他不答应——留着那堆瓦砾是给外人看的,最重要的是,底下埋着毛公鼎。

大门口,几个下人正聚在过道边说话,见陈介祺走来,忙各自散开。刘勇上前,朝他打了个千:"老爷,您身子还没完全好,要去哪儿我抬轿送您去!"

"不用,我出去走走,你忙你的!"

他刚出门,见胡同口来了顶轿子。待近了些,才看清走在前面的人,一身长衫,步法稳健。

那人来到陈府门前,朝陈介祺拱手:"陈翰林,您这是去哪?"

陈介祺虽不认识那人,但见那人叫出了自己的称谓,于是也回了礼:"久不出门,今儿心情好,想出去透透风。敢问阁下贵姓,为何认识在下?"

"我无姓无名,陈翰林无需知道。我奉我家主子之命来请您,这不,主子担心您伤势未愈,走不得远路,让我领着轿子过来!"

陈介祺见对方不肯说出姓名,约莫可能是江湖上的人物,兴许是地黄门下另几个派系的人,于是道:"我要是不去呢?"

那人收敛笑容:"这京城内外,还没几人敢不给我家主子面子,陈翰林,我来时主子说了,要是您不去,就让我对您说四个字!"

陈介祺没想到对方会料到自己不愿去,倒对这人所说的四个字很感兴趣,越发认定对方是江湖人士,于是问:"哪四个字?"

"小玉姑娘!"

陈介祺一听是小玉,心里一动,可能是小玉命人来找他:"小玉怎么了?"

"您见了我家主子，自然就明白了，陈翰林，走吧！"

陈介祺上了轿，任由抬着走。这一个多月里，他并无半点有关小玉的消息，本想等伤好后，抽时间去趟花家园子，可自己还没去，有人就先发制人以小玉的名义约自己见面。他很想知道小玉这段时间生活得怎么样，身上的伤恢复如何。

轿子在街上绕来绕去，不知走了多久。陈介祺偷偷撩开帘子瞟了眼——外面有些荒凉，远处是成片菜地和几间简陋的平瓦房，敢情到了城外？没多一会儿，道路两边的屋子多了起来，还有一些行人，似乎进了村子。轿子拐了几个胡同，又兜了好几条巷子，才从一堵高大围墙边上的小角门抬了进去。进去后可见一处大户人家的后花园。花园另一边有一片小湖，湖水清澈，湖边还有间水榭。那水榭由整根原木搭建而成，上面铺着茅草，古朴不失大气。

轿子并未在花园里停留，而沿着花园小径一直往里走。过了花园，转进一个壶瓶小拱门。轿子停下后，陈介祺钻出轿子，迎面是一块平平整整的沙土地，沙土地两边各有一排插着刀枪剑戟的架子。在沙土地东北角的地方有个简易的亭子，亭里摆着张桌子，桌子上放着茶水，四边各有一个石鼓，石鼓侧面各有一对耳环，既可以当凳子坐，又可以用来练臂力！

沙土地的前方摆着个箭靶，箭靶中心处插着好几支箭，惠亲王爷一身劲装，将辫子绕在脖上，左手持弓，右手搭箭，弓拉满弦一箭射出。只见那箭如追星赶月般脱手而去，在空中划出一道烟雾般的影，"笃"一声正中靶心。

那人和两个抬轿人并未多停留，而是原路返回。空荡荡的院中，只剩陈介祺和惠亲王爷二人。

"王爷文治武功天下无双，乃百官典范！"

"本王以为陈翰林不会阿谀奉承之术呢！我这才五十步远近，根本不算什么，敏亲王一百二十步距离，十射十中！"

"下官未见过敏亲王爷射箭，而在所有见过的人中，属王爷您最精准！"

惠亲王爷放下弓箭，朝茅草亭走去，陈介祺随后跟上。两人进了亭子，惠亲王爷面南而坐，陈介祺本不敢坐，但在王爷的坚持下，他才敢侧身坐下。

第十三章 可怜的小乞丐

"听说你府上前阵子遭了贼,烧了间屋子,而且你还受了伤?"

"这不,伤还没痊愈,王爷就……"

"你可知本王为何唤你来?"

陈介祺摇了摇头。

"上次本王向皇上举荐你,连皇上都答应了,哪知你竟不识抬举!可本王回来一想,你有你的道理。皇上年轻气盛,力求图治,但本王手握大权,权倾朝野,力主安定。朝中早有闲言,说本王与皇上不和。你夹在本王和皇上中间,选择明哲保身,也是明智之举。今日本王命人将你请来,避开街上的耳目,是有两件事想问清楚。"

"只要下官知道的,定如实奉告!"

"第一,你买下的那只铜鼎,究竟是何物?"

陈介祺大惊,心道:莫非王爷也知道了毛公鼎的真相?若已知道,应不会这么问才对!当下道:"只不过一只鼎腹内有数百铭文的商周铜鼎!"

"上次本王欲以两件宝物与你交换,被你巧言蒙蔽过去。本王信你,还真以为是件俗物!"

"王爷何出此言,在下官眼中,确是一只商周铜鼎罢了,真假还不得而知!"

"陈翰林果然精明!你以为本王不知,就在你出事那晚,皇上曾微服亲临你府吗?皇上已在你府周围布下埋伏,若贼人真抢了几件古董,并将你所伤,他们如何在十几名大内侍卫的眼皮下成功逃走?据本王所知,除皇上带去的人外,那晚并无外人进入你府。皇上离开后没多久,你府上就起火了,偏偏烧了书房,听说还将那铜鼎烧化了。"

陈介祺心底一寒:他几乎忘了惠亲王是什么人,皇上的行踪,岂能瞒过对方的耳目呢?皇上深夜亲临一个区区七品翰林的府邸,其中原委,不得不让人深思。

"莫非王爷以为那夜皇上御驾亲临下官府中,是冲着那只铜鼎?"

"除此之外,还有别的理由吗?"

"当初王爷知下官买下铜鼎,也是听别人说。可皇上身居深宫,国家大事日理万机,如何得知下官所购铜鼎,又怎会对区区一只铜鼎感兴趣?"

"那皇上找你所为何事,又为何在你府周围布下十几位大内高手?"

"王爷有所不知,其实下官这一个多月来,也在琢磨这事。那晚皇上御驾寒舍,下官以为有什么急事,哪知皇上只是简单问了些金石鉴赏之事,谈了下官年幼时在宫中伴读的事后就回宫了。"

"真是这样?"

"下官愿以项上人头担保所言非虚!"

说这话时,陈介祺脑里就已想过,王爷虽知皇上的行踪,但却不知原委。否则若皇上身边最亲近的人,都已被王爷收买,那自己脖上的人头,迟早也要搬家,倒不如赌一赌。他父亲任职上书房总师傅时,教授众皇子读书,他曾经被恩准伴读,这是众所皆知的事实。

"你不是这一个多月都在琢磨这事吗?琢磨出什么了?"

"下官思来想去,也只是猜测,不敢妄下定论。若王爷要下官说,恐下官说出来后,王爷会责难!"

"今日只有你与本王二人,无论说什么,本王都不怪罪你,陈翰林,起来说!"

"不知王爷是否想过,以您的身份地位,居然向皇上举荐一个区区七品翰林,不仅是皇上,就连那些督抚将军们,都想不明白。朝中关于王爷与皇上的流言蜚语,想必王爷也听说了。朝廷历来最忌结党营私,皇上深夜御驾亲临,又在我府外埋伏那么多大内侍卫,王爷,您还想不明白么?"

"本王就算结党营私,也不会结交你这小小的七品翰林。"

"这就是皇上想要知道的了!"

"皇上果然对本王不信任!"

"王爷位高权重,百官敬服,国家大事处处仰仗您,您想想,皇上最担心什么?"

"陈翰林,你有所不知,本王最担心的正是此事!每日上朝,本王如同坐在刀山火海上。当年大清立国,多亏和硕睿亲王(注:崇德元年,即1636年,多尔衮因战功封和硕睿亲王,并世袭罔替)一身文治武功,历经百战而有了大

第十三章 可怜的小乞丐

清基业,忠心耿耿辅佐三朝,可最终落个夺爵曝尸的下场,可叹啊……"

以王爷的聪明才智,既意识到这种情况,怎可能想不出一个保身之策?陈介祺想了会儿,没有说话。

"并非本王无退身之策,只是本王这一退,这祖宗留下的江山,只怕也……"

陈介祺也在心里嘀咕:若王爷真的心存反意,在皇上起疑时,应有所收敛并伺机而动,而不应不知进退,自己往皇上的刀口上送。突然,他想起在法国使馆内看到的那封秘密协议,心想:莫非王爷已知敏亲王爷的阴谋?不对!即便敏亲王爷想篡位,大清江山只是换了皇上而已,仍是爱新觉罗家的。可王爷的口气,好像大清江山要改名换姓呐!

想归想,他的嘴皮仍一动不敢动。

"南方贼寇势力日益壮大,已成燎原之势,山东、河南等地也有贼寇在闹,大清各路军队剿贼不力,这是事实。若我此时身退,虽可免除皇上猜忌,但如此一来,朝中更是人心浮动,如果皇上再感情用事,加重内忧外患,大清江山可就难保了!"

陈介祺也不否认:皇上年轻气盛,在处理一些事上,确实感情用事,比不得惠亲王爷深谋远虑。他只不过区区一个七品翰林,再怎么着,也没资格与王爷谈论国家大事。王爷之所以那么说,可能是想通过自己,向皇上传递一些信息。

"下官人微言轻,不敢与王爷谈论国家大事,若无其他事情,请王爷允许下官回去。"

"难道去请你的人,没对你说那四个字?"

"回禀王爷,说了!"

"那你知本王要问什么吗?"

"下官见到王爷后,王爷只说问两个问题。第一个问题是皇上深夜御驾亲临下官府上的事;这第二件事,下官以为方才王爷已说了——是王爷与皇上间的事。至于小玉姑娘,若王爷不提,下官也不敢问!"

"这第二个问题,你可知道小玉的来历?"

"在回答这问题前，下官想知道上次她在王府内，做过什么事、说过什么话？"

说实话，陈介祺与小玉相处的时间里，只知她是个身怀冤屈的弱女。但越到后来，他越发怀疑她的身份，至今无法确定。

"那次她来王府，说替你帮本王鉴赏几件东西。她鉴赏那几件东西，确也有些行家风范，连夏掌柜都不得不服。后来她说有几句话想单独对本王说，因她只是个弱女，所以本王也就没多想，带她进了书房。哪知她进了书房后，居然主动提出要做本王的侧福晋，如果做不了侧福晋，就是庶福晋也行。本王不好女色，当即对她加以斥责，不料她却要挟本王，说如果不答应，便要告本王污她清白。本王注重名誉，决不能因此而令百官对本王的人品有微词，所以本王坚决不答应收她入府。最后她提出要本王认她为义女，送入宫服侍皇上，本王无奈只得答应。"

虽然王爷的话，与之前小玉说的情况截然相反——小玉说是王爷所逼，但王爷却说是小玉逼他。陈介祺想了一下"您乃堂堂王爷，而且在王府内，如何受制于一介弱女？这实在令下官想不明白！"

"她手上拿着吉贝勒的贴身保命金锁！"

陈介祺知道王爷除大福晋外，只有一个侧福晋，这在大清历朝历代的王爷中，绝无仅有。惠亲王爷膝下有四五个格格，却只有一个贝勒，称为"吉贝勒"。王爷三十多岁才生下吉贝勒，宠爱程度可想而知。这吉贝勒虽仅十几岁，但从小到大，好的没学，那恶行倒是满城皆知。仗着其父的权势横行无忌，甚至连提督将军这样的大官都不放在眼中。吉贝勒上街时，身边都跟着十几个王府侍卫，有本事拿到吉贝勒的贴身保命金锁，肯定不是一般人，所以王爷才投鼠忌器。

"因为她是下官的义妹，所以王爷怀疑她受下官指使？可王爷为何到现在才来问下官？"

"本王也想过早点找你问问，可后来你不是受伤了吗？所以这事就耽搁了！"

第十三章 可怜的小乞丐

"以王爷的权势要想杀下官,简直易如反掌!"

"本王想过重重办你,但有所顾忌,所以在找机会。那次在法国使馆见到你们后,本王更不敢小瞧你。"

陈介祺算是想明白了:惠亲王本要重办他,但顾虑太多,思来想去,所以向皇上举荐他。一来可缓和彼此的关系,二来只要他升了官,表面上就成了王爷的人,从而引起皇上及百官的注意,即便他有所图谋,也不敢过于张狂。而惠亲王爷则可暗中寻找时机,一举将自己铲除。但王爷万万没想到他居然差点抗旨。更想不通的是,皇上竟半夜御驾亲临陈府。如此一来,惠亲王爷再聪明,也一时间摸不清自己的底细,所以必须找机会,在不被外人所知的情况下,和他好好谈谈。

其实很多事,只要想明白了,也就那么回事。但特定情况下,还不如想不明白。郑板桥的"难得糊涂",简简单单四字,道出了世间人与人和睦相处的真谛。

想到这里,陈介祺忍不住流下两行清泪,哽咽道:"王爷,您太抬举下官了!下官若有那手段,何至于此呢?至于小玉姑娘,下官此前只知其乃一上京喊冤的弱女,因听其口音来自下官老家潍县,念其可怜收留府中,被贱内认为义妹。可后来下官也感觉此女实在不简单。如今她早已离开,王爷若不信,尽可派人去查!"

"男儿有泪不轻弹,陈翰林你哭什么?"

陈介祺抹了一把眼泪:"王爷有所不知,先父临终时曾告诫下官,朝中虽表面堂皇,实则处处陷阱、时时杀机,以下官的秉性,只可于翰林院中供职,万万不可入朝为官,否则……"说到后来,他竟哽咽着说不下去了。

"令尊在朝中几起几落,深知为官之道,能留下如此话语,实属不易!"

"所以下官不愿进身仕途,只想在金石上下功夫。"

"你回去吧!记着,今日之事切不可有第二个人知道,否则本王定不饶你!"

"下官告辞!"

惠亲王爷目光冰冷,看着陈介祺渐渐离去的背影,突然起身走到一旁拾起弓箭,张弓搭箭朝陈介祺的后心射去。

李振卿把自己的头深深地埋进掌中,躺椅旁有根拐杖,面前炉上的铜壶正冒热气,整间屋子都弥漫着水蒸气,雾蒙蒙的,对面都看不清楚。

他那仍绑着木片的腿,平搭在炉前的凳上。他的腿确实断了,是前门外柳氏正骨的老掌柜过来看的,柳家治骨伤誉满京城,好几代子人了,连宫内的太医院都有柳家的人。老掌柜说了,要是年轻十岁,只消一个月,他就能站起来。伤筋动骨一百天,这人一旦上了年纪,不服老都不行。

他确实去了通州,但不是去收货,而是以黄木派新掌门的身份,去见了几位北方诸省的舵主。南方几省的舵主本应赶来,但由于长江沿岸清军与太平军激战正酣,只得作罢。他万万没想到,有两三个舵主,居然还是多年生意上的老朋友。

他们本定在京城会面,又怕被朝廷的耳目盯上,最后为保险起见,将见面地点选在通州。

回到京城后,李振卿听店内伙计说陈府派人请他。他本要去陈府,可接到帮内线子(密探)信报,说夜里陈府周围有大批官兵,半夜后府内着火,原因不明。官兵撤走后,潜伏于陈府周围的大内侍卫却未离去,有监视陈府之疑。

自他当上掌门后,黄木派安插在京城内的线子,不定时地将京城内发生的事情写成信报条子,塞到"德宝斋"门口的砖缝中。

他不知陈介祺家发生了什么事,但有一点可以肯定,那就是陈府肯定来了什么大人物,所以陈介祺才会派人来找他。

上次和陈介祺见面时聊了好久,谈到红火派高老太爷的死及掌门名册的事,两人一致认定,高士虎和刘总管背后的人,除惠亲王爷外,实在找不出第二人!

若那晚去陈府的人是惠亲王爷,说不定就是冲毛公鼎去的,所以李振卿要伙计胡庆丰去陈府探探虚实。他是黄木派掌门,背负鲁掌门交给他的特殊

第十三章 可怜的小乞丐

使命,在陈介祺没领悟鼎内铭文玄机前,绝不能让毛公鼎落到别人手里。

胡庆丰回来后告诉他,说陈府进了贼,陈翰林被贼人所伤,书房也被火烧了。陈府丢了些古董,刚买的那只铜鼎也在大火中被烧化了。

那府邸是陈介祺父亲任上书房总师傅时,先皇御赐的,原先府内有不少下人。陈父故去后,陈介祺虽一再遣散下人,府内仍留了一些,还有潜伏于暗处的大内侍卫,贼人怎可轻易进入?

李振卿知毛公鼎非一般俗物,绝不可能被一般的火烧化,陈介祺此举定是被逼无奈,才出此下策。毛公鼎定是被陈介祺藏起来了。

陈府周边多了不少陌生面孔,个个都是高手,想必当今皇上和惠亲王爷都在陈府周围埋下探子,监视陈介祺的一举一动。这时自己万万不能去陈府,以免引来探子们的怀疑。所以李振卿不惜从楼梯上跳下,故意摔断腿。

自己学陈介祺的做法,也是种自保方式。他是个聪明人,自从知道自己已被卷入这件事后,时刻都想着自保。为此他也在陈府周围安插下耳目,想进一步得知有关陈介祺的行踪。

就在半个时辰前,他得到信报,说在家里待了一个多月的陈翰林,刚出门就被一顶小轿子接走。有帮内的兄弟跟踪,但跟丢了。看那几个人走路的身法,是江湖上的高手。

地黄门下其他的几个派系,当然也有高手,但绝不会在大白天如此胆大妄为。接走陈介祺的人,会是谁?

李振卿觉得有必要和陈介祺见上一面,不管怎么说,他们是多年的好朋友,一个多月没见,即便见上一面,那也是很正常的。他打算约陈介祺在茶楼见面,越是光明正大的地方,越不令人生疑。

且说陈介祺向惠亲王爷告辞后,转身刚走十几步,就觉得后心被什么东西撞了下,转身看时,见脚跟处有支断了箭镞的箭。王爷站在沙地中央,手里握着弓,目光深邃地望着他。

"王爷莫非想杀下官?"

"本王要杀你，会折去箭头么？"

"不知王爷这是为何？"

"本王只是告诉你，走路时当心射向后背的箭！"

陈介祺退出拱门，来到花园里，见那顶接自己来的轿子还在，两个轿夫和那接他的人，目无表情地望着他。

他走过去，那人掀开帘子，让他坐进去。轿子抬起，飞快朝外面而去。回城需要一段时间，他索性闭眼养起神来。

直到听得一声"到了"，陈介祺才睁开眼睛。帘子掀开后，他一眼就看到对面一座琉璃黄瓦的大府邸，还有街上来往的行人。

府邸前巨大赑屃的石碑，让陈介祺认出这是孔庙，前面不远处便是国子监。虽离自己家还有一段路，但只需在街上租顶小轿就可回家了。

那三人转身飞快离去。陈介祺把双手拢在袖中，沿街道慢慢往前走。好在出门时加了件棉袍，也不觉得冷。走了一段路，感觉有些饿了，看到前面有家小面馆，便走进去点了碗炸酱面，坐在窗边慢慢吃。

刚吃几口，就听外面传来喊打声，他抬头望去，见几个二十岁上下的乞丐，正追着一个年龄稍小的乞丐打。那小乞丐脚下一滑摔倒在地，虽用手抱头拼命躲避，但也难抵那几人的拳打脚踢，嘴里发出"啊啊！"的惨叫声。

陈介祺实在看不过，起身冲出门外，朝那几个打人乞丐凶了几句，乞丐们嬉笑着逃开了。他走到小乞丐面前，正要去拉，只见小乞丐自行爬起来，朝另一边跑去，可刚跑几步，又摔倒在地，这次却再没有爬起身。

陈介祺走过去，见小乞丐双眼紧闭，面颊潮红，呼吸急促，心底一惊：这是伤寒之症，若不及时医治，将有性命之忧。

面馆掌柜从屋里走出来："大人，您还是少管闲事吧！"

离这里不远就是国子监，街上来往的大都是达官贵人，也有生活落魄的落榜举子。掌柜的眼毒，早看出陈介祺不是普通老百姓，才称他为"大人"。

京城内外，不知有多少这样的小乞丐。但陈介祺既然遇上了，就不能不管。

第十三章 可怜的小乞丐

"烦请掌柜的盛一碗热面汤来,多放点姜末!"

一碗漂着姜末的面汤下去,小乞丐睁开眼睛,陈介祺看清了小乞丐的模样,身上穿的棉筒子已破得不成样,下身一条单薄的夏裤,脚蹬一双破布鞋,右脚的鞋子用布条缠在脚上,想必鞋底已磨没了。虽蓬头垢面,但眉清目秀,口鼻方圆。

"大人,这小乞丐是三个月前来的,每隔几天便去孔庙拜祭,这街上其他乞丐不待见,每天打他。小人见他可怜,有时饿了好几天,也给他些面汤和馒头吃。"

掌柜的在街上做生意,知道这里的情况。陈介祺也明白乞丐也是拉帮结伙的,不是一伙人,自然受排挤。他听掌柜的说小乞丐每隔几天去孔庙拜祭,顿时动了恻隐之心。

眼前这小乞丐懂得读书人的礼仪去孔庙拜祭,定识得些字,或许出自官宦人家,只因祖上出事殃及子孙,才流落街头,比不得其他的乞丐,大字不识一个。

陈介祺望着小乞丐问:"你叫什么?哪里人氏?"

小乞丐挣扎着起身答道:"我是直隶南皮人,姓安,家里都叫我小安子。"

陈介祺见这个叫"小安子"的小乞丐病得厉害,若撒手不管,只怕小命熬不了多久。当即拿出些碎银,要面馆掌柜去雇顶小轿子,将他和小安子一同抬回府。

他怎么都没想到,今日的无心之举,使自己日后逃过了诛九族的大罪。世事就讲因果,种善因结善果。

而面馆掌柜更没料到的是,就这么个天天被人打的小乞丐,数年后便成为皇上的御前太监,而在皇上归天后,更成为红极一时的大人物。

如果没有陈介祺,也许就没有后来的安德海公公。

当然,如果没有小安子,陈介祺也不可能破解毛公鼎内铭文的玄机。

第十四章
上 古 奇 书

轿子一到陈府门口，等候多时的陈忠就赶了上来。陈介祺吩咐陈忠将小安子抬进去，先洗干净，再去找个大夫来看看，并说这病会传染，让下人们都避着点。

陈忠见陈介祺带回个小乞丐，小乞丐不但满身臭味，而且还处于高烧不退、昏迷之中。尽管心里迷惑不解，可他也不敢多问，和刘勇一起将小乞丐抬了进去。

陈介祺进了内堂，刚在炉火上烤了会儿手，还没来得急和夫人说话，就听到陈忠在门外叫"少爷"。

他走出门，见陈忠手里拿着一样东西，这东西他在李振卿那见过，只不过多了根用来系在脖上的红绳。

"这是在那孩子身上发现的。"

他在陈府待了多年，多次跟随陈介祺出去，好歹也识点货。

陈介祺几步抢下台阶，劈手夺过陈忠手里的玉佩看了看——纹饰和质地一模一样，他翻过侧面，惊喜地看到侧面那处水纹刻纹——白水派的掌门玉佩。

白水派的掌门玉佩怎会落到这少年的手里？这一百多年间，白水派究竟发生了什么事？又或者这少年也是别人给他设的圈套，目的是想将这掌门玉佩送给他？

陈介祺了摇头，推翻了自己的想法。无论黄木派还是另几个门派，都不会将至关重要的掌门信物白白送出，就如他只能在李振卿处看那两块掌门

第十四章　上古奇书

玉佩,而不能拿走一样。

"那孩子醒了没有?"

"少爷,您还是自个儿去看吧!"

陈介祺随陈忠来到偏院,这里原先是下人们住的地方,自父亲过世后,他辞退了很多下人,便空出不少房间来。一间平房门口正站着刘勇和另几个下人,虽然都想看热闹,可小安子得的是伤寒,因而他们不敢进屋。

陈介祺一进屋就看到小安子躺在炕上,眼睛仍紧闭着,身上盖着厚厚的棉被。又脏又破的衣服被扔在墙角,衣服旁边还有盆脏兮兮的水,正冒着热气,边上烧着盆炭火,屋里很暖和。

陈忠掀开棉被一角,陈介祺脸色微变,走出屋问道:"你们几个没看错?"

陈忠跟出来:"我帮他擦身,起初以为是女娃,后来才看清,那伤疤还没完全好呢!他们几个是站在门口看的,屋里光线虽不好,可不至于看不清楚。"

陈介祺没想到带回的小安子,是个刚净身没多久的少年。

"那玉佩是戴在他脖子上的,忠叔说能值不少银子,老爷您看能值多少?"

陈介祺并未回答刘勇的问题,却对陈忠说:"先让大夫替他医治,等他醒来再告诉我!"说完后,他拿着玉佩离开偏院,来到内堂,也未和夫人说话,直接进了侧面的卧房。自书房被烧后,他就将这卧房当做临时书房。

陈介祺站在桌前,对着那两张拓纸对照玉佩上的文字,接着他小心地将玉佩上的文字拓下来。

入秋后,白天越来越短,眼见外面天色已暗了下来。陈夫人手持蜡烛走进来,身后跟着春香,春香端着个盘子,盘里有三个卷饼和一碗肉汤。这卷饼和肉汤又叫"朝天锅",是有典故的:据说当年郑板桥任潍县县令时,一日微服赶集了解民情,见当时赶集的农民吃不上热饭,便命人在集市上架起大铁锅,锅内煮着猪肉和猪杂,等汤沸肉烂之际,用卷饼卷起锅内的肉,夹上大葱,再配上一碗热气腾腾的肉汤,众人围着锅子,嚼着卷饼,喝着热汤,别有一番滋味。后来这围着露天铁锅吃卷饼的习俗渐渐传开了,成为潍县集市上的一大特色。由于铁锅无盖,人们为纪念郑板桥,便将这种吃卷饼的方法称之为"朝天锅"。

陈夫人知陈忠和几个来自潍县老家的下人都有这爱好,便时不时要厨房做上一锅,虽不比潍县当地的地道,但好歹也算吃了家乡风味。

陈夫人将蜡烛放在桌上,柔声道:"听下人们说,您从外面带回一个小乞丐?"

陈介祺看着夫人,拿起桌上的玉佩:"这是他的,随便卖哪里,都值个两三千两银子!"

陈夫人知道,像相公这样的七品翰林,岁奉加养廉银一起,不过四五十两。两三千两银子,若在城外,能置一座大宅子,还能买几十亩地。如此值钱的东西,却在一个小乞丐身上,想必另有隐情。

"这玉佩一看就是祖传的,也许孩子不舍得去换钱!您想把他留下来?"

"我想等他的病好了再说。"

陈夫人和春香伺候陈介祺吃完朝天锅,听陈忠在外面叫"少爷,那孩子醒了,找那玉佩呢!"

陈介祺拿着玉佩出了内堂,见陈忠手里提着灯笼站在门外台阶下。

陈忠在前面照路,"少爷,下午时,李掌柜铺里来了个伙计,说他们家掌柜约您明天正午,在妙香楼见面。您回来后一直都不空,我都差点忘了和您说。"

能在妙香楼见面,说明李振卿的腿伤也好得差不多了。陈介祺听后,只"嗯"了一声。

"大夫来过了,给开了方子,说照方子吃上几天再说。我让刘勇去抓药,此刻药也熬好了!"

到平房门口,见刘勇端着个碗,正和另一个下人商量着怎么送进去。陈介祺走上前接过碗,要陈忠和刘勇两人都离开。这么做,是不想让自己和小安子的谈话传出去。

进了屋,见炕上摆着副碗筷,一只空碗和一只空碟子。小安子看到他进来,侧身坐起要行礼:"多谢老爷!"

第十四章　上古奇书

陈介祺把药碗和玉佩放在炕头："先把药喝了，这样东西是你的，下人拿去给我看，现在还你。"

小安子也不客气，端起碗把药喝了，拿起玉佩挂在脖上。

伤寒病是传染的，陈介祺也不敢和小安子靠得太近，他从身上拿出两页纸，放在小安子面前："我见过两个和你一样的玉佩，只是上面的古怪文字不一样。"

小安子看着那两页纸，眼中露出狐疑之色。

陈介祺便将地黄门的来历以及分成五个派的事情说了，但他隐去了几个门派与毛公鼎的关系。见小安子不愿说，他只得安慰几句，起身要离去。当走到门口时，他被小安子叫住了。

接着，小安子断断续续地说了他家的事情。原来小安子的家在当地是个大户，两年前从直隶南皮搬到邯郸。半年前，小安子的爹就让人把他净了身，说是要入宫当什么。有天深夜，他爹从外面回来，样子很紧张，拿出一块玉佩戴到他脖上，对他说，这东西比他的命都重要，要他去京城国子监找一个叫梁必的人。当夜，他爹就命两个下人将他送走。走到半路，他心中惦记爹娘，便偷着离开那两个下人往家赶。当他来到家里时，见家已烧毁了，只剩一堆废墟。

好容易见到一个他家的下人，得知那晚发生的事。就在他走后没多久，一伙人来到家里，为首的是个右眼上有刀疤的汉子，他们逼着小安子的爹交出什么东西，但小安子的爹不答应，双方大打出手。小安子家里下人虽多，但难敌对方武艺高强，眼看着两个姐姐和娘亲和下人们一个个倒在血泊中。他爹身中数刀，仍苦苦支撑。剩下的下人们见势不妙都逃了。没多久，宅子起了大火，远近的乡邻们都起来救火，逃走的下人们又赶回，从大火中抢出一些尸首，在后山找处地方埋了。那下人告诉小安子，现场并无小安子他爹的尸首，兴许他爹还没死。

小安子去坟上哭拜后，并未在邯郸停留，而是独自一人流浪到京城。他去了国子监找梁必，可守卫说梁大人不在这里，将他轰走。他没走远，就在这带乞讨为生。他自小读书,知道孔夫子是大圣人,所以时常去孔庙祭拜,希望孔圣人可以帮他。

听到这里,陈介祺不得不对小安子肃然起敬:一个不到十岁的孩子,一路流浪到京城,需要多大的勇气和毅力。若无孔夫子这精神支柱,只怕小安子也熬不到现在。人在逆境中时,来自内心深处的精神支柱是多么重要。他知梁必乃国子监监臣,一年前已调任户部任职。

陈介祺在鬼市上见过个右眼上有刀疤的汉子,是黄木派的人,想必黄木派为了凑齐五块玉佩,解开毛公鼎内铭文的玄机,不惜四处杀人。

若小安子他爹是白水派掌门,和梁必又是什么关系呢?

还有个问题,陈介祺更想不明白:小安子既出身富裕人家,上面只有两个姐姐,应是独子,他爹为何忍心将他净身并计划送入宫?自古"不孝有三,无后为大",是什么原因使小安子的爹做出这样的牺牲?

这时,小安子额前出现汗珠,脸色有些苍白。依目前的病情,短时间内怕是难以康复。

"你在这里安心养病,等病好了,我带你去见梁大人!"

小安子感激地望着陈介祺,露出一抹难得的微笑。

陈介祺并没等小安子的病好,而是第二天就去了户部。他和梁必并不熟,所以想先试探一下。梁必原先是官居从六品的国子监监臣,调到户部后任主事,变为了正六品。虽只升了一级,但比起清水衙门国子监,不知要肥上多少倍。

陈介祺见到梁必时,对方正不知为什么事斥责两名属下,声色俱厉的样子,竟与凶神恶煞无异。当他报出自己名字后,梁必愣了一下,转而换上一副堆满笑容的脸孔,将他请到偏室,并让人泡上香茶。

陈介祺明白小道消息传得比什么都快:他得到惠亲王爷青睐的事,只怕眼前这位梁大人早有所闻,才会对自己如此客气,否则的话,几句话就打发他走了。

第十四章　上古奇书

坐定后,梁必赔笑:"不知陈……翰林找下官何事,用得着下官的地方,尽管吩咐!"

国子监监臣出身的梁必,定也是个善于钻营的人物,本想要称呼"陈大人",后来觉得有些不妥,才换为"陈翰林",但而后却自称下官。他猜测陈介祺迟早会飞黄腾达,所以说话才如此小心。

陈介祺见偏室内只剩他们两人:"不知梁大人认不认识一个姓安的人!"

梁必一听这话,脸色顿时变了:"下官确实认识一个姓安的人,但下官和他只是泛泛之交。不知陈翰林问这话,究竟是何意?"

陈介祺也不隐瞒:"姓安的让他儿子来京城找你,现在那孩子就在我家中,梁大人,等孩子的病好了,我带他来找你!"

梁必叹了口气,拿出一张银票:"不瞒陈翰林,下官当年落魄时,得安志远解囊相助,下官一直惦记着这份情,多年来都不曾薄他!当年安志远给了下官半斗麦子,下官现在还他儿子100两……"

不等梁必的话说完,陈介祺就开口道:"那孩子好像不是为银子来的,他身上有样东西,足可在京城买一座宅子。"

随即,他拿出拓下的白水派的掌门信物:"梁大人,你认得这东西么?"

梁必把那页纸拿在手里,仔细看了看,迷茫地摇摇头:"下官并未见过,陈翰林是京城闻名的金石名家,您看好的,肯定是好东西!"

陈介祺见梁必这么说,于是追问道:"梁大人,你仔细想一想!"

梁必皱着眉头想了会儿,一拍额头:"我明白了,安志远是让他孩子来拿那东西的!"

"什么东西?"

"两年前,安志远来京城办事,见了下官后,拿出个竹筒交给下官,说暂时放在下官这,日后会有人来取。"

"那竹筒在哪?"

"在下官家中,下官这就回去拿!下官乃诚信之人,要不下官拿了东西后去您府上,见过那孩子,问明白了,当着您的面把东西给他,如何?"

陈介祺微笑着点点头,起身向梁必告辞。

离开户部后,见时辰已近正午,陈介祺便直接朝妙香楼而去。掌柜将他领到雅间,一推门,一阵热浪扑面而来。原来里面生了盆炭火,盆上架着铜壶。桌上已摆好了一套茶具,旁边有几碟小吃。李振卿躺在一旁,下身盖着毯子,边上茶几上有杯刚沏好的茶,靠墙的地方还有根拐杖。

见陈介祺进来,李振卿微微欠了身,算是打招呼了。

陈介祺在桌旁坐下,也给自己沏了杯茶:"李掌柜,一个多月没见了!"

李振卿掀开盖着下身的毯子,让陈介祺看到他那仍打着绑带的腿:"是有一个多月没见了,听说陈兄家中遭了贼,又受了伤,我本想去看您,可是这腿……您看我这腿,恐怕还得一两个月呢!"

陈介祺喝了几口茶:"你约我到这里,应不止是为喝茶吧?"

"有些事想和您商量一下,本想约您去我家,可我觉得还是在外面方便点!"

"李掌柜有什么话就请说吧!"

"老爷子派人过来传话,想问陈兄何时能解开那鼎的玄机!"

他说的老爷子,自然是前掌门鲁一手。

"这我可不好说,也许几天,也许数月,也许数年乃至一辈子。我记得李掌柜说过,张良和诸葛孔明那些先贤,都是靠一本奇书进到古墓中,靠着玉璧才破了毛公鼎的玄机。如果你能找到那本奇书,加上五块掌门的玉佩,或许我能在最短的时间内解开秘密!"

"我手上只有两块玉佩,另外三块只能慢慢找,但那本奇书,都已失踪一两百年了,去哪里找?"

"你找不到,不代表鲁前辈没办法!你是否想过,没有奇书的指引,他们怎么进入古墓?"

"陈兄,说实话,老爷子要真有办法,就不会拐这么个大弯子,把你我都给扯进来了。陈兄,我虽在家中躺着,可有关陈兄的一些事,也听下人们说过,'祸兮福所倚,福兮祸所伏',你我二人的命,都在别人手里攥着呢!"

第十四章　上古奇书

陈介祺自然明白李振卿的话，他微笑了一下："我的想法和你不一样，我认为自己的命得自己掌握。"

两人话不投机，又不痛不痒地聊了一会儿。陈介祺心中惦记小安子的事，便起身告辞，李振卿也未多说，看着他离开。

陈介祺离开后，旁边过来一人走到李振卿身边："我看陈介祺徒有虚表，不一定能解开鼎内的玄机，要不我想办法把鼎给抢回来？"

"他既能看到鼎上出现五行奇迹，想必与鼎有缘，除他外，恐怕再无第二人能解开鼎上的玄机。告诉老爷子，再给他一点时间。"

"万一到时还未能解开呢？岂不误了我们的大事？"

"大清皇帝虽年轻有为，但外有虎视眈眈的强敌，内有阴谋篡位的逆臣。皇帝深夜驾临陈府，必有重大内情，我怀疑与神鼎有关。陈介祺是聪明人，知道该怎么做，我们只需多加派人手盯紧他，坐观其变就行。"

说话间，他望着茶杯中升起的水汽，眼神迷离起来。

且说陈介祺离开妙香楼，刚到府门，陈忠就上前禀报说户部梁大人在客厅等着。他问了一下小安子的病情，就朝客厅而去。一进客厅，见穿着便服的梁必坐在椅子上，手里拿着一个颜色暗黄的圆筒。

两人互相施礼后，梁必手托圆筒："这是当年安志远放在下官这的东西，现在下官把东西转交你！"

陈介祺愣了一下："你不是要当着他儿子的面给我的吗？"

梁必哂笑："我打听过了，那孩子得的是伤寒，陈大人为人光明磊落，当不当着孩子的面，我看就算了！"

陈介祺心知梁必怕传染伤寒，才在这里将东西给他，当下也不客气，将圆筒接了过来。梁必寒暄了会儿，离开时执意留下一百两银子，当是给孩子看病的医药费。

陈介祺手里握着圆筒，圆筒虽然很轻，可他感觉就像拿着一块千斤巨石。小安子家是当地的大户，其父狠心将他净身要送入宫，定是没办法的办法，导致安家遭遇灭门之祸的原因，想必就是此物。他有心将圆筒立即交给小安子，可按捺不住内心的好奇。

圆滚滚的圆筒，一尺长短，外用油皮纸包着，再用细绳裹了好几道。他解开绕在圆筒上的细绳，小心翼翼地掀开一层层的油纸，露出一个颜色暗黄的小竹筒。这样的竹筒，他此前在很多地方见过，得用二十年以上的老竹，阴干后用桐油浸泡一年以上，方可用来装放东西。

竹筒顶部用蜡封了口，陈介祺本想用刀挑开封蜡，却改了主意：这件东西是小安子的，并非无主之物，若没征得小安子的同意擅自开启，恐失了自己的德行。

思索了一阵，他拿着竹筒来到偏院平房内，只见小安子仍躺在炕上，刚喝过药，气色看上去恢复了不少，正在那里玩着手里的玉佩，一见到他进来，忙起身趴在炕上磕头："小安子给老爷磕头了，谢老爷救命之恩，他日定当涌泉相报。"

陈介祺按住小安子，将他去见梁必以及对方送来竹筒的事说了。小安子听完后不作声，眼里噙着泪：他没想到，自己辛辛苦苦要找的人，竟是这样一个人！好在他爹留在那的东西已拿回来了，可东西拿回来后，又有什么用呢？他想了一下，从将手里的玉佩放在炕沿，对陈介祺说道："老爷，我把这两样东西都给您，求您让我在府上当个佣人，小安子终身服侍老爷，也好报答老爷的救命之恩。"

"玉佩是你爹留给你的，我万万不能要。若你同意，我倒想打开竹筒，看看里面的东西。"

他见小安子点头同意，于是拿出刀子，当着小安子的面，小心剔开竹筒口子上的封蜡。剔完封蜡，将竹筒倾斜过来，从里面倒出了几片竹简。看清了竹简上的图案和文字，他不禁讶异：这竹简上的文字，其雕刻手法及每一笔画的勾勒，都和毛公鼎上的文字不一样，乃是秦篆。跟竹简一同倒出的，还有一页卷折的宣纸。陈介祺轻轻掀开宣纸，看清上面的一小段文字。

文字是略潦草的行书：地黄门一分为五，乃大势所趋，神鼎秘钥分属五派，五派掌门轮流掌管奇书，然黄木心生异心欲成大业，五派离心，吾白水派

第十四章 上古奇书

偷藏奇书,以绝黄土祸心,以免又起战端黎民遭殃。落款时间为:康熙二十一年六月。

陈介祺清楚,康熙二十一年,大清已平定三藩之乱,举国上下一派盛世之景。此时黄木派虽高举反清大旗,但百姓历经多年战乱,渴盼和平安定,白水派认清形势,藏起奇书,也是顺天之举。

若照此信推断,黄木派定不会善罢甘休,多年来一直寻找白水派。而杀小安子一家的人,应就是黄木派的人,目的是要抢到这几片竹简。红火派和白水派,都是为躲避黄木派的锋芒,不得已东躲西藏,不敢泄露身份。

鲁一手是捻军的重要头目,居然在京城内来去自如,由此可见,这黄木派的势力到底有多大。以目前捻军与太平贼寇的势力,若联手以武力颠覆大清江山,也未必不可能。既然这样,鲁一手为何还要得到神鼎的玄机呢?

小安子见陈介祺陷入沉思中:"老爷,您怎么啦?"

"若你愿意,我想将这竹片上面的文字拓下,东西仍由你收着。"

竹片总共八片,上面有些阴刻的文字,与毛公鼎内的文字一样,都是西周金文,每片十几至二十多字不等。竹简上除文字外,还有些简单的图案。

陈介祺想起李振卿说的话——寻找古墓的地图就在这奇书上,可那些图案却并不像地图,而类似武术招式中的五禽戏,让人无法看懂。

得到小安子的同意后,他取来笔墨纸砚,小心将竹简上的文字和图案拓下。回到书房,陈介祺迫不及待地取出原先鼎上的拓文,和那三份玉佩上的拓片,放在一起研究起来。

本以为凭着这竹简上与鼎内铭文有很大关联的文字,能发现些什么,谁知越看越糊涂,居然看到几处有养生处世的含义,却又似某种门派武功中的内功心法。

陈介祺从申时一直研究到寅时,也没研究出个头绪。他心想若真那么容易破解,早就有人破解了,鲁一手也不会如此积心处虑地让毛公鼎落到自己手里。

他揉揉发胀的太阳穴,望着窗外微明的天色,吹熄蜡烛起身走到院里,想打一通拳练练手脚。由于脑海里想的都是拓片上的图案，竟不知不觉依着图案上的动作比划了起来。谁知一比划，令他大吃一惊！心中默念那些文字，只觉由丹田升起的那股真气，缓慢地在体内运行，片刻便觉通体舒坦、精神百倍。而那几幅图案连贯起来的动作，正好形成一个先天八卦。他当下心道：想不到黄石公留下的这本奇书，居然是修身之道，与那鼎内的铭文，并无多大的关联！

正想着，刘勇急匆匆地跑来："老爷老爷，那个……那个洋人大卫……晕倒在门口，您去看看吧！"

陈介祺随刘勇来到大门口，果见门口屋檐下躺着一个人。只见那人一身脏兮兮的衣服，胡子拉碴，头发蓬乱几乎盖住整个面孔。若不是须发的颜色和那双蓝色的眼珠，陈介祺几乎都认不出了。

外面天冷，他让人将大卫抬入房中。一碗姜汤灌下去，大卫微微睁开双眼，朝陈介祺微笑了一下。

"一个多月没见，你怎会变成这样？"

大卫张张口，有气无力道："我找不到她！"

小玉躲了起来，大卫当然找不到。陈介祺感慨不已，区区一个"情"字，古往今来，不知令多少男女身陷其中不能自拔。

"你洗漱一下，我带你去找她！"

大卫蓦地起身，精神百倍地抓着陈介祺的手："你不是说过不知道她去哪里了吗？"

陈介祺叹了口气："我只知道大致的地方，但能不能找到，看你们的缘分了。"

半个时辰后，洗漱一新的大卫出现在陈介祺面前，虽穿着陈介祺的便服，显得有些不伦不类，但他的精神却好了不少。

两人骑马离开陈府，朝海淀花家园子而去。

陈介祺得到那算命先生的指点后，几次想去趟花家园子找到小玉，都没能去成。后惠亲王爷告诉他，小玉居然能拿着吉贝勒的金牌去要挟王爷，目

第十四章 上古奇书

的是让王爷送她入宫当妃子,他非常震惊。而更令陈介祺震惊的是,小安子的父亲将小安子净身,目的也是要送其入宫。小安子是白水派的,小玉又是哪个门派的?这个和自己生活了一年多的含冤女,究竟还有多少不为人知的秘密?他们为何都要入宫?到底有什么企图?

他只想找到小玉,为自己萦绕在心头的疑问寻找答案,却不知这一去,差点连命都丢掉。

第十五章
祸 起 萧 墙

花家园子在玉泉山的山麓。相传前朝万历年间，这里住了一户姓花的人，以种菜为生，卖给山上的寺院，后来陆续又有人搬来住。由于花家的地最多，所以被人称为"花家园子"。自乾隆皇帝封玉泉山泉水为"天下第一泉"后，一些文人骚客闻名而至，来山下喝茶品茗。于是，花家园子和其他几处玉泉山麓下的村子，渐渐成为游玩的场所。

两人赶到花家园子时，已是正午时分。陈介祺和大卫在村里转了一圈，在十字街口找了家叫"怡情居"的客栈。这边的客栈和别的地方不一样，连名字都取得那么文雅。客栈掌柜见他带着一个穿长褂的洋人，尽管很好奇，但也不敢多问。

他和大卫吃过饭，又要了壶清茶，坐在靠窗的位置慢慢品着。虽然天冷，可来去的人仍不少。坐了会儿，大卫就按捺不住了："陈翰林，你不是说来找小玉的吗？难道我们就在这里等？"

陈介祺并没回答大卫的话，他边喝茶边思考问题。自满清入关后，就有很多江湖门派举着反清复明的大旗，一直没消停过，如今复明已不可能了，但反清仍在继续着。像那样的江湖门派，都有各自的秘密落脚点，不是内部人，根本不知道在哪。花家园子虽不大，也就百十户人家，可也不能为了找人，一家一家挨户进去。小玉既让他来这里找她，定会有所安排，就如让他去找那个算命先生一样。

他想一会儿，要客栈掌柜的找来纸笔，画了个文王八卦的图形，悬挂在窗边。字画刚挂出，就引来街上的人驻足而观。

第十五章 祸起萧墙

陈介祺和大卫站在窗口看下面的人,他要的就是这种效果。他相信,用不了多久,就会有人来找他们。

可一直等到日暮时分,除掌柜的吩咐伙计上来续茶水外,居然没一个人来找他们。到后来,陈介祺也有些沉不住气了,起身要和大卫回城,却见掌柜的上楼,脸上堆着笑:"两位客官是不是要回去?"

陈介祺点点头:他俩是过来找小玉的,可折腾了一下午,小玉都没露面,两人即便继续在村里转悠,只怕也找不到。他有心回城,但大卫却不愿离开。

掌柜的看出了大卫的心思:"天晚了, 二位既是过来玩的, 也不急于回去,先在小店住下,等明儿再回城也不迟。小人为二位准备了两间上等客房,就在后院,请跟我来!"

村子并不大,明日再转转,或许能见着小玉。陈介祺和大卫随着掌柜下了楼。掌柜的提着灯笼在前面带路,领着他们朝后院走去。客栈的后院有些大,隐约可见道路的左边有一池子,池子中间有假山,道路的右边都是树,不远处的前面有光,想必就是客栈的上等客房了。

走了一段路,掌柜的停住脚步,转过身来看着陈介祺和大卫,脸上露出得意的微笑。陈介祺心中一紧,正要说话,却见树后闪现几个人影,每人手里都提着刀。他连忙将大卫护在身后:"掌柜的,你们要是图财,我身上还有几张银票,拿去就是,我保证不报官,若是有别的原因,请说清楚,也好让我们死个明白。"

"两位是来找人的吧?可惜你们找错了地方!等你们见了阎王,问明白就知道了!"

"你不知我们找什么人,又怎知我们找错了地方?"

看那几人越走越近,陈介祺心里有如打鼓:以他的武功,要想从这几人手下逃脱,并非是件难事,但大卫就难说了。掌柜的定是在知道自己的身份后,才起了杀心。想要置他于死地的人,绝不是黄木派,而是不愿他解开毛公鼎玄秘的人。

"小玉姑娘要我来这里见她,真要杀的话,等见到她后,再杀也不迟!"

"她不会见你的！"

陈介祺心中的石头落地了：等了一下午，终于等到了。他正要开口，却听身后的大卫大声喊道："小玉，你在哪里，出来见我，我爱你！你听到了吗？"

洋人就是这么大胆疯狂！

前面有光的地方"吱呀"一声开了门，里面出来了一个人："掌门要见他们！"

陈介祺和大卫被掌柜的几人押着走了过去，进了屋，只见正面的椅上坐着个浓眉大眼的汉子，约莫五十岁左右的年纪，小玉站在那汉子的身边，旁边还有几个男人，看站姿便知都是会功夫的好手。

掌柜的转身离开后，大卫一看到小玉，就急不可耐地要冲上去，却被身后的人死死抓住。陈介祺一看小玉的脸色，就知她的伤已好。他不等坐在椅上的汉子问话，就对小玉说："地黄门下的黄木、赤金、黑土、红火、白水，我已见过其中的三块掌门玉佩，请问你们是赤金还是黑土？"

坐在椅上的汉子听到这话，眼中闪过疑惑："红火和白水都来找过你了？"

陈介祺觉得这男人的声音似乎在哪听到过，仔细一想，瞬间记起——那晚正是这人蒙面进了自己的书房，和他过了几招后，告诉自己还有"枯骨之汤"的事。

"既不是他们来找我，也不是我找他们，那两个门派已后继无人了。陈某在此感谢掌门上次的不杀之恩。"

"陈翰林，我们本不愿你解开鼎内铭文的玄机，但事已至此，觉得还是顺应天意。如今我们面对面，干脆把话敞开说！"

"好一个'顺应天意'！黄木派鲁一手花了几个月的时间，才不漏痕迹地将毛公鼎送到我手中。你们居然能未卜先知，让小玉姑娘一年前就到了我的府中，实在令人匪夷所思。"

"其实很简单，我们知道黄木派要找人破解鼎内铭文的玄机，而能有本事破解铭文玄机的人，不外乎几个人。所以在无法抢夺毛公鼎的情况下，唯有不动声色地在那几人家中安插线人。你应知道，在你之前，神鼎曾被好几

第十五章　祸起萧墙

个人看过，可他们都无能为力。当小玉告诉我，神鼎在你书房内出现神光时，我就明白，只有你能解开神鼎的玄机！"

陈介祺点点头："于是你到我家里，告诉我必须借助'枯骨之汤'，才能彻底解开神鼎的玄机，对吧？"

那汉子点头。

"你既将小玉姑娘安插在我府内，又为何让她去找惠亲王爷，要挟惠亲王爷收她做义女，将她送入宫中为妃？"

"我既让你解开神鼎的玄机，小玉就不能再留在你府中了。当年五派联盟时曾有誓言，哪派杀掉大清皇帝，就能成为五派之首！"

"我明白了，你们这些江湖门派，无时不刻想将满人赶出关外，而暗算大清皇帝，是最好的方法！所以小玉姑娘不惜要挟王爷送她入宫为妃。至于白水派的掌门，也将他的儿子净身，要送入宫当太监，你们的目的就是刺杀大清皇帝。一旦你们无法入宫行刺，就会另想他法。花家园子离颐和园不远，皇上每年都会来此游玩。如果你们有几十个高手，趁皇上御驾经过时突然袭击，可能有机会成功。但你想得也太简单了，你们杀了一个皇帝，马上就会有第二个皇帝，爱新觉罗氏那么多子孙，你们杀得完吗？再说了，此一时彼一时，以黄木派如今的势力，就算你们杀了大清皇帝，他们也未必肯听你们的！"

那汉子听到这话，脸上的肌肉一阵痉挛："不愧是陈翰林，你的话有几分道理。那你告诉我，我们现在该怎么做？"

陈介祺笑道："我们聊到现在，还不知道掌门贵姓啊？"

那汉子拿出一块玉佩，让陈介祺看清上面的五行为"金"的图案："免贵姓叶！陈翰林，这是你见过的第四块掌门玉佩！"

"黄木派逼我解开鼎上铭文的玄机，后来我才知道，要找到一本奇书，靠奇书的指引找到古墓，依靠五块玉佩的相助，方能真正解开铭文的玄机。"

"他们简直痴心妄想！就算他们有本事凑齐五派的掌门玉佩，可也没办法找到那本失踪了一百多年的奇书。"

陈介祺正要说话，却见出去没多久的"怡情居"掌柜急匆匆从外面推门进来："不好了，外面来了大队官兵，把整个村子围住了，正挨家挨户搜查。"

一听这样的情况，屋里的气氛一下紧张起来。叶掌门盯着陈介祺："是你把官兵引来的？"

陈介祺一惊：皇上已对他说，在他家周边安插了探子。如此说来，皇上对自己的行踪，可谓了如指掌！惠亲王爷知道这点，才不惜绕一个大弯子，命人将他送出城外，在城外的旧宅里和自己见面。而他与李振卿喝茶以及和大卫到花家园子，自然都躲不过皇上的耳目。或许皇上知道了这里的情况，才派兵过来围剿。想到这里，他禁不住打了个寒战。

站在一旁的几人有些慌了，其中一个提刀作势要往外冲，被叶掌门喝住。小玉对叶掌门说："爹，我们只有几个人，不宜和官兵硬拼！"

那声"爹"，使陈介祺知道了小玉和叶掌门的关系。

"叶掌门，若官兵真是我引来的，我肯定脱不了干系，请准许我去看看情况，再想办法脱身也不迟！"

村子已被围了，这点人强行冲出，无疑自寻死路，叶掌门想了一下，说："把洋人留下，小玉，你陪陈翰林出去看看。"

陈介祺硬着头皮在小玉的陪同下，与掌柜离开后院朝前楼走去。一路上他们都没说话。来到客栈前堂，只见街上来了大批官兵，把守各街口，手持火把将整个村子照得灯火通明。

陈介祺和小玉刚坐下，一个千总模样的人带着几个亲兵上来。那千总看了他们一眼："你们是什么人？"

掌柜的躬身答道："回大人，他们是正午来的客官！"

那千总望着陈介祺："那挂在外面的八卦字画，是你干的？"

陈介祺刚一点头，就见千总朝身后的士兵一挥手："来人，带走！"

小玉上前一步："不就是一幅字画吗？有什么不对的吗？"

"我怀疑你们给贼寇通风报信，和贼寇是一伙的！"

陈介祺微微一惊：看来清兵真是冲叶掌门来的。可问题是，小玉他们在这里躲了那么久，清兵怎知他们在这里呢？

第十五章　祸起萧墙

千总一挥手，要几个亲兵上前抓人，小玉上前两步挡在陈介祺的面前，对千总道："这位是陈介祺陈翰林，大人，我们真是来这里玩的！"

千总一听这话，顿时脸色一变，上下打量了陈介祺一番，语气缓和了不少："您真是那位备受王爷器重的陈翰林？"

他说话时，用了个"您"字，看来惠亲王爷与陈介祺之间的事，已是满城皆知了。

陈介祺点头："正是本人！"

"您二人来这干吗？现在可不是游玩的时节啊！"

"朝廷可没规定什么时候不许游赏！千总大人，今儿怎么回事？"

"下官也不知，上面命令下来，说花家园子窝藏了贼寇。这不，正挨家搜呢，见到面生的就带走！陈大人，多有打扰，下官搜完就走！"

后院那么多人，一旦被搜到就麻烦了。陈介祺上前拦住千总："这时节来的人少，就我们两个人，不信你问店家！"

"是呀，是呀！大人不信的话可上去搜！"

"陈大人的话我怎么会不信呢？"

说完，他朝陈介祺拱手，正要带人离开，却听到后院传来嘈杂的脚步声，夹杂着几个人的喊叫。千总伸手往腰间摸刀，不料小玉比他快了一步，持一柄短刀抵在他的喉头："别乱动！"

几个亲兵各自拔刀在手，面面相觑不知如何是好。

"陈大人，您这是为何？"

事已至此，陈介祺也无解释的余地，只得苦笑："对不住了，大人，我也是身不由己！"

只见大卫从后面跑了出来，后面跟着两三个持刀的人。原来他见那些人都在留心前楼的动静，趁人不备跑了出来，那些人不敢伤害他，只顾跟在后面追。哪知西洋人腿长，几步就跑到了前楼来。

双方相持时，一个亲兵逃出门报了信。不一刻，外面来了大队官兵，火把将里外都照得透亮。几个穿着三品官服的参领将军簇拥着一位王爷，从队伍中走出来。一排弓箭手分立两侧,弯弓搭箭瞄准客栈。陈介祺看清那王爷的模样,心中一愣:怎么是他?

骑在马上的,乃是负责掌管丰台大营的敏亲王爷。

外面有声音传来:"里面人听着,乖乖弃械出来投降,王爷可饶你们不死,如有负隅顽抗,杀无赦!"

叶掌门和其余的人,也都从后院走了出来,掌柜的上前问:"怎么办?"

依目前情形,唯有以千总为人质拼死冲出去,除此外无第二条办法。那几个赤金派的人见掌门眉头紧锁,不由抓紧了手里的刀把,准备浴血一搏。

就在叶掌门下令强行往外冲时,陈介祺突然道:"且慢!"

本来陈介祺面对这样的局面,也无计可施。可当听到外面传来最后"杀无赦"三个字后,犹如黑暗中亮起了盏明灯。他很清楚,自大清人关以来,若汉人有反清之嫌,无论有无证据,从来只杀不赦。屋里虽有一名千总作为人质,可一个五品千总,王爷怎么会放在眼里呢?只需一声令下,屋里的人没一个能活着离开。到时王爷上报朝廷,给屈死的千总追加封赏,那已是莫大的殊荣了。正是"杀无赦"这三个字,明明白白地告诉自己,王爷投鼠忌器。

陈介祺想了会儿,对叶掌门道:"我出去见一见王爷。"

说完后,他走到柜台,提笔在空白账簿上写了几个字,撕下来折在手里,大步走到门前,朝敏亲王爷拱手:"王爷,下官乃翰林院陈介祺,上次蒙法国大使梅德公爵大人看得起,前去帮忙鉴赏一件玉器,有幸在那与王爷见了一面,不知王爷可记得下官?"

他故意提起上次见面的事,好让旁边诸将都知道。

敏亲王爷目光凌厉,大声道:"本王那次奉皇上之命,前去与梅德公爵商谈国事。陈介祺,你既是朝廷命官,为何与贼寇勾结?"

"下官今日与梅德公爵的外甥大卫一起来此游玩,因天色已晚,故留宿于此。这里除了我和大卫外,都是来游玩的客人,并无王爷所说的贼寇。适才王爷麾下的千总大人进店搜查时,因与下官言语不和而争执起来。那几位客人看不过去,与千总大人理论时发生了冲突。王爷,下官要说的话都写在这

第十五章 祸起萧墙

上面,请王爷过目。"

他将那页纸托在掌上,一个将领过来,接过纸条转呈给敏亲王爷。王爷看完后,过了片刻才道:"好,本王相信你!你不是说与大卫在一起的吗?请他出来与本王相见!"

陈介祺松了口气——纸上写的是:圣上不知。

敏亲王爷城府之深完全出人意料。若不是小玉在法国领事馆内偷出那份协议,谁都不知敏亲王会跟洋人勾结,意图犯上叛乱。更令陈介祺感到奇怪的是,捉拿贼寇应是刑部和大理寺衙门的活儿,敏亲王爷掌管丰台大营,负责京师的拱卫,无圣旨不得妄自调兵。王爷不寻思怎么去对付南方的太平军,来这里抓什么贼?他肯定敏亲王爷今夜此举,皇上并未得知,所以,他大胆提醒王爷——无论有什么企图,都别做得太过,一旦皇上知晓,后果很严重。

得到叶掌门的默许后,大卫也走到门口,和陈介祺并肩站在一起。

陈介祺见敏亲王举起右手,以为王爷下令退去,正要拱手施礼,忽听得脑后风声,扭头看时,见半空中跳下几道人影。

他蓦地明白是怎么回事了:敏亲王爷能背着皇上行事,定然有所安排。之所以投鼠忌器,完全是因大卫在他们的手上。和他说话时,先把他稳住,趁大卫走出来,才下令躲在暗处的高手发起突然袭击。

陈介祺侧身躲过一把砍向他的利刃,眼角的余光看到两个穿黑衣的人挟持着大卫下了台阶,被一队清兵接了过去。

三个穿着黑衣的高手围着陈介祺。他虽会武功,可也难抵三个高手的进逼。刚低头避过一把砍向脖子的刀刃,另一柄刀已挟风而至,离他胸口不到半尺,他一闭眼,心道:完了。他明知敏亲王爷城府很深,却相信凭自己的几个字,就能使对方知难而退,忘了狗急跳墙的道理。

耳中传来金属相撞的声音,睁眼看时,叶掌门和几名手下已站在陈介祺身后。叶掌门一挥手中的刀,厉声道:"三打一算什么英雄,来会会老子手里的刀。"

一个黑衣人冲上前,只过了一招,就被叶掌门逼退。另两个黑衣人一左一右地夹攻他。只见叶掌门一招一式都显得老练刚猛。陈介祺退到屋内,靠在窗边喘着气，见敏亲王爷张弓搭箭，遂想起惠亲王爷的话，知其有百步穿杨的本领，当下大声道："叶掌门，小心！"

那箭在空中如流星般飞速而至，待叶掌门发觉时已迟了。他左肋中箭，虚晃一刀逼退了两名黑衣人，往后踉跄了两步，被身后的人扶住。

敏亲王爷一挥手，顷刻间箭矢如飞蝗。叶掌门虽被拖入屋内，但身后的两名赤金派高手和外面三名黑衣人，都被射得如同刺猬。带着油火的箭头，射到门窗上后，立刻烧了起来。

挥舞着刀枪的清兵潮水般从外往里冲，掌柜的和十几个赤金派高手堵在门口誓死拼斗。那千总得空乘机跑到门边，却被掌柜的一刀砍倒。

小玉抱着叶掌门，哭喊着"爹，爹！"陈介祺来到她身边，见叶掌门脸上已失去了血色，口中往外冒血沫，连呼吸都变得短促。那箭从他左肋射入，深达五六寸，显然伤了心肺。

叶掌门对小玉耳语了几句，小玉顿时变了脸色，哭道："不可能，爹，你一定是在骗我，对不对？"

"爹没骗你，如果……如果有那么一天……你一定要……按爹说的去做！"

小玉起身，一步步退到墙角边，连连喊道："我不信……我不信……"

陈介祺猜不到叶掌门对小玉说了什么，以至于小玉如此激动。叶掌门哆嗦着从身上摸出掌门玉佩："陈翰林……黄木派……野心……神鼎现……世……天下大乱……百姓……遭殃……玉佩……给你……送鼎……回古墓……参悟玄……机……可救苍生……求……你……照顾……小玉……她……"

叶掌门话没说完，一大口鲜血狂喷而出，人虽已咽气，但眼睛睁得很大。陈介祺从叶掌门手里拿过掌门玉佩，合上对方的双眼，心道：若有命回去，我定不负你的嘱托。

冲进客栈的兵勇越来越多，掌柜的也死了，只剩几个受伤的人苦苦支撑，看情形也撑不了多久。陈介祺站起身，暗忖：死并不可怕，可不能死在这，还背上个"私通贼寇"的名声——既祸及家人、辱没祖宗，也愧对信任自己的圣上。

可如今，他实在想不出退身之策。

第十五章 祸起萧墙

陈介祺弯下腰,拿起叶掌门的刀,一步步朝前走去。这时,他听到外面传来大卫的声音:"你答应我不伤害她的,为什么?"

陈介祺暗自苦笑:大卫在后院喊叫,是给院外人发信号。自己和千总说话时,大卫从后院跑出,也是让外面的人知道。大卫才是敏亲王爷派来的人,利用自己的信任,帮王爷找到赤金派。而这一切,兴许都是敏亲王爷和梅德公爵的合谋。

外面的清兵停止了进攻,冲进屋内的清兵也退了出去。陈介祺持刀来到窗边,只见大卫的手里握着一把短柄洋枪,对准敏亲王爷,样子很是激动。边上几个将军和王府侍卫作势拔刀,被王爷制止。

陈介祺见此情景,忙弯腰背起叶掌门的尸身,对小玉和其他几个赤金派人士喊道:"机不可失,快走!"

几人出了客栈,在众多官兵的注视下离去。陈介祺转身时,见敏亲王爷嘴角浮现一抹冷笑。

陈介祺边走心里边嘀咕:无论大卫和王爷是何关系,心里肯定爱着小玉,正是这种爱,令大卫不顾一切,做出如此疯狂的举动,救了他们。

陈介祺和小玉等人出了村,很快消失在夜幕中。

向阳的山坡上起了座新坟,坟里埋的是赤金派的掌门。陈介祺和那几个受伤的赤金派高手站在一旁,默默看着小玉跪在地上磕头。离开花家园子后,他们抬着叶掌门的尸首,拐上一条山道,连夜翻了几座大山,才确认无清兵追来。

从昨晚到现在,如同一场噩梦。然陈介祺不明白的是,区区一个赤金派,就这十几人,用得着惊动王爷大驾吗?敏亲王爷的目的究竟何在?

也许,所有的疑问,他都没机会找大卫问清楚了。

陈介祺走到小玉的面前,拿出那块叶掌门给他的玉佩递过去:"对不起!"

这三个字说得苍白无力。

小玉起身,满含幽怨,并未接玉佩:"既是我爹给你的,我怎能再要回来?从今起,江湖上再没有赤金派了。"

陈介祺讪讪地收起玉佩。他很想知道叶掌门对小玉说了什么。可那是人家父女间的秘密,自己一个外人,又怎好意思问?

小玉低声问:"你打算怎么办?"

陈介祺望着远处连绵起伏的山峦,心潮起伏:以敏亲王爷的为人,是绝不会放过他们的。说不定此时自己的家人已下了大狱,刑部已将他的通缉令发到了山东老家。他想过明哲保身,可没想到处处受制于人,时时遭人算计。这天下之大,哪才是自己的容身之处?

山的另一边,是大清皇室的陵寝,历代先皇若泉下有知,绝不愿看到子孙勾结外敌,使江山备受战火蹂躏。可大清已非往昔,内忧外患,当今皇上虽有力挽狂澜之心,怕也是心有余而力不足。

陈介祺张了张口,艰难地吐出两个字:"回城!"他已打定主意,就算死,也要跟家人死在一起。

"好,我们陪你一同回去。我爹临死前说,只有帮你把神鼎送回古墓,才能救天下苍生!"

"神鼎是黄木派盗墓高手从古墓中弄出的,谁知道古墓在哪?再说我回去是……可不能让他们几个陪我送死。"

"人死或轻于鸿毛,或重于泰山,为天下苍生,我们就是赔上命,又算什么!"

陈介祺见多说无益,只得和他们一起下山,顺小道往京城赶。傍晚时分他们到达城外,只见城门口增加了守城兵勇,正严格盘查进出的人。但旁边城墙上并无新张贴的通缉令。

陈介祺和小玉商量后,决定将几个受伤的人留在城外,他们两人想办法混进城。这时,只见两匹马飞驰而来,陈介祺一看马上的人,认出是自己府内的陈忠和刘勇,当下叫道:"忠叔!"

陈忠听到人群中有熟悉的声音,勒住马定睛一看,见到陈介祺和小玉,忙滚下马上前拉着陈介祺的手,眼里含着泪:"少爷,总算找到您了!"

"家里没事吧?"

第十五章 祸起萧墙

"没事！昨儿夫人见少爷没回城，心里放不下。今儿一早宫里的冯公公来府上，说皇上要见少爷，夫人命我和刘勇去花家园子寻找，哪知我们二人去那一看，好好一个村子，就这么没了，一个活人都找不到。我俩一打听，才知昨晚敏亲王爷奉皇上之命到花家园子捉拿贼寇，将村里人都杀了。现在那驻扎着大批八旗兵勇，我寻思大卫是洋人，又是那什么大使的外甥，王爷就是胆再大，也不敢妄杀洋人，说不定少爷和大卫去了别的地方，所以我俩一路寻找过来。"

陈介祺听说家里没事，皇上正要见自己，登时悬着的心落了下来。他暗自寻思：皇上如何得知赤金派藏身于花家园子？又为何命敏亲王爷去花家园子剿贼？难道皇上对其的信任高过惠亲王爷么？殊不知后者并无反叛之心，真正藏有祸心的是前者。皇上若不察敏亲王的狼子野心，则大清江山极有可能易主。京城内看似并无异常，可越平静，就越说明危机四伏。

陈忠对小玉道："小玉姑娘，你伤好了吧？没事就好，夫人这些天还说起你！"

陈介祺和小玉骑马进了城，见城内不时有一队队的兵勇经过，但却没人对他俩进行盘问。他有些忐忑不安地回到家，陈夫人见到小玉，自是一番嘘寒问暖。陈介祺换过衣服，正要入宫去见皇上，只见忠叔从外面领了个人进来，却是琉璃厂德宝斋的伙计胡庆丰。才进门，胡庆丰就朝陈介祺跪下哭道："陈翰林，我们掌柜的一家都死了！"

听说李振卿一家都死了，陈介祺的心"咯噔"一下，想必朝廷对鲁一手他们在京城的行动，早已察觉，之所以按兵不动，是想找合适的机会一网打尽。敏亲王爷去花家园子对付赤金派，迟早会找到李振卿，只是没想到会这么快。

胡庆丰从怀中拿出个包裹："这是掌柜的今儿一早给我的，要我当面交给你。他说你看到里面的东西，就明白了！他还给了我几十两银子，说让我在城内另找个东家。我来府上，得知您去了城外还没回来，于是就回去见掌柜的，走到胡同口，见门口围了很多人，才知掌柜的一家都死了。我不敢回去，就在街上候着，刚才见您回府了，才过来敲门！"

陈介祺接过包裹打开，见是两块掌门玉佩，当即大惊：李振卿为人和善，又是黄木派掌门,以黄木派的势力,怎么会惨遭毒手呢?但依目前的情形分析,李振卿似乎已做好全家人被杀的准备,不愿玉佩落在别人的手里,所以要胡庆丰将这些东西交给他。如此一来,杀李振卿全家的可能是鲁一手,但他为何要这么做?

想到这里,陈介祺心底冒出了"也许下一个轮到的就是自己家"的想法。他望着胡庆丰:"李掌柜把东西交给你之前,家里来过什么人?"

"昨儿半夜有几人找李掌柜,他们谈到鸡叫才离去!"

"那几个来找李掌柜的人中,有没有一个独手独眼的驼背老头?"

胡庆丰摇了摇头:"我倒是认得其中一个人,是古缘斋的夏掌柜!"

陈介祺非常吃惊:李振卿和夏立祥虽同在一条街上做生意,两人认识已久,但彼此并无多大的交情,且夏立祥还几次暗中陷害李振卿。自毛公鼎出现后,整件事中,无处不见夏立祥的影子。这个姓夏的究竟是何人?为何要半夜去李振卿家?另几个人又是谁?他们与李振卿一家的死,到底有无关系?

他正要叫陈忠去古缘斋,请夏立祥来府一叙,却见府内的下人刘勇进来道:"老爷,惠亲王府的刘总管有要事求见!他一进府门就哭,说是求您救救王爷!"

刘总管上门求见又是为何事?他让陈忠领着胡庆丰去休息,自己坐在堂屋内等着刘总管。不一会儿,下人领着刘总管进来了。

此时刘总管哭丧着脸,全然没了往日的嚣张。一见到他,就下跪打千:"小人见过陈大人!"

刘总管这一举动,连一旁的陈忠都糊涂了。陈介祺扶起刘总管:"刘总管,何事需要向在下行如此大礼?"

"昨夜惠亲王爷被皇上紧急召入宫后,到今天傍晚都没回来。后来宫内传出消息,说王爷在外事处理上一再忍让,有辱大清国威,且有勾结洋人意图谋反之嫌,被囚禁在宫内自省。皇上已命敏亲王爷暂代我们王爷的职务,并下旨总理事物衙门照会各国,勿干涉大清国内政。其实我们王爷与洋人虽有交往,但并未勾结,一心辅佐皇上。倒是敏亲王爷与洋人暗中交往甚密,似

第十五章　祸起萧墙

有勾结之嫌。我们王爷曾警告过敏亲王爷,可没想到对方倒打一耙。"

"既是两位王爷间的纷争,皇上自有圣断,你找我做什么?"

"王爷出门时偷偷告诉小人,说若他有事,能救他的就只有您了。如今京城内外,都在敏亲王爷的控制下,好几位内阁大臣都被冠以谋逆之命下了大狱。敏亲王爷可谓'司马昭之心路人皆知',皇上帝位不保,大清岌岌可危呀!"

陈介祺长叹一声:敏亲王已掌控了大局,若有野心谋朝篡位,那是迟早的事。自己只不过是个小小翰林,手上无兵无卒,凭什么和敏亲王对抗?更令他感到困惑的是,敏亲王若已动手,为何还开着城门任人进出?这葫芦里究竟卖的是什么药?他安慰了刘总管几句,让对方先行离去。

刘总管离开后,陈介祺让陈忠去"古缘斋",看看有什么情况,自己则先入宫去见皇上。他紧了紧袍子,在众人的注视下走出客厅,独自来到院里。外面不知何时下起了雪,大片的雪花被风挟裹着,落在脸上,碰到皮肤后化为冰水滑入脖颈里。明明已是初春,居然还有这么大的雪!陈介祺深呼一口气,看着白雾在眼前与雪花融为一体。接着他仰起头,闭上眼,努力使自己那纷乱的心沉浸于这冰冷带来的宁静。事已临头,担心也没用,越是危急时刻,越要稳住心神。他手上虽有皇上给的可调动京城内外兵马的圣旨,可不到万不得已,绝不用那圣旨。他很想知道,皇上此刻是否也和自己一样心乱如麻?

过了片刻,陈介祺张开眼睛,看到了站在面前的瘦小身影——小安子。

小安子身穿棉袍,双手拢在袖中,怯怯地道:"老爷,让我跟您一起去吧。"

他拍了拍小安子瘦弱的肩膀,向门口走去。

门口,有一顶青衣小轿等着他。很快,这青衣小轿就消失在漫天的风雪中。

这是咸丰三年初春的一个夜晚,一场关系大清国运的角逐,焦点就落在了这个七品翰林的身上。

第十六章
大 清 国 运

　　亥时初刻,青衣小轿到了宫门外。守门侍卫检查了陈介祺的腰牌,放他入宫。

　　按宫规陈介祺弃了小轿,和小安子一起,在两名侍卫的带领下,朝养心殿而去。皇宫大内,五步一岗十步一哨,小安子似乎有些害怕,紧紧跟着他。风雪渐渐小了,地上积雪不多,但走起来打滑。一路走得急,他们来到殿外,额头微微见汗,倒也不觉得寒冷。

　　殿外站着几个宫廷侍卫,冯公公从里面迎出来:"陈翰林你怎么才来? 皇上都等急了! "

　　陈介祺将小安子托付给冯公公,拍拍身上的积雪,掀开帘躬身走进去。

　　三跪九磕后,陈介祺退在一旁。几天没见,皇上似乎消瘦了许多,气色也没之前好了。

　　咸丰皇帝放下手中的折子:"你来了? "

　　"不知皇上召臣入宫,所为何事? "

　　"陈翰林,你可知罪? "

　　皇上的声音不大,可传到陈介祺耳中,却如一个大霹雳,连忙跪下:"奴才不知所犯何罪? "

　　"那你告诉朕,你去花家园子做什么? "

　　既然派人保护他,皇上自然对自己的行踪了如指掌,陈介祺不敢隐瞒,把去花家园子的原由以及后来发生的事都说了。接着又斗胆说出了自己心中的疑惑:"皇上,难道您不觉得敏亲王爷亲自去对付只有十几个人的赤金

194

第十六章 大清国运

派,似乎……"

咸丰皇帝摆摆手,不让陈介祺说下去,沉默片刻才道:"想不到那掌门临死前竟有如此感悟,以天下苍生为己任。看来朕错怪他们了,不是每个江湖门派都反清啊!"

陈介祺又将自己回家后,胡庆丰和刘总管先后找他的事都说了:"皇上,您真以为敏亲王爷可信任?"

"南面太平贼寇包围了南京,势力越来越大,连京城内都有。北面沙皇俄国挑起事端,侵占大清大片领土,英法诸国强势逼人,要重新修订合约。大清内忧外患,惠亲王作为朝廷重臣,首领军机处和总理外事衙门,不能替朕分忧解难,朕要他何用?敏亲王文治武功天下皆知,朕已和他谈过,若能内平贼寇,外抵强敌,保住祖宗留下的江山,朕愿将这皇位拱手相让!"

陈介祺万万没想到,咸丰皇帝会说出这样的话,他甚至怀疑自己是否听错了。

"朕要你来的目的,是想问问你,那鼎上的玄机,何时能破解?朕想知道,大清国运究竟如何?"

陈介祺老老实实地说出自己见过那本奇书以及四块玉佩的事:"按李掌柜所说的,找齐五块玉佩,再在奇书指引下,将毛公鼎送回古墓,才能真正破解鼎内铭文的玄机,否则奴才也没办法。"

"你认为最后一块掌门玉佩,会在谁人手里?"

陈介祺脑海中闪过夏立祥狡诈的面孔,但却摇了摇头——在事情没明朗前,不可乱说。

"既是这样,明日你将神鼎送入宫中,朕要让文武百官都看看,长长见识。"

陈介祺听皇上说出这样的话,知道该怎么做了。他跪安后退出,见冯公公手里提了盏灯,和小安子站在殿前的廊柱下。

冯公公走来:"陈翰林,这小安子挺招人喜欢的,没想到他还是个净过身的人。我想把他留在宫内,调教调教,将来好伺候皇上,您看如何?"

"若他愿留下,就让他留下吧!"

小安子扯着冯公公的衣襟,朝陈介祺点了点头。

陈介祺留下小安子,独自一人朝宫外走去。他步履踉跄,走得有些吃力。都说圣意难测,可皇上的变化也太大了。他站在宫门口,回首望高高的宫墙,心里突然涌起一阵莫名的惆怅:皇上对自己这般信任,不惜下一道可调动兵马的圣旨。但紧急召他入宫后,却只说了几句不痛不痒的话。

坐在青衣小轿内,他细细品味皇上话中每个字的含义,思绪随轿子的晃动而飘摇起来。

终于,陈介祺明白过来:皇上那些话,并非说给自己听的。养心殿内除自己和皇上外,还有一个人。那人躲在屏风后,摇曳的烛光依稀照出了他的身影,只因当时自己顾着和皇上说话,没往那方面想。

敏亲王爷勾结洋人之事,皇上也许不知,但他诬陷惠亲王爷和几位大臣,以剿灭贼寇为名,将丰台大营的军队调往京城近郊,皇上不可能不知他要做什么。

屏风后的人,极有可能是敏亲王爷——他是逼宫来的。皇上已受制于敏亲王爷,不得已才说出那样的话。说那些话的目的只有一个——安抚对方。

陈介祺寻思,为何皇上要他明日就将毛公鼎送入宫,让百官长长见识。皇上让百官看鼎的目的,究竟有何用意?

他脑海中突然灵光一闪:毛公鼎送入宫,肯定要用大木箱子装盛,若皇上能躲在箱里离开皇宫,摆脱敏亲王爷的束缚,那么结果会……

想到最后,陈介祺竟有些激动起来。

回府已是丑时,府内的人都没睡。夫人见仅他一人回来,忙问:"小安子呢?"

他把冯公公留下小安子的事说了。陈夫人拿出一个用棉布包着的小包裹,打开后,里面放着那块白水派的掌门玉佩和装有奇书的竹筒,棉布上用血写着几个字:陈老爷留存。落款是"小安子叩谢"。

陈夫人哽咽:"这是在那孩子住的地方发现的。这孩子跟你入宫,他就没想过要回来。"

第十六章 大清国运

陈介祺拿着两件东西感慨不已：小安子小小年纪有如此心机，若他父亲告诉过他，为他净身送入宫的目的，是要行刺皇上，那该如何是好？但如果将此事告诉皇上，只怕小安子的命就断送了。

陈介祺正思索着怎么办，陈忠从外面进来了："少爷，我去过古缘斋，好容易把门敲开，可那里已换了掌柜的，说是前两天的事。新掌柜也不知夏掌柜一家去哪了！"

陈介祺没想到古缘斋会这么快就换了主人，莫非夏立祥见事不妙，所以明哲保身躲起来了？即使如此，那为何深夜还去找李振卿，他究竟对李振卿说了什么？以至于李振卿要胡庆丰送出两块玉佩？

救皇上要紧，他没时间考虑夏立祥和李振卿的问题。陈介祺命陈忠去准备一个大箱子，自己则来到那座倒塌的书房废墟前，扒开瓦砾，找到埋藏的毛公鼎装进大箱子里。

卯时初刻文武百官要上朝，眼看已寅时，耽误不得。陈介祺让陈忠将大箱子放在马车上，上面盖了匹黑绸。

小玉跟着他们，一直没说话，见陈介祺将大箱子放在马车上，才问："姐夫，您打算就这么运出城去？"

陈介祺并非将毛公鼎送出城，而是要送入宫中。他不想让小玉知道太多："你在家里安心等着，我明儿回来再向你解释！"

陈介祺和陈忠正要赶着马车，将毛公鼎送入宫。门外来了一位公公和几名宫廷侍卫，公公传达了皇上的旨意：神鼎送入宫即可，午时前送回，陈翰林无需再入宫。

陈介祺用笔在纸上写了"小安子"三个字，求宣旨的公公带给冯公公。他原想送鼎入宫，借机将皇上救出来，可现在却不让他入宫。

究竟是皇上的旨意，还是敏亲王爷的意思？

要不要用手中的圣旨紧急调动兵马护驾？

刘总管说过，京城上下都已在敏亲王爷的控制中，若贸然调动兵马护驾，一旦敏亲王爷狗急跳墙，只怕会对皇上不利。

在花家园子时，因大卫和自己在一起，敏亲王爷投鼠忌器。现在皇上在敏亲王爷手中，自己又如何不投鼠忌器？

不行，得想办法！

这种时候，谁才能制得住敏亲王爷？

蓦地，他想到了一个人——梅德公爵。

陈介祺顾不得休息，在小玉的陪同下来到法国大使馆。天色已大亮，虽大使馆大门紧闭，但里面的士兵却很尽职，警惕地注视着外面的动静。他俩走近时，士兵们纷纷举枪对准他们，喝令两人站住，否则就开枪。

陈介祺报出自己的身份，说有要事求见梅德公爵。好在上次参加公爵酒会时出尽了风头，有个军官认出了他们。那军官进去禀报后，大门很快被打开。接着他们被领到了大使馆一楼的一间屋内。

没一会儿，梅德公爵走了进来。他看上去有些疲惫，好像一夜没睡的样子。

"哦，陈翰林，有什么重要的事让你一大早就来找我？"

"大卫呢？我想见他！"

"上次酒会后，大卫就离开了这里。我知道他喜欢小玉姑娘，以为他会跟你们在一起。几天前，惠亲王爷派人告诉我，说大卫和敏亲王爷在一起。我派人去敏亲王爷那里寻找，可敏亲王说没见到他。前天，有人看到大卫和你出城往西边去了，怎么，他没跟你在一起吗？"

看样子，大卫仍在敏亲王爷那里。难道大卫和皇上一样，也被敏亲王爷控制了？陈介祺想了一下："我和他确实去了西郊那边，但后来我们分开了！"

"既然这样，等他回来，我会告诉他，让他去找你们！"

陈介祺寻思：以梅德公爵和敏亲王间的关系，不可能不知京城发生的事，但又不能将两人勾结的事说出，只得试探性地问："公使大人，难道您不知京城内发生了什么事吗？"

梅德公爵转了转蓝色的眼珠："你想告诉我什么？"

陈介祺把前晚在花家园子发生的事说了："我想大卫和敏亲王爷到底什

么关系,公使大人不可能不知吧?"

"他们到底什么关系,我还真不清楚。陈翰林,你这话什么意思?"

陈介祺心知梅德公爵也是只老狐狸,揣着明白装糊涂,只得以退为进:"行了,既然公使大人什么都不知道,就当我什么都没说,小玉,我们走!"

"慢着!"

"怎么?公使大人难道还想留我们两人,在这一起等大卫回来吗?"

"陈翰林,你来找我的目的绝不是为了大卫!"

"看来公使大人已猜到了,我看公使大人眼圈发黑,想必昨晚一夜没睡,应不是也为了大卫吧?"

"这里没有外人,有什么话就直接说吧!"

"公使大人代表法兰西帝国,若有任何损害帝国利益的事发生,您怎么做?"

"我绝不允许有任何损害法兰西帝国利益的事发生!"

陈介祺明白,有些话不能直接说出,点到即止,免得在这洋人面前,失了大清的威严:"我大清威震四方,皇上虽年轻,但有康乾之风,勤政爱民、励精图治。时下南方贼寇虽来势汹汹,但不足为惧,皇上自有平寇之策。昔时鳌拜擅权,三藩作乱,可最终下场如何?元顺帝虽勤于政事,但亲王大臣内斗不断,以至于南方红巾军日益壮大,最后将他们赶回了蒙古大草原!大清民间有种赌博,叫'押宝',要是押错了,可就满盘皆输了!"

梅德公爵把脚搭在桌子上,翘起胡子问:"要是押赢了呢?"

"真正会赌的人,是不会押在一个宝上的。'鹬蚌相争渔翁得利',公使大人,您在我们大清生活这么久,对这句话的意思,不会不明白吧?"

他借古喻今:敏亲王爷与梅德公爵签订密约,欲借法兰西的帮助除掉惠亲王爷且谋朝篡位,势必造成朝政动荡,而南方贼寇会趁势发展壮大,只怕那时大清江山改姓,梅德公爵也只能灰溜溜地滚回去。他知公爵听得懂这话里的意思。

"是大清国皇帝要你来的吗?"

"是我自己！公使大人，该说的我已说了，告辞！"

说完后，他和小玉在梅德公爵的注视下走出法国大使馆，望着街上匆匆来去的人，长吁一口气。他从梅德公爵最后说的话中，知道自己没白来。

陈介祺和小玉沿街走了一阵，见前面有家店铺，门上挑一面帘子，上面写着：潍县老郑火烧。

他想起数月前遇见的那个姓郑的老人，想不到真开起了一间铺子，遂和小玉走进店里。只见里面坐了不少客人，看样子生意不错。

老郑认出陈介祺，忙上前打招呼："呦，陈翰林，今儿什么风把您吹来了？来来来，刚打的火烧，热乎着呢！"

他将陈介祺和小玉迎到桌旁坐下，又命伙计端来两碗小米粥、一小碟咸菜，还有几个热气腾腾的火烧。

"生意还行吧？"

"蒙您贵言，还行！这小米、这咸菜，都是咱潍县来的，真正的家乡口味。"

小米粥熬得恰到火候、入口甘甜，陈介祺几口就喝完了，又要了第二碗，就着咸菜吃了两个火烧后，才注意到小玉连筷子都没拿起来。

小玉自进城后，一直都没吃东西，也极少说话，也许她爹的死，对她的打击太大。

"好歹吃点，别饿坏了身子！"

小玉这才端起碗，喝了半碗小米粥，吃了一小半火烧。

两人离开潍县老郑火烧铺，并肩走在街上。陈介祺几次想开口安慰小玉，可不知该说些什么。

路过妙香楼，陈介祺打量着店门上方的匾额：几天前他和李振卿还在此喝茶，想不到现在已是阴阳两相隔。他惦记宫内的事，不敢在街上多停留，顺街朝家行去。

来到街口，见前面有队官兵，路旁人群中有个人影闪了一下，往旁边巷里钻去。尽管只是一闪，但陈介祺业已认出，那人影正是躲起来的夏立祥。

胡庆丰说过，夏立祥和另几人曾半夜去找过李振卿，也许李振卿一家的死,答案就在夏立祥的身上。

　　陈介祺和小玉偷偷跟上,尾随了两条巷子,见夏立祥进了一栋院子。院子看上去不大,他俩来到门边听了一会儿,没听到里面有动静。

　　小玉从头上拔下扁平的发簪,轻轻挑开门栓。陈介祺推门走了进去,见是一套四合院,东西两边偏屋的门上都挂着锁,唯有北屋的门虚掩着。大门"吱呀"一声,惊动了屋里的人,只见从北屋冲出一个人来,正是刚进门没多久的夏立祥。

　　乍一看到站在门口的陈介祺,夏立祥整个人几乎惊呆了,两人都没说话,就这么相互望着。过了一会儿,夏立祥"扑通"跪在了地上:"求求你放过我,我什么都不知道! "

　　陈介祺走过去,伸手将夏立祥从地上拽起来:"就你一个人? "

　　"我的老婆孩子都在……哦,没有……我送他们回老家了……这不,我准备过两天就回去……"

　　陈介祺将夏立祥扯进屋内,扔在椅子上:"你为什么半夜去找李掌柜,跟你一起去的还有什么人? 李掌柜一家的死,和你究竟有没有关系? "

　　面对陈介祺的一连串询问,夏立祥抹了一把眼泪:"陈翰林,你究竟想怎样? "

　　"不是我想怎么样,而是我想知道,你们究竟想怎么样? 到现在我还被你们蒙在鼓里! "

　　"你是外人,他们只不过想利用你解开神鼎上的玄机,知道得越少越好,否则对你没好处! "

　　"我是外人,但自从那鼎到我手上后,接连发生那么多事,什么地黄门,什么五派,以前我连听都没听说过。可现在,我能摆脱得了吗? 夏掌柜,把你知道的都告诉我,我就算像李掌柜那样搭上全家的性命,也要死得明明白白! "

　　"你真要知道? "

　　"我已见过红火、赤金、白水、黄木四派的掌门玉佩,剩下那块黑土派的掌门玉佩，就在你身上吧？"

"你真见过另外四派的掌门玉佩？"

陈介祺从身上缓缓拿出四块掌门玉佩，平托在掌心，让夏立祥看明白。

夏立祥深深叹了口气，神色悲戚地掏出黑土派的掌门玉佩："陈翰林，你果真不是凡人，我算服了！我留着这玉佩也没什么用，送给你！"

陈介祺也不客气，将夏立祥手中的黑土派掌门玉佩接了过来。

接下来，在夏立祥的讲述中，陈介祺知道了有关黑土派的一些事：原来黑土派和白水派自康熙年间掌门人被害后，就一蹶不振。黄木派为了抢夺其他四派的掌门玉佩和寻找那本奇书，对其他四派不断追杀。黑土派为躲避追杀，不得不隐藏身份，黑土派传到夏立祥的手上，就只剩一块玉佩。夏立祥雄心大志，意图发扬本派，他仍记着当年五派的盟约，哪家能杀了大清皇帝，就可成为五派之首。于是，他通过刘总管的关系，结识了惠亲王爷，依仗王爷的势力暗中发展本派。但又怕被王爷发觉，所以行事畏首畏尾。道光皇帝驾崩时，他数次在惠亲王爷面前，说王爷有帝王之相，但遭到了王爷的斥责。咸丰皇帝继位后勤于政事，由于年轻冲动，一些想法与身为首辅大臣的惠亲王爷意见相左，两人渐渐有了矛盾。而这时，民间传出当年道光帝驾崩前，曾面谕弟弟惠亲王爷，可夺侄子帝位，但不得血溅宫闱。他以为王爷遭咸丰皇帝猜忌后，会顺势抢夺帝位，那样一来，他就可趁乱杀了大清皇帝，达到自己的目的。但是他错了，惠亲王爷虽权倾朝野，但似乎并无篡位之心。不过很快他发现了另一个人选，那就是惠亲王爷的弟弟、掌管丰台大营的敏亲王爷。敏亲王爷乃道光帝的妃嫔所出，生母死得早，所以自幼在宫内受了不少屈辱。其自认文治武功都不在惠亲王爷之下，道光帝在位时，敏亲王爷不敢有所企图，一直暗中培植势力。道光帝龙御归天后，敏亲王爷觉得机会来了，但还有一个阻碍，那就是同父异母的哥哥——惠亲王爷。惠亲王爷不爱女色，只喜欢收藏古玩，虽位高权重但不结党，与一些汉官关系不错，道光帝曾称其德行操守为百官之楷模。

夏立祥暗中投靠敏亲王爷，为其出谋划策。为达到打击惠亲王爷的目

第十六章 大清国运

的,不惜散布道光帝龙御归天时允许惠亲王爷夺咸丰帝位的消息,但不知何人在消息后面加了一句"不得血溅宫闱"。这消息由民间传入朝廷,引起不小的震动。不久,朝廷中也有消息传出,说皇上与惠亲王爷不和。

当毛公鼎在李振卿铺中出现时,夏立祥吃惊不小。他知道这是黄木派的安排,虽想得到神鼎,但恐敏亲王知道他自己的真实身份,于是暗中向刘总管透露了一些有关毛公鼎的神奇之处,想借惠亲王爷之手将神鼎弄到手。可惠亲王爷并不相信毛公鼎真有那么神奇,更不愿以权势逼压陈介祺,将鼎弄到手。令夏立祥没料到的是,惠亲王爷见过陈介祺后,觉得这是个人才,不该埋没在翰林院,于是将陈介祺推荐给皇上。

敏亲王爷在打击惠亲王爷的同时,暗中培植实力,收拢了不少江湖帮派,其中就有黄木派。他通过黄木派与南方起义军勾结,将清兵的布防泄露给起义军,最终导致清兵清剿不力,起义军日益壮大。夏立祥从刘总管处得知小玉要挟惠亲王爷之事,遂认定小玉是其他门派的人,并将此事告诉敏亲王爷。敏亲王爷则暗中命人跟踪陈介祺,想进一步找到小玉以及其门派在京城的落脚点。然此期间陈介祺受伤了,一耽搁就是一个多月。后夏立祥得知梅德公爵的外甥大卫喜欢小玉,几次去陈介祺府中找小玉,于是又将此事告诉了敏亲王爷。

夏立祥是个聪明人,眼见京城局势风起云涌,他担心自己难以置身事外,所以寻思着怎么脱身。因而前两天他命人将家人送回老家,又将店铺转让。就在陈介祺和大卫去花家园子的当天,他得到消息,家人在回老家的半道上,被敏亲王爷派兵劫走。王爷命人告诉他,要他在三天内拿到五派的掌门玉佩和那本奇书,否则就将他的家人杀掉。这时,夏立祥才知自己犯了严重错误——敏亲王早就知道其真实身份了,只是引而不发而已。

他清楚敏亲王爷为人阴鸷、心狠手辣,即使他有本事拿到五派的掌门玉佩和那本奇书,也会被灭口。万般无奈,只得去找李振卿商量对策,但商量了几个时辰,都没商量出一个好对策来。第二天一早,他就得到李振卿一家被杀的消息,也听说敏亲王爷带兵平了花家园子。他本欲逃出京城,可又舍不得落在王爷手中的家人,于是找了个地方躲起来静观其变。

听完夏立祥所说的话,陈介祺呆了片刻,脑中冒出一个想法:如果将夏立祥带到皇上面前会怎样?

只一瞬间,他为自己的想法感到可笑。夏立祥是什么身份的人?即便能带到皇上面前,可说出的话皇上会信吗?即使皇上相信,可还有满朝文武呢?

满朝文武大多是见风使舵的墙头草。如今敏亲王爷大权在握,谁还敢提着脑袋仗义执言?想要对付敏亲王,挽救大清国运,需想更有效的招。

"敏亲王想得到五块掌门玉佩和那本奇书,是吧?"

夏立祥连连点头。

陈介祺露出微笑,转身朝外面走去。

小玉跟了上来:"你想到了什么?"

陈介祺吐出两字:"神鼎!"

他已明白过来:能左右大清国运的关键,就是那尊被送入宫的毛公鼎。宣旨公公说午时前送回,若无意外,这时毛公鼎应已送回家中了。

他和小玉离开那处宅子,往前走了会儿,自言自语道:"此人狡诈多变,话不可信。"

"我也觉得他是在骗你!"

"可我想不明白他为何甘愿将黑土派掌门玉佩送我!"

"只有一条理由,那就是当他知道你已有了四块玉佩后,干脆让你凑齐五块,目的是助你解开鼎内铭文的玄机!"

陈介祺也觉得除了这条理由,似乎找不到第二条了。他和小玉走到街口,见从胡同口到街上站满了兵勇。这些人并非大内侍卫,而是敏亲王爷的麾下。

陈忠站在府门口,见陈介祺和小玉走来,急忙上前低声道:"少爷,敏亲王爷奉皇上之命,将鼎送回来了。王爷在里面等您有半个时辰了!"

既已将鼎送回,还在这里等他做什么?

陈介祺走进府,自有一个将军上前领着他往里进,而陈忠和小玉则被拦

第十六章　大清国运

在府外。府内五步一岗十步一哨,戒备森严,不允许府内人随意走动。

他进了书房,见到穿一品亲王朝服的敏亲王爷,正四平八稳地坐在椅子上,旁边站着几个带刀的王府侍卫,还有几个将军。他走上前,朝敏亲王爷躬身施礼:"下官陈介祺见过王爷。"

"免礼!"王爷摆摆手,后朝旁边站着的几个将军使了眼色,将军们和王府侍卫都退下并顺便把门关上。

客厅内就剩陈介祺和敏亲王爷两人了。两人默默对视着,都想从对方的眼神中看出点端倪来。过了好一会儿,敏亲王爷哈哈大笑起来,打破了死一般的沉寂。笑声停止时,他阴森森地道:"陈介祺,你好大的胆子!"

"我就算有再大的胆,也没王爷您的胆大!"

"你知道多少?"

"其实我什么都不知道,但我很想知道,王爷和大卫究竟什么关系?"

"他只是个虔诚的传教士,我答应他,事成后,我会让他盖一所最大的教堂,就这么简单。"

"你还可以利用他控制梅德公爵,是不是?"

"你果然比别人聪明。"

"我一直都想不明白,你为何要亲自带人去对付花家园子里的赤金派,并杀光村里所有的人?你究竟想隐瞒什么?"

其实陈介祺早猜到,敏亲王爷正愁没正当理由将兵力调到京城边上,以备不时之需。得到夏立祥的密报后,遂利用大卫的苦肉计,在自己的帮助下,找到赤金派的隐匿处,正好以剿贼为名诛杀了花家园子全村百姓,并派兵驻屯。

敏亲王得意地笑了几声:"你既然那么聪明,我相信你一定会知道真相的。"

"你既已掌控了全局,为何迟迟不敢逼宫?"

敏亲王笑道:"这就是我在这里等你的原因!"他停顿了一下,接着道:"今儿早朝的时候,皇上将此鼎放于朝堂之上,面谕文武百官,说鼎内铭文乃安邦定国之策。但是本王知道,若能破解神鼎的玄机……"

说到这里,他转过身躯背对着陈介祺,并没有往下说。

客厅的门开了,从外面进来一个穿四品武官朝服的人,陈介祺初以为是敏亲王爷手下的将领。可当他看清那人的长相时,不禁大吃一惊——是府内下人刘勇。

刘勇下跪行礼:"回禀王爷,陈翰林已得到四块掌门玉佩和那本奇书!"

敏亲王爷挥手让刘勇退下:"陈翰林,你还想对本王说什么?"

"他说错了,其实我已得到了五块掌门玉佩!"

"很好,很好,凑齐了这几样东西,你就能破解神鼎上的玄机,对吧?"

"难道他没告诉你,除这几样东西外,还需要枯骨之汤吗?"

"何为枯骨之汤?"

"我也不清楚,是赤金派掌门说的!"

"本王不管那么多,今夜本王会陪同皇上前来,看你如何破解鼎内铭文的玄机。你可听好喽,欺君之罪,谁也保不了你!你安排一下,准备晚上迎接圣驾吧!"

陈介祺将敏亲王爷送到大门口,看着王爷在大队侍从的护卫下离去。

"姐夫,你脸色不太好,是不是王爷对你说了什么?"

陈介祺摇摇头没吭声,他还在揣摩着王爷最后那句话的含义。敏亲王爷既已知道自己拥有五块掌门玉佩和那本奇书,若真要他当场破解毛公鼎内铭文的玄机,为何不宣他入宫,而要陪同皇上来府上?蓦地,他打了个激灵:今夜敏亲王爷陪同皇上驾临陈府,若皇上在陈府出事,便可说是自己受惠亲王爷所指使勾结贼寇所为。而皇上无嗣,皇位自然落到敏亲王爷手中。想到这里,他心中大惊:敏亲王爷处心积虑,好一招"一石数鸟"。

"姐夫,那箱子从宫内抬回后,还没来得急打开,万一宫内将神鼎换了,怎么办?"

一句话提醒了梦中人,陈介祺回到客厅,正要和陈忠将箱子抬进里面偏屋,却听得箱内似乎有动静。他赶紧打开箱子,见里面出来一个人——小安子!

第十六章 大清国运

"小安子,谁把你放在这里面的?"

"刘公公让我睡在这里面,说是等见了您后,有话要对您说!"

敏亲王爷已控制宫闱,皇上只有用这个方法,才能避开耳目,对外下达旨意。

"刘公公要你说什么?"

"刘公公一再叮嘱,只准对您一人说,绝不能有别人听到!"

见小安子这么说,小玉和陈忠主动出去了,并把客厅门关上。

小安子走到陈介祺身边,踮起脚尖耳语了几句。

陈介祺听完后惊道:"刘公公真要你这么对我说的?"

小安子肯定地点点头。

陈介祺确信小安子不会骗他,皇上受制时,何尝不寻思着怎么对付敏亲王爷?若皇上命他拿着那张可调动京城内外兵马的圣旨,调动兵马护驾,倒在情理之中,可皇上居然要他去请张二奎过府唱戏,连曲目都点好了——《取成都》和《捉放曹》。

这张二奎原是工部的都水司经承,因嗜戏如命被上司撤职,后干脆以唱戏为生,融众家所长创立了奎派唱腔,以京音为主,与程长庚、余三胜齐名,号称"京剧三鼎甲",一时声名在程、余之上。

陈介祺心里嘀咕:都什么时候了,皇上居然还有心思看戏?不仅要看戏,而且还要吃悦和楼的点心。但小安子说出的话就是圣旨,他不敢违背。

虽说有五块掌门玉佩和那本奇书在手里,可破解鼎内铭文的玄机,预知即将发生的事情,还不知需要多长时间。眼下时间紧迫,已容不得多想。陈介祺将小安子留在府内,出门时见胡同口多了几个形迹可疑的人——毫无疑问,那是敏亲王爷的耳目。

只是请个戏班子唱戏而已。陈介祺出了府,任由那几人跟着。他先到悦和楼买了几包点心,又沿路往广和大戏楼走去。经过惠亲王府门口,只见偌大的王府门前,只有几个守卫无精打采地站着。一阵风吹过,卷起一堆枯叶,平添了几分悲凉之气。

以往惠亲王府门庭若市，每天都可见到前来拜见的各地官员。可自从王爷被软禁宫中的消息传出后，王府门前变得门可罗雀。

来到广和大戏楼，陈介祺见了张二奎说明来意，张二奎一口应承下来。一套戏班子几十号人马，就这么跟着他浩浩荡荡地进了陈府。

戏班子在陈府后院搭设戏楼，一时间热闹非常。

陈介祺将自己关在书房内，陈夫人和小玉见他皱着眉头、心事重重，也没敢多问。小安子躲在装毛公鼎的箱子被送回来，带来了皇上的旨意，虽然猜不透皇上的用意，但陈介祺已打定主意：若有什么意外，就算豁出性命也要保护皇上。另外，他将那张可调动京城内外兵马的密旨交给陈忠，命其留在府外。只要府内一有异常情况，就立刻拿着密旨去找九门提督隆格，让隆格带兵来救驾。连他府内的下人刘勇都是敏亲王爷的人，可见通府上下，除夫人和孩子外，能相信的就只有陈忠了。他知隆格是正黄旗人，论辈分乃当今皇上的表兄，而且还是惠亲王爷的连襟兄弟。敏亲王爷就是手再长，也不可能把隆格拉过去。

但陈介祺不知自己此举，差点害了咸丰皇帝的性命——他太低估敏亲王爷了。

第十七章
谋逆大案

却说陈介祺按咸丰皇帝的旨意请来戏班子,但并不知皇上的用意,虽心里非常担忧,可没有办法。

傍晚时分,御驾到了陈府门口。陈介祺携家人到门口接驾。这是咸丰皇帝第二次到陈府,上次是偷偷来的,这次却是光明正大地来,还有敏亲王爷陪同着。大批大内侍卫和王府随从,则将陈府里三层外三层包得严严实实。

陈介祺陪着皇上和敏亲王爷来到客厅奉茶。一进客厅,王爷就看到摆在客厅正中间的毛公鼎,他围着鼎转了几圈,对咸丰皇帝道:"皇上,这普天之下的珍奇异宝,尽归我大清所有。皇上若喜欢,何不留在宫内?"

咸丰皇帝微笑:"这鼎乃陈翰林用银子买下的,朕虽喜欢,可不愿夺人所爱。朕真正所爱的,是大清万里江山和子民,陈翰林,你说是吧?"

所有随从和侍卫都在门外,客厅内就他们君臣三人。陈介祺并不笨,已听出咸丰皇帝的弦外之音:"皇上所言甚是。微臣本想皇上会将此鼎留在宫内,哪知竟送了回来。"

"陈翰林,本王听说若能破解鼎内铭文的玄机,便能通晓过去未来之事,还可颠倒乾坤,是真的吗?"

"回禀王爷,那只是外面传言,数百字铭文的大体意思,只不过是安邦治国之道。"

"今儿早朝时,皇上将此鼎示于众臣,也是这么说的。"

这时刘公公来到门口:"启禀皇上,那边已准备妥了,请皇上移驾。"

"朕本想将戏班子请进宫内,可太不成体统。走,爱卿们陪朕看戏去。"

一行人来到后院的戏台前,分君臣坐下。锣鼓点响,张二奎全身披挂出台亮相,演的正是他的拿手好戏——《取成都》。

咸丰皇帝一边吃着点心,一边兴致勃勃地看戏,但旁边坐着的敏亲王爷却有些心不在焉。陈介祺虽心存顾虑,但见皇上那样,也只得耐着性子看戏。

约莫看了半个时辰,演到高潮处,咸丰皇帝突然对敏亲王爷道:"朕要是不当这个皇帝,倒愿意做个戏子,在台上的方寸之地驰骋疆场。六王叔,可否陪朕一起上台演一场呢?"

陈介祺没想到咸丰皇帝会对王爷提出这样的要求。他见敏亲王爷似乎愣了一下,并没拒绝。咸丰皇帝上前扯着王爷的手一起朝戏台走去。陈介祺不敢有丝毫懈怠,急忙也起身跟了过去。

戏台后边有间临时搭的棚子,是戏子们化妆的地方。正在化妆准备上台的戏子们,一见到在侍卫簇拥下的皇上过来,一个个吓得跪在地上不敢抬头。由于这里比较拥挤,所有侍卫都被留在了外面。刘公公宣布了皇上的意思,并命人上前替皇上更换戏服。

咸丰皇帝脱掉御衣,换上一身短打戏服。敏亲王爷正犹豫时,几个跪伏在地上的戏子,突然腾起身扑向他。事起突然,但王爷很快反应过来,用力一挣,摆脱了那几人的牵制,同时撕裂了身上的朝服,露出一身黑色紧身盔甲。

陈介祺心内大惊,想不到敏亲王爷竟有如此武力。他瞬间明白:原来皇上已猜到王爷有所顾忌,不敢强行逼宫,想学先祖康熙帝当年智擒鳌拜的法子,要陈介祺请戏班子唱戏。而戏班子的人,早已换成了皇上的心腹侍卫,就等晚上敏亲王爷陪皇上来看戏,再寻机下手擒拿。

皇上毕竟年轻,有些问题考虑得不太周全。敏亲王爷挣脱后,一个箭步窜出棚外,正巧和站在棚口的陈介祺打了个照面。

"陈介祺,本王事成后第一个就诛你九族!"

陈介祺见皇上已动了手,自己哪还有选择的余地,只得奋力一扑,抱住敏亲王爷的大腿。他心想:自己就是死,也要当个护驾的忠臣。哪知还没抱紧,就被王爷一脚踹开。

化妆成戏子的宫廷侍卫冲出棚子扑向敏亲王爷,但转眼就被刘勇带来的

第十七章 谋逆大案

王府侍卫挡住。敏亲王爷在刘勇和一群王府侍卫的保护下朝前院逃去。戏台四周的宫廷侍卫见皇上动了手,各自拔出腰刀,与王爷的部下混战成一团。

陈介祺望着刘勇的背影,怒从心头起:他最愤恨的就是那种潜伏在身边整天监视自己的人,当下拾起一支长枪,朝前飞掷过去。长枪在空中如长虹般划过,"叮"地一声插入了刘勇后背。他返身进到棚内,见刘公公手里拿着把刀,挡在咸丰皇帝面前,皇上脸色铁青,甚是骇人。

外面传来敏亲王爷的声音:"奕訢,我本不愿杀你,是你逼我的。"

陈介祺连忙跪在地上:"皇上,敏亲王爷反了!不过微臣早有准备,已让人拿着皇上给的密旨,出去找九门提督隆格搬救兵前来救驾!"

咸丰帝冷森森道:"你以为隆格真的会来护驾?只怕他此刻已在你府外了!"

陈介祺不知如何是好,只得道:"臣誓死保护皇上!"

咸丰皇帝由棚内上到戏台,陈介祺起身跟了上去。此时戏台上早没了人,陈介祺和刘公公,还有几名宫内的侍卫,在戏台的角落里护着皇上,远远地看着戏台下边打成一团的人。

敏亲王爷在一群侍卫的簇拥下,站在远处,在他身边,有个陈介祺认识的人——高老爷子的儿子高士虎。

高士虎首先与惠亲王府的刘总管合谋,从苏亿年那诈出了黄木派的事。后见惠亲王爷被皇上软禁于宫中,他马上见风使舵投靠了敏亲王爷。

陈府外面也传来喊杀声,火把照亮了整片夜空。

开始时,宫廷侍卫略占上风。但随着外面的王府侍卫不断涌入,局势变得越来越不乐观,宫廷侍卫只得死死守在戏台前,不让王府侍卫靠近。

几支羽箭射上戏台,钉在台面的木板上。陈介祺赶忙拿了个唱戏用的盾牌,挡在皇上面前。

台下人群中有人大喊:"王爷有令,捉拿皇帝者,封二品总督,赏黄金万两,杀死皇帝者,封四品将军,赏黄金五千两!"

此言一出,王府的侍卫们如潮水般,不要命地朝戏台冲来。宫廷侍卫虽奋力阻拦，但难敌对方人多势众。

陈介祺挡在咸丰皇帝面前，哑声道："皇上，怎么办？"

咸丰皇帝冷然："陈翰林，你认为该怎么办？"

陈府后院围墙上出现不少兵勇，都是敏亲王爷手下的八旗兵。一些弓箭手则骑在墙头，朝戏台不断射箭。情况万分紧急，戏台开始轻微摇晃，眼看宫廷侍卫就要顶不住了。陈介祺想起戏台后还有栋小楼，原是父亲的另一处书斋，自父亲去世后，多年没人上去了。小楼有上下两层，窗户和门板很厚，只要能保护皇上杀到那边，说不定还可抵挡一阵。他刚要劝皇上离开戏台前往小楼，却听皇上厉声道："陈翰林，你还没想到救朕的办法吗？"

陈介祺指着左侧的那栋小楼："只要能保护皇上到那边，还可抵挡……"

话还没说完，就听皇上道："朕哪都不去，就在这戏台上！陈翰林，你别忘了，朕的身家性命和大清江山，都在你那铜鼎上！"

陈介祺想不到皇上竟说出这样的话。要是给他时间找到那部古书上的古墓地图，再利用手中的几块玉佩进到古墓中，说不定能破解鼎内铭文的玄机。可当前事态紧急，哪有时间去研究呢？

"朕今日早朝时，将铜鼎视于文武百官，告诉他们鼎内铭文的大体意思乃安邦治国之道。至于传言的破解铭文玄机，能预知过去未来之事，更能扭转乾坤，纯属无稽之谈。你可知朕为何要这么做？"

陈介祺经咸丰皇帝点拨，一下明白过来了。这世上的很多事情，都要从多方面去考虑：有关破解鼎内铭文玄机，能预知过去未来之事的传言，近时已在京城内外传得沸沸扬扬。而皇上深夜探访陈府的事，也被众多文武百官所知晓。如今皇上越是当众证明铜鼎乃一凡物，越能引起文武百官的猜疑。

想到这里，他大步走到戏台前，不顾飞蝗般的羽箭，大声对台下喊道："本人陈介祺，因破解鼎内铭文的玄机，知晓敏亲王爷谋朝篡位的阴谋，故求皇上设下今晚之计，意在捉拿反叛之贼。铜鼎已有警示，大清乃皇上的。敏亲王爷虽一时得势，但皇上已伏下奇兵，用不了多久，就可将这群乱臣贼子尽数剿灭。聪明一点的，就帮着皇上诛杀乱臣贼子，不要助纣为虐。事后有功

第十七章 谋逆大案

者,皇上定有重赏!"

这一番话,还真唬住了不少人。一些王府侍卫调转了手中的刀枪,帮助宫廷侍卫对付其他的王府侍卫,情势顿时大为改观。

但仍有不少王爷的死士,仍在拼命往前冲杀,双方一时成了僵局。

陈介祺还没松一口气,只见戏台旁边"轰隆"一声,塌出一个大洞,从洞内冲出一批头戴红巾的人。他看清为首那人脸上的刀疤和大胡子,登时大惊。他曾在李掌柜家中见过这人,此人是鲁一手的手下,姓雷。也正是这人,带人杀了小安子全家。他们的装扮,与南方的太平贼寇一样,是鲁一手安插在京城内的捻军。

这些人的目标,自然是皇上。

红巾捻军从洞中一钻出来,就立刻加入战团,三方人打得不可开交。

这时,陈介祺从身上摸出那块黄木派掌门玉佩,大声道:"雷头领,黄木派掌门玉佩在此!现命你带领手下将士,助皇上诛杀敏亲王……"

话还没说完,就听雷头领大吼:"满清狗皇帝在戏台上,兄弟们跟俺杀上去,剁了满清狗皇帝,这天下就是咱们的了!"

"陈翰林,你果真认识这些贼寇!"

一听这话,陈介祺顿时打了个哆嗦,转身朝咸丰皇帝跪下:"皇上息怒,请听微臣解释,微臣与他们虽认识,但却没做出半点危害大清之事!"

"你刚才不就是暗示他们,朕在这里吗?"

就在此时,雷头领带着几个人杀出了一条血路,从侧面冲到台上,持刀朝咸丰皇帝砍去。

陈介祺起身上前几步,举着黄木派的掌门玉佩挡在雷头领和咸丰皇帝中间,对雷头领说道:"你想要杀皇上,那就先杀了我!"

"鲁掌门只吩咐杀满清狗皇帝,没说杀你,你还要帮俺们解开那鼎内铭文的玄机,你让开!"

这人虽凶狠,但头脑简单一根筋。

"现在我手里拿的是掌门玉佩,难道你连掌门的话都不听么?"

"黄木派掌门不是那姓李的掌柜吗？何时换成了你？"

"李掌门全家被杀，死前命人将玉佩交给我，如今我就是掌门，鲁前辈已知此事，他没告诉你吗？"

雷头领晃了晃大脑袋："没有，他只让俺们杀狗皇帝！"

陈介祺指着台下的王府侍卫："敏亲王爷已阴谋篡位，他想当皇帝，就算你杀了我身后的皇帝，可大清马上又有一个新皇帝出来，你杀得光吗？"

雷头领垂下刀，挠了挠头："那你说，俺该怎么办？"

"先帮我对付敏亲王，等杀了他，就剩一个皇帝了，到时你想怎么办都行！"

雷头领扭头看了台下，犹豫片刻，朝陈介祺单膝跪下："属下愿听陈掌门的号令！"

"那你还等什么？"

雷头领起身提着刀，跳下戏台，率领他带来的人杀向王府侍卫。

陈介祺松了一口气，觉得身子一软，差点倒在台上。他打起精神，看了眼台下的大洞，登时有了主意。虽不知雷头领他们是从哪儿挖洞进来的，但只要将皇上由这个洞送出，就不会面临这样的险境了。他转身对咸丰皇帝说了自己的想法。

刘公公大声道："陈翰林，你好大的胆，皇上乃上苍龙体，岂可像鼠辈那样钻洞？"

"皇上，此一时彼一时，您的安危要紧！当年汉高祖刘邦兵败时，还躲进茅厕的粪坑呢，只要能帮皇上解危，日后就算要诛微臣九族，微臣也认了！"

见咸丰皇帝不说话，陈介祺知已是默允，立即吩咐几个宫廷侍卫，保护皇上下了戏台，跳下那个大洞。

大洞约一人高，两边三尺来宽，刚好容一人通过。几个宫廷侍卫举着火把，提刀走在前面。陈介祺和刘公公一前一后保护咸丰皇帝。一行人往前走了几十丈，道路往左边一拐继续前行，又走了几十丈，才听前面的侍卫喊："到头了！"

几个宫廷侍卫爬上去后，随即传来一阵刀剑碰击的声音，几声惨叫后，一个宫廷侍卫在洞口道："启禀皇上，可以上来了！"

第十七章　谋逆大案

陈介祺和刘公公扶着皇上爬上洞口，见身处一栋四合院中。地上躺着几具头裹红巾的尸首，而角落里有个穿黑色长袍的尸身——黑土派掌门夏立祥。想不到夏立祥身为黑土派掌门，机关算尽，最终还是没逃脱宿命。

咸丰皇帝出来后，从洞里又出来一人。陈介祺定睛一看，居然是小安子。

这里距离陈府隔了好几条街，喊杀声也远了许多。几个宫廷侍卫保护咸丰皇帝出门而去。陈介祺正要跟上，就被刘公公拦住："陈翰林，您还是原路返回，去照看您的家人吧！"

陈介祺这才想起，自己府内那么乱，家人不知怎样了。遂原路返回，刚爬出洞口，就见一具头裹红巾的尸体滚到身边。后院地上全是血和尸体，不断有人倒下。他记得迎咸丰皇帝进府后，就吩咐家人留在后院内宅中，没有吩咐不得外出。

他随手从地上捡了一把刀，避开打斗的人群来到内宅的院墙边。内宅大门紧闭，门口倒下不少尸体，好在大门未损坏，里面的人应该很安全。他刚要上前拍门，只觉得左肋下一阵剧痛，低身一看，一支带血的箭镞从他左肋下伸了出来。

一阵晕厥感袭来，他缓缓倒了下去，依稀间听到一阵"乒乒乓乓"的洋枪声。

陈介祺醒来时，映入眼帘的是夫人焦虑的面孔，身旁还有春香和陈忠。

陈夫人抹了把眼泪："相公，您终于醒了！"

陈介祺张了张口，吐出两个字："皇上！"

陈忠上前道："少爷，皇上无恙。敏亲王爷兵败逃出京城，皇上已下旨缉拿！您都昏迷三天了，是皇上派的御医给您治的伤，皇上还命刘公公过来传话，让您好好在家养伤！"

敏亲王爷阴谋已久，这么快就兵败了？陈介祺叹了口气，又说了两个字："神鼎！"

除皇上外，他最牵挂的东西，就属毛公鼎了。

"少爷，您放心吧，我已将神鼎藏好了！您还想知道什么，就问吧！"

陈介祺微微摇了摇头：只要皇上和毛公鼎没事，他就放心了。

那支箭斜着从陈介祺的后背射入，左肋下穿出。虽受伤甚重，但没伤及内腑，有御医尽心医治，伤口好得很快。半个多月后，他已能够躺起身吃点东西了。期间，陈夫人说了那晚府内发生的事情：虽有雷头领带着红巾军帮助宫廷侍卫，可敏亲王爷的手下实在太多，雷头领在混战中中箭丧生。突然，外面传来洋枪的声音——法国洋枪队来了。敏亲王爷虽人多势众，但难敌洋枪，加之不少兵士临阵倒戈，因而很快兵败。九门提督隆格由于未能及时阻止王爷逃出京城，已被皇上罢官问罪。敏亲王爷逃出京城后被擒获，皇上念其过去有功，免死，永囚于宗人府。王爷谋逆一案，株连的人不少：罢官的罢官，杀的杀。惠亲王爷现已官复原位，帮皇上署理朝政。法国公使梅德公爵由于率领洋枪队勤王有功，被赏赐大批金银珠宝。惠亲王爷还代表大清与公爵签订了购买洋枪的合约，并请法国教官帮忙训练绿营洋枪队。

听说，敏亲王事败逃出京城时，高士虎欲跟着逃走，被乱兵所杀。高家被抄：男的充军伊犁，女的沦为官妓。生出如此不肖子，给家族带来劫难，高老太爷在天有灵，只怕也死不瞑目。

户部的梁必梁大人也被人杀了，不知何人下的手，刑部正四处查。这半个多月里，陈介祺并未见小玉前来问病。陈夫人告诉他，自那晚皇上进府后，就没人再见到小玉，想必她已离开了。

前几天外面的人说，曾国藩大人训练的湘军初战告捷，朝廷已颁令奖赏。皇上下旨各省督抚将军可自行招兵买马，对抗贼寇有功者，朝廷自有封赏。

一个多月后，陈介祺已能下地走动了。他在春香的搀扶下走到院里，发觉原先府内的土地被铲去了一层，另铺上了黄土和细沙。春日阳光明媚，照着沙土地上长出的小草，就像包浆的翡翠。谁都想不到，两个多月前这里曾发生了一场关系大清命运的惨烈厮杀。

几个月来发生的事，像梦一样：正如血书上写的"神鼎现世天灾降临"，正因是神鼎，所以很多人都想得到。然而对某些人来说，毛公鼎何曾不是一件不祥之物呢？为了它，五门派中除黄木派外，全都下场惨烈。这段时间，他

第十七章 谋逆大案

将那五块玉佩和十几片竹简,翻来覆去地看,实在无过多发现。皇上也派小安子来了几次,问破解鼎内铭文玄机的进展如何,他要小安子据实回奏。

难道真要将神鼎送回古墓才行?陈介祺正陷入沉思时,只见陈忠走上前,低声道:"少爷,惠亲王来访!"

早听说惠亲王爷官复原职后,更得皇上信任。在家养伤的日子里,王爷也派刘总管前来看望。不过亲自前来,还是头一次,他连忙道:"快请!"

才跟着陈忠来到府门口,只见身着便衣的王爷已走了进来,身后还跟着几个抬箱子的王府侍卫。

陈介祺上前朝惠亲王躬身施礼:"王爷大驾光临舍下,下官未能及时去门口迎接,望王爷恕罪!"

惠亲王爷满面红光,拉起陈介祺的手哈哈大笑:"陈翰林,说哪里的话呢?本王若非你帮忙,还不知会有怎样的下场啊!今日本王上门,就是专程前来向你道谢的!其实本该早日前来,但一来朝政繁琐事物太多,二来你大伤未愈,不便打扰,才拖到今日。"

陈介祺将王爷迎进客厅,命下人上茶。惠亲王爷让那几个壮汉将箱子抬进客厅,呈"一"字摆好并打开。第一只箱子里是黄金和珠宝;第二只内的则是各种玉器古玩,不乏上等的羊脂白玉和翡翠,随便一件拿出去,都能卖上千两;第三只和第四只箱子里有两个铜鼎,其式样、纹理、大小,都与毛公鼎极为相似,只是无腹内的铭文。

"王爷,您这是为何?"

"比起本王的身家性命,区区几箱礼物算得了什么!陈翰林就别介意了!"

"下官并未帮上王爷什么忙,还请您将这些东西抬回去,下官断不能收下!"

"这两只鼎,都是商周时的铜鼎,是本王的镇宅之宝。陈翰林,本王除谢你之外,还有个不情之请,那就是拿这些东西换你手中的神鼎,然后献给皇上。你若嫌不够,本王可再另加!"

"若在两月前,王爷只需开口,下官定双手奉上,只不过现在……"

"现在怎么了,难道那鼎不在你府中了?"

陈介祺点了点头："那晚府内发生巨变后,神鼎就失踪了。下官已将此事告知了皇上,难道王爷不知?"

"本王虽知那夜的事,却不知古鼎竟被抢走!既然如此,这几箱东西还是留给你,告辞!"

"王爷留步!下官有些话想和您单独谈谈!"

惠亲王爷挥挥手,让其他人都退了出去,并把门关上。

陈介祺深吸一口气,吃力地朝王爷跪下:"求王爷看在你我相识一场的分上,救救小人一家!"

他这次并未自称下官,而自称小人。

"陈翰林,你这是为何?"

"实不相瞒,那夜皇上在小人府内遭遇敏亲王爷逼宫时,已知小人与逆贼相识一事,恐皇上日后追究,还求王爷在皇上面前替小人美言几句,小人感激不尽!"

"皇上的心思,岂是我们猜得透的?若皇上真要问罪,本王自会替你说话,但结果如何,本王实在不敢打包票。陈翰林,你几时与那些逆贼认识的?"

陈介祺只得将他与金木水火土五个门派接触的经过说了。

"皇上知你非同常人,难怪将大清江山社稷都押在你身上!"

"当时小人也没办法了,若皇上稍有差池,小人就成了千古罪人,万死不能赎罪!"

"他勾结洋人阴谋篡位之事,本王岂会不知?只可惜他终是莽夫一个,时机尚未成熟,岂可乱动?皇上虽年轻,可心机岂是他所能比的?"

陈介祺明白王爷所说的人就是敏亲王爷。他不敢说话,弓身听着。

"陈翰林,你是个聪明人。这里没外人,你我二人不妨捅开那层窗户纸,把话放开了说!"

"下官不明白王爷说的是什么意思!"

"你还想装傻?信不信本王现在就灭你全家?"

"若敏亲王爷真在下官府中谋反成功,王爷会怎么做?"

第十七章 谋逆大案

"你岂会不知螳螂扑蝉黄雀在后的道理？"

陈介祺的心顿时一颤：朝中风向转变时，敏亲王爷处处逞强，而惠亲王爷却处处示弱，这两兄弟在权术的运用上截然不同。明处的恶狼好对付，而躲在阴暗角落里的毒蛇，却是致命的。惠亲王爷深谋远虑，虽人在宫中，但必然在宫外做了些准备。

"下官还有件事不明白！敏亲王的谋逆之心并非一朝一日，为找借口屯兵在京城边，以备反叛之用，不惜以平贼之名屠杀了花家园子全村百姓。依那晚情形，敏亲王人多势大，九门提督隆格就算得讯带人前来救驾，只怕也只能站旁边看热闹。虽然梅德公爵派法国洋枪队相助皇上，但倘若敏亲王爷不顾一切调兵进城强攻京城，是成是败，结果还得两说……"

"他在花家园子放两万兵马，本王岂能不知？若那两万兵马真被他调入京城参加叛乱，本王还能在这和你说话吗？"

"你知我府内有敏亲王爷的人，所以让刘总管上门求救，目的是让敏亲王爷觉得你已没半点威胁了，对吧？如此一来，不但使敏亲王爷没了顾忌，甘愿奋力一搏，也能令王爷您得以避嫌，躲在一旁看热闹！"

"本王故意与皇上争执，自愿跪在奉先殿前自省，并让外面人传出本王遭皇上囚禁的消息。皇上负气，让他暂代本王之职，这正是本王求之不得的事！"

陈介祺有些不明白：以皇上的明察秋毫，如何不知敏亲王爷的祸心？即便找人暂代惠亲王爷之职，朝中有好几个可靠人选，为何偏偏找敏亲王爷？莫非那时皇上就已想好了对付敏亲王爷的良策？

"所有的情况，都按本王预期的进行。本王事先就计划好，一旦皇上对他动手，就立即将他事败的消息散布出去，另命内大臣向皇上建议，求皇上命人持圣旨前往花家园子进行招抚！"

话说得很简单，但足见惠亲王爷的智谋。

"敏亲王按计划随皇上到下官府内，正寻思找时机对皇上动手。不料皇上提前对他发难。仓促间，敏亲王一面率部围攻皇上，一面派人紧急调兵入城。但军令未到前，驻扎在花家园子的两万兵马，却已得到敏亲王事败的消息，军心登时就乱了，而皇上派去的招抚圣旨一到……下官在想，敏亲王爷那两万兵马，不可能单单听到一个无法确认的消息就乱了军心，其主将肯定是他的心腹。即便敏亲王爷事败，主将也会带兵进城救他的。除非军心大乱时，主将已死，而控制这支军队的，是王爷您安插进去的人！"

"你果然聪明，本王的手段瞒不过你！"

"高老太爷之死，也是你逼的？"

"高士虎是他的人，本王本想利用一下，可这家伙居然不识时务！"

"王爷深谙权谋，满朝皆知。"

"好了，闲话少说。本王知你手上已有五块掌门玉佩和那部奇书。神鼎被人抢走一事，皇上可能相信，但本王绝不信。"

五块掌门玉佩和那部奇书在手上的事，陈介祺并未对王爷说起，想不到对方竟一清二楚。他想了会儿，说道："我明白了，夏立祥曾对我说，他是敏亲王的人，其实他骗了我，他在我的面前，从没说过一句真话。实际上李掌柜店里的伙计胡庆丰和夏掌柜一样，虽投靠了敏亲王爷，可都是你的人，但李掌柜对此却不知情。夏立祥散布对你不利的流言，进而得到敏亲王爷的信任，却不知这都是你的计谋。你一步步将自己逼入绝境，看似凶险万分，实则更好地保护了自己。一旦敏亲王爷事败，所有人都认为你是被冤枉的。这招果然厉害，不但瞒过文武百官，连皇上都瞒过了！"

"说下去！"

"你府内的刘总管在醉花楼给苏亿年下套子，逼出有关毛公鼎和黄木派之间的关系。你暗中派人监视黄木派在京城的活动，控制京城内外的一切情况，引而不发。鲁一手察觉朝廷已注意到他们的动静，于是干脆让李掌柜成为黄木派掌门，目的是引开你的注意，方便他在暗中行动。你让夏立祥逼李掌柜就范，但由于他担心天下大乱生灵涂炭而不愿被你控制，以至被你派人杀了全家。你这么做，无非是灭口，担心李掌柜将事情告诉我，从而破坏你的计划。你得到那两块玉佩，让胡庆丰交给我，并暗示李掌柜全家是敏亲王

第十七章　谋逆大案

爷杀的。当皇上与敏亲王爷在我府中动手时,你另外安排夏立祥引黄木派的人打密道进入我府内,想趁乱杀了皇上。那样一来,你可用弑君之名公然对付敏亲王爷。由于当今皇上未有子嗣,所以你才是大清皇帝的唯一人选。到那时,再也没人怀疑你的谋逆之心,一切都显得顺理成章……"

"但本王忽略了你的本事。你不但利用手上的黄木派掌门玉佩,控制住了那帮头脑简单的家伙,还以破解了毛公鼎内铭文玄机为由,使他的部分兵勇临阵倒戈。正因为你,才使本王的计划功亏一篑。现在皇上虽仍是皇上,但他已成阶下囚。这场博弈中,本王才是最大的赢家。如今朝野上下,再也没人怀疑本王对皇上的忠心了。"

陈介祺张了张口:有件事他没问,那就是梅德公爵。梅德公爵既与敏亲王爷签订了盟约,就不可能凭他去法国大使馆说的那番话,而使公爵与敏亲王爷翻脸,不惜命火枪队前来护驾。当一个把利益放在第一位的人,做出常人无法理解的举措时,唯一的解释就是为了更大的利益。由此推断,和梅德公爵签订盟约的,或许不止敏亲王一人。而那人给予梅德公爵的利益,肯定大大超过了敏亲王爷给的。

惠亲王爷能与法国有勾结,那么和其他国家之间,莫非也有勾结?

蓦地,陈介祺想起日本公使藤野太郎在法国大使馆帮助他的情形,脑海中突然闪过一个念头,藤野太郎是在得到某个人的暗示后,才出面帮他的。而那人,就是站在一旁的惠亲王爷。王爷与藤野太郎以及梅德公爵间,绝不仅正常邦交那么简单。想到此,陈介祺禁不住打了个寒战。

"本王的那些事,不管你知道也好,不知道也罢,尽管可去禀报皇上,本王不在乎。你应清楚,皇上是个猜忌心很重的人,他未必相信你说的话。"

陈介祺当然明白,惠亲王说的是事实。敏亲王爷谋逆一案之后,朝中重臣几乎都成了惠亲王爷的人。在无实证的情况下,皇上会相信自己的话么?弄不好会惹来一个诬陷朝臣的重罪。他叹了口气:"你打算何时废黜皇上?"

"那是本王的事,与你无关。本王限你一个月内破解鼎内铭文的玄机,否则别怪本王手狠!"

"王爷,难道没人告诉你,若不把神鼎送回古墓,无枯骨之汤相助,也无法得知过去未来之事么?"

陈介祺已明白,王爷要自己破解鼎内铭文玄机最终目的,就是想知道大清未来即将发生的事情,从而想出对策扭转乾坤,改变一切。

"你到底想说什么?"

"对毛公鼎所藏的玄机,下官无须多说,王爷想必早就一清二楚了。必须运鼎出城,进到古墓中,才……"

"你要本王帮你?"

"下官全家的性命,都在王爷手上捏着呢。更何况皇上和王爷一样,都想知道大清未来国运如何!"

"明日你就动身吧!识时务者为俊杰,本王量你也不敢乱来。告辞!"

陈介祺躬身送王爷出门。回到客厅后,觉得浑身上下无力,坐在椅上好一阵子才缓过劲来。他微闭双眼,脑中思绪起伏,苦苦思索着如何挫败惠亲王爷的阴谋,不知不觉就迷迷糊糊地睡了过去。醒来时,他见自己身上盖了薄毯,桌上的蜡烛只剩个底,烛台上满是蜡油。放在桌上的小米粥和肉火烧都已凉了。想必夫人送饭进来,见自己已睡着,遂为他盖了毯子,把吃的放在了桌上。这种时候,家人都知他最需要安静,所以不敢打扰他。

他喝了一碗凉米粥,感觉头脑清醒了许多。这时门开了,陈忠进来,看到桌上空了的碗,道:"少爷,吃冷粥伤身,您唤我一声,我拿去厨房中热一热便是!"

陈介祺见陈忠发梢上沾了些露水:"你一直在外面?"

陈忠点点头,没说话。

"什么时辰了?"

"已过丑时!"

"忠叔,自王爷离开后,你一直守在外面,是不是有什么话想对我说?从小到大,您一直是我最为敬重和信任的长辈!在养病的这段时间里,我虽无法出门,但对朝中之事还是知道一些的。九门提督隆格被皇上罢官问罪时,声称并未接到皇上派人送去的密旨。此事皇上没派人来问我,我也因此没问你……"

"少爷!"

"其实你并未将皇上的密旨送给隆格,是不是?"

陈忠点头。

"为什么?"

陈忠从贴身处拿出那封密旨递给陈介祺,哑声道:"少爷,您自己看吧!"

陈介祺接过密旨,见封口处已被拆开,当下脸色微变,记得皇上写这封密旨给自己时,只说是关键时候,凭此密旨可调动京城内外的人马。因私看密旨乃是重罪,所以拿回后一直没敢拆开看。带着疑问,他缓缓从信封中抽出一张宫廷御用的描金宣纸来,上面只有四个字:速斩来人。下面还有皇上的印鉴。

他怔怔地看着这四个字,顿时懵了。他以为皇上对自己予以重任,将大清的安危维系在自己一人身上,谁知竟是一张通往阎王殿的请柬。无论谁拿这道密旨去搬救兵,都无疑是将自己的人头送上。惠亲王爷说得不错,皇上是个疑心很重的人,对谁都不相信。既然这样,那为何要给自己这道密旨?

"是你拆开的?"

陈忠摇摇头:"那晚我按少爷您的吩咐留在府外,等听到里面的动静后,就避过敏亲王爷的兵马,去九门提督府搬救兵。谁知才转过两道街口,就被小玉拦住,她问我身上是不是有一道可调动京城内外兵马的密旨。"

陈介祺不解的是,自己拿到密旨后,一直藏得很紧,也未对任何人提过,连夫人都不知的事,小玉如何知道?

"我知此事绝不能让外人知道,所以告诉她我身上并无什么密旨。可她说少爷您交代我时,她在外面都听到了。她还说真正能救皇上的只有少爷您自己,皇上不相信任何人,绝不会……"

陈介祺见陈忠突然不说话了,眼睛怔怔地望着门口,便顺着他的视线望去。门口站着一个消瘦的清影——小玉!

小玉从外面进来,披着风衣,目光有些凄楚:"姐夫!"

陈介祺望着小玉,本有一肚子的话要问,可当与小玉的目光接触后,不知为何他竟一字都问不出。

小玉从身上拿出一封信，递给陈介祺。陈介祺接过后，抽出里面一页宫廷御用的描金宣纸，见上面的笔迹和皇上写给自己的那封一样，连印鉴都一样，但内容却是：叶南山勾结江湖门派意图谋反，有负圣恩，速斩。

"我爹虽是赤金派掌门，但他还有另一个身份——都察院五城兵马司的副指挥使。皇上秘密召见我爹，赐我爹为四品巡捕佐领，负责密查敏亲王爷勾结江湖门派一案。皇上还给我爹一道密旨，说是紧急关头才可去衙门调动兵马相助。我爹好容易拿到敏亲王勾结江湖门派的铁证，不料却被敏亲王爷手下的人围住。我爹让我拿着密旨去搬救兵，我无意中偷看了密旨，怎么都没想到，会是这样一道密旨。幸亏赤金派的兄弟拼死相救，我爹才得以走脱！"

陈介祺虽见过叶掌门，却不知叶掌门就是叶南山。都察院五城兵马司的副指挥使叶南山谋逆一案一年前就发生了，此事当时在朝中也引起了不小的震动，刑部已下了海捕文书，却一直没能将叶南山缉拿归案。

"狗皇帝要我爹去办案，却连一条退路都不留。"

陈介祺思索了片刻，终于明白皇上的苦衷。继位之初，朝中人心不定，明知敏亲王爷有谋逆之嫌，皇上却命一个四品汉臣去暗查此事，本身就是一招险棋。若能查到实证偷偷密报给皇上当然是最好，可一旦被敏亲王爷知晓，此事就暴露了。持密旨去搬兵之人，定然糊里糊涂成为刀下鬼。皇上这么做也无可奈何：一来为安抚敏亲王爷，二来也是为保全自己。

"那夜你爹来过我府中后，你在后花园中告诉我，说惠亲王爷想认你做义女送入宫，但实际是你以吉贝勒的随身之物逼王爷送你入宫，为的是行刺皇上？离开王府后，你被王府的人跟踪，不小心扭伤了脚，恰好遇到大卫，他把你送了回来。你回到我府内，觉得身份已暴露，怕王爷对我报复，有愧于心，一时冲动想一死了之！"

小玉点头。

"你若真想刺杀皇上，那晚皇上在我府中被敏亲王爷围困时，为何不乘乱下手，却出门去拦住忠叔？"

第十七章 谋逆大案

"姐姐姐夫对我那么好,我怎狠心连累你们?一旦皇上死在府内,那就是诛九族的大罪。再说,我也不愿看到敏亲王爷谋逆成功。事发前我见姐夫和忠叔说了几句话,忠叔出府而去,我就留意了。府内情况有变时,我见忠叔朝九门提督府而去,就知他是去搬救兵。如果他身上没皇上的密旨,九门提督是不会相信他的话的。忠叔把密旨给我之后,我多了个心眼拆开来看,还好没让忠叔去送,否则白白搭上忠叔一条命。"

小玉说完,从陈介祺手上拿过那份皇上给她爹的密旨,放在蜡烛上烧了。

"那次你从法国大使馆回来,身上受了伤,夫人替你包扎后,发觉你的伤乃是利刃所致。你在那究竟遇到了什么人?"

"我进二楼房间后,遇一黑衣蒙面人,其武功招式怪异,我疑是日本忍者,本想告诉你,但后来见你上了日本国大使的车子,所以就……"

藤野太郎将忍者遍布京城,就是收集各方面的情报。只怕敏亲王爷与梅德公爵间的勾结,都没能逃过忍者的眼睛。那种将别人的秘密揣在手中,却不暴露出来的人,才是厉害角色。

"你怀疑我和他之间有勾结,所以就没说。你我相识已久,你还是不了解我!"

小玉哀怨的脸上流下两行清泪,哽咽道:"对不起!"

说完后,她便转身默默地离去。

陈介祺望着小玉的背影,怔了片刻。他见忠叔仍跪着,心里过意不去,忙上前扶起。忠叔在陈府几十年,未曾做过半点对不起陈家的事情,此事也因小玉有吩咐才被迫为之,不能怪他。

陈介祺刚要向忠叔表示歉意,却见一个下人快步来到客厅前,躬身道:"老爷,惠亲王府的刘总管,还有宫里的冯公公,已到门口了!"

陈介祺一愣:惠亲王想早日得知毛公鼎的玄机,所以急着派刘总管来催自己动身。可皇上派冯公公来,究竟是什么意思?

第十八章
龙潭血战

天色已微明,外面起了薄雾,远近的楼台房舍和树木花草,都笼罩在一片如轻纱般的朦胧中,使人无法看真切。

刘总管和冯公公不等陈介祺到门口迎接,已径自进来了。陈介祺走到客厅门口,满腹心事地朝两位拱手:"刘总管,即使要赶时间走路,也没必要这么早吧!"

"王爷今儿上早朝前就吩咐,要我和你一起走,片刻不能耽误!陈翰林,想必你已准备好了。"

毛公鼎从宫内送回陈府后,就一直放在客厅旁边的偏房内,陈介祺这段时间都在养伤,也无心研究鼎内铭文。

陈介祺并未回答刘总管,而朝冯公公拱手。不料还没说话,就听冯公公道:"陈翰林,皇上昨晚一宿没睡,今儿四更时,让我出宫来见你,我到你府上时,恰好遇到刘总管。"

"皇上有何旨意?"

"皇上只让我来看你,并未有旨意。今儿见了你,我也就该回去了!"

陈介祺暗忖:两个多月前,南方贼寇攻克江宁(今南京),两江总督阵亡,洪秀全将两江总督衙门改作天王府,并将江宁改名为天京,正式登基为天王,国号为太平天国。太平贼寇来势凶猛,数败清军,连克安庆、九江、武昌等地,大清只剩半壁江山。皇上一宿没睡,想必是为了南方贼寇的事劳心伤神,既然派冯公公出宫见他,那为何连一句话都没有?莫非没有旨意就是最好的旨意?宫内的情况,到底怎么样了?他刚要问,却听冯公公道:"陈翰林,我知

第十八章 龙潭血战

道您想问什么,我可没法子回答您。不过我可以告诉您,那小安子可乖巧呢,不但我喜欢,连皇上都很喜欢!时候不早了,我该回去了!您和刘总管忙正事要紧,不用送了!"

刘总管看着冯公公的背影,对陈介祺道:"陈翰林,王爷行事,就算皇上知晓,那又能怎样?"

不错,以惠亲王爷今日的实力,皇上确实不能怎样。只怕此刻,皇上已被王爷牢牢控制。冯公公是皇上身边的人,最能明白皇上的意思。一大早奉旨前来,不可能没带皇上的旨意,或许因为刘总管也在,所以有些话不好明说。陈介祺在心里将冯公公的话揣摩了一遍,都未能猜出冯公公此行的真正用意。但他心里嘀咕着:难道皇上真没觉察出惠亲王爷的野心?既有本事对付敏亲王爷,却又为何受制于惠亲王爷呢?

在刘总管的一再催促下,陈介祺命陈忠带着几个王府的侍卫,从内厢房中抬出装有毛公鼎的箱子,放到门口的马车上。另将王爷送的两个铜鼎,也都带上。

刘总管见陈介祺将另外的两只铜鼎带上,不知何意。陈介祺解释说有关毛公鼎的事已传了出去,难保没有人在途中抢夺,有三个箱子,便无法分辨哪个是真哪个是假。

看着三辆马车在王府侍卫的护送下离开,陈介祺吩咐陈忠留在家里照顾夫人和孩子,他随刘总管出门。上马时,他突然想起了小玉。他清楚地记得在自己出了客厅迎接刘总管和冯公公后,就再也没见到小玉了,她就如一抹晨曦中的薄雾,不知不觉间悄悄消失。

队伍离开陈府,在城门口被一队巡城官兵拦住,为首的是个浓眉阔嘴、身材魁梧、头戴三眼花翎,身穿一品亲王滚龙朝服的人。刘总管拍马上前,和那人说了几句话,就见那人一挥手,巡城官兵让出了一条路,放他们过去。

出城后,刘总管来到陈介祺身边:"你可知方才在城内拦住我们的是何人?"

大清那么多亲王,除了敏亲王和惠亲王,陈介祺并不认识其他的王爷。

"他是当今皇上的舅舅,科尔沁左翼后旗扎萨克郡王僧格林沁,现任参赞大臣,受命督办京城巡防。还是我们王爷向皇上保举的呢!"

陈介祺微笑:惠亲王爷确实手段高明,连皇上的舅舅都成了他的人,皇上还不被他玩弄于股掌之间?但以皇上的聪慧,不可能不知惠亲王和敏亲王一样的野心。面对惠亲王爷的咄咄逼人,皇上能否像先祖康熙皇帝那般文治武功,如何稳住大清江山?蓦然间,他越发替皇上担忧起来。

队伍一直往西走,一个月后已到陕西岐山地界。有王府的侍卫保护,寻常贼人根本不敢靠近,一路畅行无阻。时值六月,骄阳似火,酷暑难当,队伍走上一天,人困马乏。这天傍晚,队伍到达驿站,大家用过饭后各自休息。这一路上,陈介祺的冷静实在令刘总管感到意外,他来到陈介祺的屋内,顾自倒上一杯茶,喝了几口低声问道:"陈翰林,你每天不是赶路就是看书,真就那么沉得住气?"

陈介祺正在灯下看一本宋版的《金石录》,听了刘总管的话后,放下书笑道:"我全家性命都在王爷手中,还能怎么样?"

"那是,那是。可你想过没有,这一路走得太顺了,越往前,我心底就越不安,你就真没什么想问的?"

"就算我肯问,你也未必敢说!"

"王爷很想知道你啥时能破解那鼎的玄机呢!"

陈介祺从身上拿出那几块玉佩,还有装有奇书的竹筒,放在刘总管面前:"我听人说过,那神鼎是黄木派的盗墓高手从一处周朝古墓中取出的。若想彻底解开神鼎的玄机,得有枯骨之汤,枯骨之汤就在那古墓中,可你知道古墓在哪吗?当年那几个盗墓高手都已死了,我们去哪找?此事原本与我没关系,我不明白怎么就卷进来了!这一个多月来,你知不知道我每天都在煎熬中度过,无时无刻不担心家人的安危。这些东西是我无心所得,是解开神鼎玄机的关键,现在我全部交给你,你放我走……这下你总该满意了吧?"

"我……我早知你有很多想问的问题,其实我和你一样,心里都没谱。王爷说岐山乃周朝龙兴之地,此鼎是在岐山被发现的,应距离古墓没多远,只叫我陪你一起往岐山走,可具体到什么地方去,他没说,我也不敢问!"

第十八章 龙潭血战

陈介祺望着刘总管苦笑:折腾了一个多月,还不知往哪里走。说不定此时惠亲王爷已忍不住,京城发生巨变,大清已易主,而自己的家人,也遭了王爷的毒手。他正要说话,就听到外面传来嘈杂声。

没等刘总管和陈介祺出门去看怎么回事,一个侍卫到他们的门前禀告:"回禀总管,听下面的兄弟说,外面来了个老乞丐,说要讨口饭吃,还想赖着不走!"

若是个普通的老乞丐,怎敢到官家的驿站来要饭吃?陈介祺想到的,刘总管也想到了,他急道:"人呢?"

"被兄弟们赶走了!"

"饭桶!"刘总管骂了声,和陈介祺追出驿站大门,哪还见那老乞丐的身影!刘总管命几个侍卫举着火把,朝官道两头去追,被陈介祺制止住。

"这是为何?"

陈介祺指着驿站大门左侧的柱子上的几个红字:"你看那边!"

刘总管顺着陈介祺所指,看清那柱上的红字:今夜取鼎。字是用血写的,还没干。

侍卫在离门口不远的草丛边,发现一个驿站兵丁的尸首。

气氛一下紧张起来,不管对方是什么人,刘总管的责任就是保住神鼎的安全。回到驿站内,他命侍卫将装有神鼎的箱子抬到陈介祺的房间,又命所有的侍卫分成几波,楼上楼下设了几道防线。一旦有外人走进驿站,格杀勿论。

布置完一切,刘总管剩下要做的,是要陈介祺陪他,在箱边喝茶聊天。两人有一句没一句地说着话,没一会儿陈介祺推托身体不适,要上床歇息了。

谁都没想到,直到天亮,驿站内都未有半点动静。侍卫们熬了一夜,个个累得精疲力竭。

驿臣送来两碗羊肉泡馍,陈介祺和刘总管吃完早餐,更觉得困倦无比,靠在一旁沉沉睡去。

不知过了多久,陈介祺打了个激灵醒来,发觉置身于一辆前进中的马车内,身上被捆上绳索。刘总管躺在自己身边,同样被绑着,头歪在一边,看样子还没醒。那只装毛公鼎的木箱子,就放在他们旁边。

道路崎岖不平,车子晃动得很厉害。陈介祺的头几次磕到箱子。他往旁边挪了一下,斜躺着。

过了一会儿,刘总管睁开眼睛,疑惑地看着陈介祺:"这是怎么了?"

"亏你还是王府的总管,见过大世面的人,连这都不知道,我们遭人算计了!"

"怎么可能,驿站内一直没外人进入,跟来的那些王府侍卫,都是挑选出来的一等一的高手!"

"那些王府侍卫是不是高手我不知道,我只知我们俩现在被人绑着!"

"是驿臣,给我们吃的东西里下了药!"

羊肉泡馍的膻味很重,蒙汗药混在里面根本察觉不出。刘总管和侍卫们都把注意力放在外人身上,谁都想不到那几个驿臣会对他们下手。

车子停了下来。外面有人掀开车帘,是个头系红巾的汉子。陈介祺在李振卿家中,就见过这种装扮的人,他知道落到什么人手里了。果然,他听到一个苍老有力的声音:"把他们解开,他们逃不了!"

那汉子跳进车内,动作利索地用刀将陈介祺和刘总管身上的绳索挑断。

陈介祺活动了一下几乎麻木的手脚,下意识地摸了摸身上的五块玉佩和竹筒,都还在。他钻出车外,一眼就看到骑在马上的鲁一手。奇怪的是,鲁一手挺着胸膛,背也不驼了。原来所谓的驼背,都是装出来的。鲁一手身后,还有一顶敞篷的抬轿,上面坐着个干瘦如柴、面如死灰的老人。看那老人的模样,临死已不远,似乎只剩一口气了。一个长得白白净净的年轻人,穿一袭白衫,骑马跟在抬轿人的旁边。队伍有数十人,个个都是劲装打扮的壮汉,动作干练。队伍后面,还有辆马车,上面放着另外的两只箱子。

"对不住了,陈翰林!"

陈介祺早知,自离开京城后,朝野上下,有多少双眼睛盯着他和毛公鼎!虽一时平静,可并不代表没事,危险随时都会降临。

第十八章 龙潭血战

鲁一手扭头看了一眼最后面马车上的两只箱子,继续道:"另外两只鼎,老夫也一并取了!"

陈介祺站在鲁一手的马前:"鲁前辈肯定知道,若想破解毛公鼎的玄机,需得将此鼎送回古墓。你何须大费周章命苏亿年送鼎入京?"

"老夫若不那么做,怎知谁与此鼎有缘?若是无缘,你又如何能得到五块掌门玉佩和那本奇书?东西仍放在你身上,待办完事后,老夫自会取走!"

原来所有的事,都在鲁一手的掌控中。

"我一直认为,这神鼎是你黄木派的盗墓高手从古墓中盗出的,后来遇到小安子,我才明白过来,其实真正盗出神鼎的,是他的父亲安志远。安志远因盗鼎而泄露了行踪,你黄木派的人上门追讨奇书,不惜灭他全家。安志远一死,我即便有奇书在手,短时间内也无法破解上面的谜团,如何得知古墓所在?"

躺在抬轿上的老人对旁边的年轻人咕噜了几句,那年轻人拍马上前,对陈介祺道:"奇书共十六片,每片内藏一个字,只需在正午时分,对着阳光即可看到!"

鲁一手下马,对陈介祺道:"李掌柜说你学贯古今,有安邦定国之才,别让老夫失望!"

陈介祺看看头顶的太阳,取出身上的竹简,将那十六片竹简倒出,捏住其中一根对着太阳仔细观看。只一会儿他便看出门道:竹简上那么多字和图案,背面从其中一字透出亮光。数千年前,在竹简上刻字时,就将其中一字的刀纹刻得比较深, 又用油脂将这点微妙之处盖住。若不在正午的强烈阳光下,只怕谁都发现不了竹简上的秘密。

鲁一手早吩咐人在旁边伺候着纸笔,陈介祺每看清一个字,就用笔在纸上写了下来。十六片竹简,十六个字。

陈介祺将纸上的十六个秦篆书体字,以行书手法再写一遍。他将这十六个字拼凑了一番,得出四句话:岐山之南,凤鸣天宇,龙潭之侧,升天之地。

"岐山之南,凤鸣天宇,龙潭之侧,升天之地,很好很好!据我所知,岐山的南面有一凤鸣丘,凤鸣丘下有一深不见底的龙潭,谁都没想到,我们黄木派苦苦寻找的古墓,就在那龙潭的旁边!"

队伍后面有马蹄声传来,一骑飞驰来到鲁一手面前,从马上滚下一汉子,朝鲁一手单膝跪地:"启禀鲁长老,后面来了一队清妖!"

一定是朝廷的官兵发觉了驿站的事,才追了上来。

老头边上的年轻人大声道:"发信号!"

队伍中一壮汉张弓搭箭朝空中射去,一支响箭呼啸着飞入半空,在半空中炸开。少顷,不远处的山头上出现几面旗帜,旗下乌压压地站了数百人。

那年轻人继续大声道:"命他们挡住清妖!"

能有资格说这话的,想必身份也不低。

那报信的汉子领命,上马飞驰而去!

鲁一手上马一挥手:"此去凤鸣丘不过百里,大家加紧走!"

一个汉子牵了匹马来,让陈介祺上了马。陈介祺被几个汉子夹在中间,跟随人流朝前而去。

天空中乌云翻滚,眼看一场大雨将至。

岐山,凤鸣丘。

相传武王伐纣前祭天,有凤鸣岐山旋即飞天而去,武王于凤鸣处立庙祭祀。数千年风风雨雨,所立之庙已无处找寻,但凤鸣丘的名字却一直传了下来。

一个时辰后,陈介祺一行人在一处山丘前停了下来。山丘并不高,上面并无多少树木,很多地方裸露出紫红色的岩石。在山丘右侧一处凸起的巨大岩石上,有三个比人还大的古隶体字:凤鸣丘。

几声炸雷过后,大雨如瓢泼一般,一阵紧似一阵。片刻间,众人衣衫尽湿。

陈介祺在雨雾中朝山丘两边看了看,居然连一处躲雨的地方都没有。

这时,一个声音叫起来:"他不见了!"陈介祺循声望去,见一个汉子掀开马车的车帘,马车内只有一只大箱子,哪还有刘总管的身影?

第十八章 龙潭血战

或许在大家急着赶路时,精明的刘总管趁人不备滚下马车,逃命而去。他这一逃,使众人的心一下子紧张起来。陈介祺和鲁一手说话时,刘总管一定在马车内听到了,兴许过不了多久,大队官兵就会赶到这里!

鲁一手用力捶了马鞍:"要不是老夫想拿他做人质,早一刀了结,省得坏了大事!"

可惜这世上没后悔药可吃。

后悔归后悔,鲁一手下马道:"抬上神鼎跟老夫走!"

雨势似乎小了些,大家都下了马,跟鲁一手朝那巨石走去。陈介祺转身时,眼角余光依稀看到左边山坡顶上有个骑马的人影,再定睛看时,哪还看得见?

前行没多远,巨石后突有一道水流冲出,向下形成了一条宽约丈许的瀑布。众人沿一条羊肠小道前行,越往后,道路越加湿滑难走。那几个抬鼎的汉子,每走一步,脚下都留下一个深脚窝。好容易走到一处平缓地,其下有个大水潭。

其中两个壮汉下行过程中,脚下打滑,一前一后滚落潭中,只一眨眼工夫,就被漩涡吸了进去。众人不禁骇然,不得不更留意脚下。

好容易下到潭边,一行人此时置身于一小山谷中,潭水幽绿,水面有个巨大漩涡,深不见底。抬头望去,见瀑布由十几丈的高处落下,水势虽不大,但气势磅礴,轰隆声震耳。陈介祺朝四周看了看,除眼前的石壁外,就只剩身后泥泞的山道了。然一转身,又见瀑布左边崖壁上,有些从上方垂下的藤蔓,而藤蔓下方的石台上,居然有个穿蓑衣、戴斗笠的人,手里拿一根鱼竿,好像在水潭里钓鱼。

那人穿一袭黑褐色的蓑衣,与岩壁的颜色相近,加之又在岩壁边上,不仔细看,还真不易察觉。潭内水流湍急,连条小鱼的影子都没有,怎会有人来此垂钓?

鲁一手走上前,大声道:"在下地黄门下黄木派掌门鲁一手,请问高人尊姓大名!"

这次他没自称"老夫",而称"在下"——看来是对这钓鱼翁有所忌惮!

钓鱼翁仿佛没听到鲁一手的话,动都没动一下!

鲁一手扭头对陈介祺道:"两年前,白水派的安志远在奇书的指引下进到古墓中,你拿出奇书,我就不信找不到古墓的入口。"

陈介祺拿出那竹筒,正要倒出里面的竹简,突然眼前一花,钓鱼翁飞身而起,一柄利剑朝他当胸而刺。鲁一手似乎早有准备,从侧面一掌拍在那柄利剑上。与此同时,那白衫年轻人飞身而起,手中的剑刺向钓鱼翁的咽喉。

钓鱼翁身子后退两步,身体后仰,虽避过剑锋,但头上的斗笠却被年轻人的剑削落,露出一张布满疤痕的脸。整张脸像是被火烧过,辨不出本来面目,甚至连头发都烧没了,坑坑洼洼甚是瘆人。

十几个劲装汉子挥刀作势向前,被鲁一手制止,双方僵持着。

陈介祺想起小安子的话,对那钓鱼翁道:"安掌门,你就算杀了我,也阻拦不了他们进入古墓。"

"你怎知是我?"

这一问,更确定了对方的身份。

"小安子对我说,他家被火烧了,可找不到他爹的尸首,我就猜到你还活着。"

鲁一手望着钓鱼翁哈哈笑:"我以为是哪位高人,原来是你!其实我早该想到,除你之外,无人知道古墓所在!"

"上古奇书怎会落到你手里?你们把他怎么了?"

安志远声音嘶哑,言语中的每个字都像从牙缝中挤出,充满怨毒。

"安掌门,放心吧!小安子现在过得很好,他并不知江湖上的恩怨!东西是他自愿给我的,除上古奇书外,还有你白水派的掌门玉佩。"

"你是陈介祺陈翰林?"

陈介祺点头。

"我以为你是黄木派的新掌门,刚才差点杀了你。当时我从火里逃出,养好伤后追到京城,找到梁必。他告诉我小安子在你府内,而当年我托他保管

第十八章 龙潭血战

的竹筒,他让你转交给了小安子。我几次想去你府上,但发现你府周围有众多高手监视,只得作罢!我让他送封信给你,谁知他竟向朝廷告密,我没办法,只得杀了他!"

小安子自愿入宫的事外人不知,所以安志远一直认为儿子在陈介祺府内。

"当初五派分裂时,白水派藏匿奇书,后传到你手上,你如何发现奇书上的秘密?"陈介祺见对方不说话,遂转身望着身后那躺在抬轿里的老头,:"若我没猜错,是你告诉他的吧?"

那老头发出古怪的笑声,有些得意。

"奇书上的秘密,连五派掌门都不知道,你又如何得知?"

鲁一手笑:"老夫忘了告诉你,最后破解奇书秘密找到古墓、得到神鼎玄机的人,是前明的刘基刘伯温。"

陈介祺望着那老头:"我明白了,你是刘伯温的后裔,安志远找到你,逼你说出奇书上的秘密……"

老头用颤抖的手指着安志远, 口齿模糊不清地骂道:"我……为保住全家的性命,只得告诉他,可他……他居然杀我全家灭口……我装死才逃过……为了……替全家人报仇……我找到了鲁掌门……"

陈介祺望着安志远:"你杀他全家,雷头领杀你全家!一报还一报!你得知黄木派四处找你,于是举家逃到邯郸。当年五派曾有盟约,谁家杀了大清皇帝,就能号令其他四派。你为刺杀当今皇上,不惜将小安子净身,并计划送他入宫。为加大与黄木派谈判的筹码,你将神鼎从古墓中取出,埋在另一处地方。可你万万没想到,神鼎居然被一个农夫挖了出来。"

这时,鲁一手发出几声冷笑:"人算不如天算!"

安志远大吼:"欲成大事者,不择手段!"

陈介祺痛心疾首:"好一个不择手段!俗话说'虎毒不食子',你为一己私欲,连亲生儿子都不顾了!你没想到鲁掌门派去的雷头领那么快就找到你,逼你交出奇书,不得已让小安子去京城找梁必。你想过没有,他还是个不到十岁的孩子!"

安志远似乎受到陈介祺的感染,握剑的手微微颤抖。

"他在孔庙一带流浪,天气那么冷,身上只有一件单衣,鞋子也破了底,还得了伤寒。街上的小乞丐们都不待见他,天天打他,可他还不忘每天去孔庙祭拜。若不是遇见我,只怕那条小命……"

说到后来,陈介祺自己都不禁动容,无比心酸。

"黄木派得到神鼎,一面寻找可破译鼎内铭文的人,一面利用神鼎,想将你和其他三派引出来!你问鲁掌门,即便你能杀掉大清皇帝,他会听你号令吗?"

安志远怔怔地望着鲁一手,脸部肌肉因抽搐而扭曲:"我知道黄木派找到了可解读鼎内铭文的人后,定会将神鼎送回古墓,所以我就来这里等,已等了你们半个月。这半个月里,每日面对龙潭之水,我想了很多……我相信陈翰林的话,既然小安子无恙,我就放心了,现在……"

鲁一手大声打断安志远:"够了!"

白衫年轻人上前,对安志远道:"安掌门,要么你跟我们合作,带我们进古墓,要么我们杀了你,再慢慢寻找古墓入口!"

"我如何信你?"

白衫年轻人道:"我叫詹欣如,义父乃涡阳张乐行!"

陈介祺听那白衫年轻人报上名号,心中暗暗吃惊:涡阳张乐行之名早在朝中传开。据说此人乃当地一富户,但仗义疏财,广结江湖好汉,有"小宋江"之称。去年冬皖北饥荒严重,此人顺势聚众揭竿反清,短短数月便发展到数万之众。朝廷多次派兵征缴,均告失败,皇上为这事也是伤透了脑筋。

安志远冷笑:"涡阳张乐行乃当今义士,若在半年前,也许我会考虑和你合作,但现在,我得不到的,你们也别想得到……"

这时,山道上的人发觉身后异常,向潭边的鲁一手发出警示。陈介祺闻声朝后望去,见山坡上出现了上百名身穿蓑衣、头戴斗笠、手提钢刀的人,正喊着往下冲。

原来安志远早有准备,就等着鲁一手送鼎前来。

第十八章 龙潭血战

双方很快混战在一起。山坡又湿又滑,几乎难以站稳。安志远的人身上都有一条绳索拴着,另一头系在凤鸣丘的树上,不至于滑倒。鲁一手带来的人可就没那般走运了:既要对阵,又要防脚下打滑,一交手就死伤十几个,尸体翻滚着落入龙潭。但鲁一手的手下个个都是好手,反应过来后,瞅准机会砍断对方身上的绳索。不断有人惨叫着落入水中,飞溅的鲜血将山坡上的泥水染得通红。

擒贼先擒王——鲁一手和詹欣如一左一右地扑向安志远,三个人战成一团,转眼便过了几招。陈介祺见安志远身法灵活,有一两式像极了奇书上的图案。他瞬间明白过来:白水派既偷匿奇书那么久,对奇书上的阴刻文字和图案,多少都有些参悟。安志远习得奇书上的武功,以一敌二仍未落下风。

陈介祺本欲置身事外,但一柄钢刀已劈头砍下。他后退一步避过袭击,随即一拳将那人打飞。只听旁边传来那老头的惊呼,偷眼望去,只见装有毛公鼎的箱子急速滑下,撞向了抬轿的两个壮汉。

说时迟那时快,陈介祺奋力扑上前,用手托住下滑的箱子。可惜脚下一滑,连同箱子一起将其中一个抬轿的壮汉撞倒,滚向水潭。他一手抱箱子,一手拼命抓住山坡上的杂草,手里的竹筒不慎掉落,滚入水中。为了去捡竹筒,他不顾一切下了水潭。落水的刹那,又飞起一腿将抬轿的壮汉踢向潭边的平台。当下,他的身体已坠入水中,又觉胸腹一紧,似乎缠上了什么东西。依稀间,头顶有人影飞来:他认出其中一张布满疤痕的脸,而另一人则有张曾令他悸动的熟悉面孔……

第十九章
枯 骨 之 汤

　　陈介祺苏醒后，发觉浑身透湿，置身于黑暗中。耳畔有流水声轰隆隆回响，所处之处并不小，似乎是个洞窟。身后有朦胧的光线照进来，他正要扭头寻找光源，却撞到一个木制棱角上，眼冒金花，忍不住发出呻吟。

　　一个声音传来："陈翰林，你醒了？"

　　陈介祺听出是安志远的声音。待适应了昏暗后，又看到站在自己不远处的两个人影。而磕到脑袋的，是他拼死抱住的木箱。那两个人影，其中一个是安志远，另一个则是一袭白衫的詹欣如，除此外并未再见第三人。

　　他扶着箱子，踉跄地起身，光线来自身后，那有个洞口，洞口外被水流完全遮住，而光线透过水流折射进来。想必水潭呈漏斗形，水流通过漏斗不知流往何处，自己现在看到的洞口，则在漏斗下方的瓶颈处。

　　陈介祺打了个激灵，摸摸身上——玉佩还在，只是原先握在手里的竹筒没了。他回忆起自己落入水潭前，只记得竹筒顺坡滚入水中，他扑下水一把抓过去，不料却抓了个空。自己则被漩涡卷入，呛了几口水晕了过去，之后的事就不记得了。

　　突然，他摸到缠在自己腹部的鱼线——定是落水时，安志远及时用鱼线缠住自己，并将自己带入洞窟内，否则自己也会与其他人一样，被水流不知冲往何处了。

　　想起那张令自己悸动的熟悉面孔，陈介祺忙四下寻找。终于，他看到了躺在箱后的人："小玉，你没事吧？"

　　小玉经他一阵摇晃，咳出几口水苏醒过来："姐夫。"

第十九章　枯骨之汤

"没事就好！"陈介祺紧紧地将小玉拥在怀中。

安志远和詹欣如手里都握着剑，剑尖指着对方，谁都没有动。

这时，洞口边传来水响：几个手里拽着绳索的人凌空飞了进来。为首的是鲁一手，原本躺在轿里的老头，被一个壮汉用绳索缚在背上。鲁一手站定后，望着安志远哈哈大笑："果然不出老夫所料，这龙潭下大有乾坤！"

鲁一手身后的人点燃随身带的火把，火光照亮了整个洞窟。洞窟约两三间房大小，顶上的钟乳石大小各异，四周岩壁也是自然形成，无人工凿刻的痕迹。但安志远身旁，却有五尊一人高的石雕，分东南西北中五个方位排列。除此外并无他物。

陈介祺和小玉相扶着起身。鲁一手笑道："自古才子多风流，陈翰林也不例外啊！日后我们将满清赶出关外，天下美女任你选！"

詹欣如一抖手中的剑，和其他三个壮汉一起围住安志远。安志远退入那五尊石雕内，仰仗石雕左闪右避。只听两声惨呼，其中两壮汉踉跄着倒下，但安志远也中了詹欣如一剑，腹部鲜血直流，估计撑不了多久。

陈介祺撇开小玉，冲到安志远和詹欣如之间，扶住安志远道："你为何要救我？"

"你收留小安子，我救你一命，我们互不相欠！"

鲁一手大声道："姓安的，看在陈翰林的面子上，你若识相放下手中的剑，老夫留你一命！"

安志远正要开口，一个壮汉从他背后一刀劈来。他察觉到危险，正要闪避，却撞到陈介祺身上。与此同时，詹欣如从陈介祺身后闪现，手中长剑刺入安志远的胸膛。

陈介祺大惊：他原想帮安志远化解两派间的恩怨，不料却由于自己的原因，导致安志远死于詹欣如的剑下。他悲愤至极，一手扶住安志远，另一只手接过安志远手中的剑，一剑刺翻偷袭的壮汉，待他返身回剑对付詹欣如时，却见对方已跳到一旁。

他剑指詹欣如骂道："张乐行乃光明磊落的英雄好汉，想不到你却是卑鄙无耻的小人！"

詹欣如听闻此言面有愧色，但仍强词夺理："他说过'欲成大事者不择手段'，我跟他学而已！"

安志远双手紧紧抓住陈介祺的衣襟，将头靠在他的肩上："求你转告……小安子……爹对不起他……你有……五块玉佩……和奇书……若真能借……神鼎之力……颠倒乾坤……请……"

话还没说完，安志远就咽了气。

陈介祺将安志远的尸身放在地上，心道：有机会我一定帮你转告。

他起身，端详五尊石雕——上古五方神兽：青龙、白虎、朱雀、玄武、麒麟。

还没将五尊石雕看仔细，耳边传来那老头的声音："打开墓门之法在那奇书上！"

陈介祺转身望去，见小玉被两壮汉挟持，怯怯地叫了声"姐夫"。他对鲁一手道："奇书上不是只有古墓所在之处吗？哪有打开墓门之法？"

那老头叫："以竹简对日，可现古墓所在何处。依书中之术，方可开启墓门！此乃我先祖仙逝前口授，历代嫡长子口头相传。"

陈介祺慢慢朝老头走去："你先祖既已参悟神鼎玄机，助朱元璋登上帝位，所著《烧饼歌》隐含此后千年之事，难道没算出家族之祸，教你们如何应对？"

据陈介祺所知，刘伯温有两个儿子。长子刘琏，因刚正不阿，遭胡惟庸手下迫害，坠井身亡。次子刘璟，因燕王朱棣篡位，誓不入朝，并直言燕王将以篡位永写史册，被捕入狱，在狱中自杀身亡。

老头干咳几声："先祖留下家族警言，后世子孙以诗文传家即可，不得卷入朝堂之争！"

陈介祺知老头所言非虚：刘伯温的后世以诗文传家，著书立作。虽有为官者，均不拉帮结派，更不涉足朝堂之争。他又朝前走了几步，与背负老头的汉子相隔丈许："难道你先祖没留下话，继他之后，何人能解神鼎玄机？"

他刚问完，身影一动，挥剑刺向背负老头的汉子，那汉子一惊，向后退了几步，他却借此斜着冲向小玉，想将小玉从那两个汉子手下救出。他自认动

第十九章 枯骨之汤

作够快，但鲁一手比他更快。

鲁一手以剑尖抵在小玉的咽喉："陈翰林，老夫早料到你会有这一手。"

"在我落水之时，装有奇书的竹筒已被水流冲走，我如何替你找出墓门？"

"上古奇书到你手中后，不知被你看了多少遍，上面所刻的文字图案，都在你心里装着呢！你的家人，可都盼着你早日平安回去。"

陈介祺听出了鲁一手最后那句话的弦外之音：家人的性命都在黄木派手里捏着，除顺从鲁一手，没第二条路可走。当下也没说话，扔掉手中的剑，回到那五尊石雕中。

五尊石雕按"金木水火土"五行排列，若单从五行上看，实在看不出有何异处。他微微闭眼，脑中闪过上古奇书中的每片竹简，依"岐山之南、凤鸣天宇、龙潭之侧、升天之地"这十六个字，将竹简按顺序排列，又依每片竹简上的文字与图案，细细品味内中的五行之秘。

少顷，他张开双臂，在五尊石雕间来回穿梭，翩翩起舞：时而虎扑，时而猿跳，时而鹤展……突然，他飞跃而起，以五行相生之理，相继在东西南北四尊石雕的头顶各拍一掌。接着，身体如龙腾般冲起丈许高，由上自下拍向麒麟的头部。

这时，洞窟内闪现一道蓝光。那蓝光来自麒麟腹部，眨眼间，麒麟竟变得通体透明，并且昂首扬蹄，动了起来。

此等异象，所有人都看呆了。陈介祺身在半空一掌拍下，居然拍了个空。眼见那只麒麟跳出五行方阵，朝一堵石壁冲过去。而就在麒麟撞上石壁的刹那，石壁无声无息地开启了一道石门，石门后有亮光透出。

陈介祺落在地上，呆呆地看着那道打开的石门。

鲁一手朝那两个挟持小玉的壮汉道："抬上神鼎，我们进去！"

两个壮汉顾不上小玉，一前一后抬起箱子，跟鲁一手朝石门走去。小玉跑到陈介祺身边，拉着他的手："姐夫，你真想帮他们解开神鼎的玄机么？"

陈介祺摇摇头，又点点头。他扶着小玉，和鲁一手等人一起走入石门。

进去后，他们置身于一座殿堂内，殿堂有两间书房大小。脚下地面平坦，由一块块打磨过的青灰色石板铺成。陈介祺认出每块石板都是上等的昆仑青玉。殿堂四周各有一根大水缸粗细的玉柱,上面并无任何雕饰。而殿堂中间则有座白玉砌成的平台,高约七尺,有台阶可登上。平台上有处凹陷的池子,池内有具盘腿而坐的骸骨。池子上方有一透光的小孔洞——不但有光线照来,且有一线细细水流,正好落在骸骨身上。乍一看,宛若一人坐在浴盆里淋浴。那只带他们进来的麒麟站在台边,仍是一尊石雕。

"枯骨之汤!"

陈介祺瞬间明白了:叶掌门说的"枯骨之汤",指的就是端坐在石台池里的那具骸骨。

台子前面,立着一块高约丈许、宽约五尺的巨大玉碑。玉碑上有些阴刻的图案,陈介祺一眼认出是商周时期的云纹龙腾。石壁上共有八条龙,形成先天周易八卦之形。八卦中间,是一只仰首向天、双翼腾飞的凤凰。凤凰头顶有一圆孔,而这圆孔在整幅图案中,显得格外不协调。

那老头对陈介祺大声道:"拿出你的玉佩!"

陈介祺依言拿出身上的五块玉佩,托在掌心。在众人惊异的目光中,五块玉佩放射出金色的毫光,渐渐从他的掌心浮起,悬在空中。一道刺目的亮光过后,五块玉佩合五为一,变成一块圆盘大小的玉璧,悬浮在空中。

伴着惊呼,只见放在两个壮汉脚边的箱子冒起火焰,片刻便化为灰烬,放在箱内的毛公鼎,此刻通体泛着金光。

詹欣如看着奇景,兴奋地对鲁一手道:"鲁头领,待破解鼎内铭文玄机后,将此墓内的玉石运出,何愁没军资?赶走满清妖孽指日可待,到那时……"

一柄剑由詹欣如的后背透出,他抓着鲁一手持剑的手,眼中满是不可思议,口中吐血:"为……什么?"

"要想知道答案,去问你义父吧!"

说完,鲁一手抽回剑,扑向那几个汉子。汉子们虽极力反抗,但转眼血溅当场。只剩那老头,躺在地上不停地喘气:"……别杀我……玉璧……"

鲁一手的剑尖划过老头的咽喉,带起一片血花。他飞身而起,要去抓那

第十九章　枯骨之汤

块玉璧，但陈介祺比他更快，已将玉璧抓在手中。

陈介祺虽抓到了玉璧，但鲁一手的剑却刺入了他的腹部。他的身体自空中摔落，腹部伤口迸射出的鲜血飞溅到毛公鼎上。

小玉惊呼着扑向前，托住陈介祺，两人滚在一起。

鲁一手以剑尖指着陈介祺：“老夫成全你们，让你们在这古墓内做一对快活鸳鸯！”

见鲁一手动手，小玉奋力推开陈介祺，起身撕开自己右侧的衣领，露出锁骨下雪白的肌肤。面对着鲁一手刺来的剑尖，她微闭双眼，任由泪水顺颊而下。

就在陈介祺认为长剑要刺入小玉胸腹时，只见鲁一手呆呆地望着小玉，脸色大变，手中的长剑落在地上，往后跌了两三步：“怎么可能？”

机不可失！陈介祺忍住腹部剧痛，拾起长剑刺向鲁一手，却见眼前人影一晃，小玉挡在鲁一手的前面，长剑不偏不倚刺入她的右胸……

“小玉，你这是为何？”

“姐夫，你还记得在花家园子时，我爹告诉过我什么吗？”

陈介祺无比悲痛地摇了摇头。

小玉摸摸自己右锁骨下的玫红色印记：“你看这里！”

陈介祺这才看清她身上的印记，却是五行之中“木”的符号。小玉明明是赤金派的人，怎会有黄木派的标识？

小玉缓缓倒下，鲁一手单手搂住她，涕泪直流：“女儿，你怎么现在才……”

原来小玉是鲁一手的女儿！陈介祺几乎懵了。

“答应我，别伤害我姐夫，他是个好人！”

鲁一手连连点头：“爹答应你，爹答应你！”

小玉望了望陈介祺，闭上了美丽的双眼。

殿堂内金光大盛：毛公鼎内的铭文，一个个悬浮在空中。从鼎腹内慢慢腾起的白气向四周飘荡，片刻间便使整个空间变得朦胧起来，宛若仙境。

陈介祺一手捂住腹部的伤口，吃力地站起，由伤口流出的鲜血，顺着他的衣襟滴到青玉板上，很快积了一滩。

鼎腹内射出一道刺目的白光，那五个奇怪的文字缓缓升起。这奇景他已在自己书房内见过一次，所以并不感到稀奇。

但奇异的是，那端坐在水中的骸骨，却不可思议地站了起来，朝他缓缓伸出手。而这时，他感到手上传来一阵剧痛，握在手中的玉璧，不知何时变得通红，像一块刚从火炉中取出的铁块，吓得陈介祺赶紧丢掉。

玉璧并未落在地上，而是飞入那具骸骨的手中。眨眼间，骸骨变成一个穿着商周礼服、白发披肩、白须过腹的老者。老者手一扬，玉璧再次飞起，嵌入玉碑凤凰头顶的孔洞中。

只见玉碑瞬间变得透明，上面所刻的龙凤顿时活了起来。凤凰鸣叫着，飞落在老者的肩上。那八条游龙，则在老者头顶盘旋游弋。玉璧化作一颗红色的珠子，被那五个奇怪的文字环绕着，其余的鼎内铭文，一个挨一个，连成一条金线……

这时，一个苍老浑重而空灵的声音传入陈介祺耳中："你想得到什么？"

陈介祺看了一眼倒地后被白雾覆盖住的小玉，心中大恸，只吐出"小玉"两个字，就再也支持不住，身体往后一倒，头部重重撞在毛公鼎上，晕死过去。

不知过了多久，陈介祺睁开眼睛，居然看到坐在床榻边的夫人和夫人身后的春香。而一旁的椅子上还坐着两个人：其中一个穿七品官服的人，他认出是大内的程御医，另一个则是皇上身边的刘公公。

他环顾了屋内的摆设，认出这是自己的卧室："我怎会在这里？"

陈介祺清楚地记得在古墓中的情景：毛公鼎在玉佩的帮助下，使那端坐在石台水池内的骸骨变成一个活生生的老人……

夫人惊喜道："相公，您终于醒了！是小玉送你回来的！"

陈介祺紧紧抓住夫人的手，无比震惊："你说什么？小玉送我回来的？"

他明明记得，小玉为救他而被鲁一手刺中胸口，在自己怀中闭了眼，怎还能送他回来？

第十九章　枯骨之汤

春香道："小玉姑娘赶着马车到门口,还是忠叔帮着抬您进来的!老爷,您已昏迷三个月了!"

听了这话,陈介祺才看清程御医和刘公公身上都穿着厚厚的冬装,而自己身上则盖着厚重的棉被,床榻旁还生着炉子,炉火正旺。记得他到达古墓时,还是仲夏时节,想不到居然转眼就是冬天了。

他下意识地摸了摸腹部,只觉触手处的肌肤平滑无比:不但没伤口,连刀疤都没有。记得在古墓中,自己腹部中了鲁一手一剑,连肠子都流了出来。明明要死的人,怎么还活着?他咬了一下自己的舌头,很疼!绝不是做梦。

刘公公上前:"陈翰林,您醒了就好,皇上可记着您呢!天天要咱家出来看您一趟。这下好了,咱家这就回去告诉皇上!"

陈介祺望着刘公公:"小安子现在如何?"

刘公公一咧嘴,笑道:"陈翰林,您就别瞎操那份闲心了。那小家伙可机灵呢,嘴特甜!拜咱家做了干爷爷。不但咱家,连皇上和宫内的主子们都喜欢他,前些时候兰贵人兰主子想要他,皇上都没舍得给!"

听了这话,陈介祺放下心来。

程御医也上前朝陈介祺拱手:"陈翰林,我行医几十年,可头回碰上您这样的。皇上前几天下了严旨,再过半个月您若还不醒,我这颗脑袋可就要搬家了。"

程御医是京城名医,若连他都束手无策,只怕没人能救了。

陈介祺几次想起身,都觉得浑身乏力,只得朝程御医欠欠身:"有劳!"

"陈翰林,您好好养身子,咱家和程御医先行告退!"

刘公公说完,和程御医一起离开。

陈介祺微微闭眼,将自己在古墓中发生的事又思索了一遍,睁眼望着春香:"你确定是小玉送我回来的?"

"一个大活人,我怎会看错呢?你不信就去问忠叔!当时我还想请夫人和她相见的,可她说不愿见夫人,所以……"

陈夫人接过话:"她连府门都没进就离开了!但她把这东西留下了,说要是您醒过来,就交给您!"

陈介祺认出夫人手中的东西——由五块掌门玉佩合成的玉璧。

"除这东西外,还有两个大箱子。忠叔打开过,是两个一模一样的鼎!春香,让忠叔把东西搬来!"

春香出去后没多久,忠叔就和另一个下人搬着两只鼎进来,并排放在床榻前。陈介祺看着两只鼎,居然与毛公鼎一模一样,一时间辨不出真假。他与赤金派叶掌门初见面的那夜,从对方的话中,也猜出有假鼎存在,但自始至终他都未见过假鼎。望着两只鼎,他心中升起无数疑问:即便小玉没死,亲自送他回来,可为何要留下两个鼎?而这两个鼎又从何而来?

他想了一会儿:"我回到家后,惠亲王府是否来过人?"

陈夫人道:"刘总管来了一趟,听说您昏迷不醒,就回去了,后来一直没来。倒是曾国藩曾大人回京述职时,来看过您两次。还有你弟弟也来过几次,还在床前守了您一夜。"

陈介祺要春香扶他起身,命陈忠拿来一把小刀,划破自己的中指,将指血分别滴在两个鼎上。只见那血沿鼎壁流下,并未渗入,更未有奇景出现。过了一会儿,他虚弱地吩咐陈忠将其中一只鼎埋起来,留下另一只鼎放在卧榻旁。那块玉璧,则放在他的枕头下。

在夫人和春香的服侍下,陈介祺喝了些小米粥后又躺了会儿,细细回忆在古墓内外发生的事,可思来想去也没明白。他干脆披了棉袄,让春香扶自己到院里走走。

站在门廊边,外面已天黑了,廊下的灯笼发出惨淡的光,照着台阶下那层薄薄的积雪。

春香站在他身后:"老爷,外面天冷,当心着凉,还是进去吧!"

他并未转身回屋,而是抬头向天,见夜空中的雪花在灯光的映照下,纷纷扬扬四处飘散。若在以往,这样诗情画意的雪夜,他定饮酒吟诗,可今日却无半点诗兴,只觉心里堵得慌。

树枝桠晃了晃,树上的积雪掉落,似乎有人影凌空闪过。他正要仔细看

第十九章　枯骨之汤

时,却听大门口那边传来说话声。不一会儿,几盏灯笼过了院门,朝这边而来。近了些,他认出提灯笼走在前面的是陈忠,而紧跟其后的则是当今皇上。刘公公提着灯笼亦步亦趋,不时提醒皇上小心脚下的路。

陈介祺见咸丰皇帝走近了些,忙下了台阶,伏身跪在雪地里。

咸丰皇帝上前扶起陈介祺:"朕听说你醒了,醒了就好!进屋歇着吧,别被风吹了身子!"

咸丰皇帝进屋后,一眼看到放在床榻前的铜鼎,微微朝刘公公晃了下手。刘公公会意,和其他人退了出去,屋内只剩陈介祺和咸丰皇帝两人。

咸丰皇帝在屋内转了一圈,在桌旁坐下:"这神鼎还在你手上,朕就放心了。朕今儿要问的是大清的国运如何?"

一听这话,陈介祺冷不住打了个寒战:该来的还是要来,躲不过去的。当初他在刘总管的威逼下带毛公鼎前往陕西,刘公公还来送行,想必皇上对此事并无异议。虽然他进到古墓中,并见到那些奇景,可并未如进入古墓的那些先贤一样,能预知过去未来之事。实在有负皇上的重托。若今夜令皇上失望,只怕灾难即刻降临,全家的性命,可都在自己将要说的话里了。想到这里,他跪在地上低声道:"圣上既关心大清国运,不知圣上是否看过《推背图》与《烧饼歌》这两本奇书?"

"此前朕只是听说过那两本书。自你离开京城后,朕特地找来那两本书,还命钦天监看过。他们回朕说是两本妖书,书中所写之事,也无人能解!"

"但袁天罡与刘伯温二人,正是在神鼎的指引下,才有了那身本事!"

咸丰皇帝露出笑意,:"难道你想告诉朕,你已有了他们二人的本事?"

陈介祺摇摇头:"恐怕要令圣上失望了,奴才愚钝,虽进了古墓,可仍无法破解神鼎上的铭文玄机……但奴才多少受到一些指示——圣上乃太平明君,文有安邦定国之臣,武有破敌御寇之将,南方妖孽不足为患……"

说到这里,他故意停住,偷瞄咸丰皇帝,见皇帝脸上一副阴晴不定却又急切的模样。

"你就告诉朕,何人可保大清江山无恙?"

"大清江山虽是满人的,可保住江山之事,我们汉人也有份,需满汉同心协力!奴才的话只能说到这,若泄露了天机,恐未来之事发生异变,大清灾难连连!"

"这么说,朕的想法是对的!早有朝臣向朕建议,抵御贼寇需得借助地方之力。朕已下旨,命湖广江淮一带的地方士绅自行招募兵勇办团练防剿,他日御寇成功,朕自会论功行赏。"

见咸丰皇帝起身,陈介祺连忙道:"奴才有个不情之请,恳请圣上同意!"

"什么事,说吧?"

"可否求圣上将此鼎带回宫内,此鼎若在奴才府内,恐有保护不周之虞!"

"你就是不说,今夜朕也想把此鼎带回宫!朕还想看一看神鼎上出现的奇景!等你养好身子后,朕打算让你……"

陈介祺见咸丰皇帝怔怔地看着自己身后,忙转过身,却见一个穿夜行衣的蒙面人。从蒙面人的身段上,他认出是之前来过他家的日本国大使藤野太郎。他虽不担心藤野太郎会伤害咸丰皇帝,但此情此景容不得他半点考虑,遂从地上窜起,飞快地挡在咸丰皇帝的面前。

门外的院里起码有十个保护咸丰皇帝的大内高手,只需招呼一声,他们立刻破门而入。陈介祺惊骇于藤野太郎居然能躲过外面的大内高手。

"他要想对朕动手,你根本挡不住!"咸丰皇帝推开陈介祺,对藤野太郎问道:"你是何人,为何偷听我们君臣间的谈话?"

藤野太郎朝皇上拱手:"我本想见见陈翰林,想不到皇上您也在这里!"

平常人等见到皇上,哪敢不跪拜?但咸丰皇帝似乎不介意藤野太郎的无礼之举:"这位侠士,你找陈翰林所为何事?"

藤野太郎摘掉面罩,露出本来面目。

"怎么是你?"

"刚才我听皇上说,还想看看神鼎上出现的奇景,我才忍不住现身,难怪那么多人都打这只鼎的主意,原来真是只神鼎!世间有这样的宝贝,我怎能不要?"

第十九章 枯骨之汤

"凭你一己之力,能从朕的眼皮底下把鼎带走?"

"那就试一试!"

话一说完,他身形已动,凌空朝咸丰皇帝扑去。说时迟那时快,陈介祺再次挡在咸丰皇帝面前,朝藤野太郎道:"慢着,难道你不想听听我说什么吗?"

藤野太郎身形一晃,硬生生退了回去:"你想说什么?"

"此鼎先前出现奇景,是因鼎上附了个魂魄。如今那魂魄已归位,所以,这只鼎已与平常的鼎没什么两样了。以你的身份,哪犯得着冒如此大的危险?我大清虽内忧外患,但威服四海,区区一岛国,怎可与我大清抗敌?皇上乃千古明君,不追究你冲撞之罪,就已是对你的莫大恩宠了!还不速速退去?"

藤野太郎似乎没被陈介祺的话吓住:"我既让你们大清国皇上看清我是谁,就没想过要全身而退。陈翰林,我可以不要这个鼎。但若要相安无事的话,请你出去,我和你们大清国皇上有些话要谈!"

陈介祺已见识过藤野太郎的心机之深,担心这家伙会借机要挟皇上,做出什么对大清不利的事。如果真是那样,自己也脱不了干系!他很希望外面的人听到里面的动静冲进来,他就算拼上自己的性命,也要保护皇上。若真逼藤野太郎狗急跳墙,皇上能否脱险还是未知!就在他考虑如何应付藤野太郎时,身后的咸丰皇帝发话了:"你出去吧,朕也想知道他究竟要说什么。"

皇上已经下了旨,陈介祺还有什么话说!他不无担心地看了眼咸丰皇帝,低头开门走了出去。返身将门关上后,他并没在走廊上停留,而是步履沉重地走下台阶,踩着薄薄的积雪,迎着漫天的飞雪继续往前走。他不知藤野太郎会对皇上说什么,更不清楚皇上为何愿置大清和龙体的安危不顾,但他知道,一旦藤野太郎与惠亲王爷勾结,导致皇上在他府内出什么意外,后果极为严重。不仅是家族几百条人命,更是关系到大清国运,数万乃至数十万个无辜者会因此丧命……

"陈翰林!"一个声音传来,他回过神,认出站在面前的刘公公。回头望了望,陈介祺发觉自己已经不知不觉地走了一段路,离屋子有十几丈远。他朝黑暗中看了几眼,见婆娑的树影背后,都是幢幢人影。以往和皇上单独见面时,刘公公和保护皇上的大内高手,都在屋外伺候,今儿怎隔得这么远?虽隔得远,但屋内透出的亮光,却在窗纸上映出清晰的人影。

陈介祺低声对刘公公耳语:"你们离皇上那么远,万一……"

刘公公忙捂住陈介祺的嘴:"陈翰林,今儿没万一!皇上早有严旨,任何人离他远些,无论发生何事,听不到召唤,不得擅自护驾,否则……"

刘公公做了个杀头的手势。

陈介祺不明白皇上为何会下这样的圣旨,难道仅是为从他口中得知大清国运,怕第三人知道?若真如此,接下来皇上要做的,就应是杀掉所有知情者,让秘密永远成谜……想到这里,他冷不住打了个寒战。

刘公公似乎看出了陈介祺的担忧:"陈翰林,咱家也保不了你,好自为之吧!"

听了这话,陈介祺几乎可以确定,灭门之祸躲不过!

也就半盏茶的时间,门开了:咸丰皇帝出现在门口,刘公公提着灯笼疾步迎上前。陈介祺呆在那里,怔怔地看着咸丰皇帝朝自己走来。近了些,他看到灯光下皇上那铁青的脸。由于心烦意乱,他竟忘了下跪请安,当听到刘公公一声干咳,才慌忙跪地,头磕到雪里,一句话都说不出。

第二十章
战 火 临 城

初春的阳光透过窗棂，照在屋内的积满灰尘的案桌上，也照在陈介祺身上。衣衫褴褛，蓬头垢面，堂堂大清翰林，竟不顾仪表，与街边乞丐并无两样。

春香数次要收拾屋子，都被他拒绝，他身上那件衣服，整整一冬都没脱下过。夫人知他秉性，只得由着他。

那晚咸丰皇帝带着鼎离开后，他就已心如死灰，做好了抄家灭族的打算。但奇怪的是，第二天居然没动静。

他尝到了在家等死的感觉，多么痛苦无奈。第三天上午，宫内来了人——公公带了一页纸，上面是皇上的御笔，仅三字：神鼎之。

在"之"字后面，留有一滴墨迹。想必皇上欲写第四字时，迟疑了很久，最后索性不写。

按皇上本意，第四字究竟是"功"还是"祸"，或是"幸"呢？陈介祺望着那页纸，思索了三天都没明白。既然皇上故意不写，定是留着让自己猜的。

既无法猜透皇上心思，他索性不猜了，命陈忠给堂弟陈介猷去了口信，说他已醒来，身体无恙，要堂弟切勿上门。接着，他又命人关起府门，一家人在这深宅大院内，静候来自宫内的圣意。这种度日如年的日子确实不好过，每日心烦意乱魂不守舍，与活死人没什么区别。

这期间，他以为藤野太郎会再来，但藤野太郎却再也没出现过。

虽龟缩在府内，但外面的一些事，或多或少地传了进来。曾国藩曾大人率湘军大败太平贼寇，夺回重镇武昌。由工部左侍郎吕贤基创办的淮军，也配合湘军反攻太平贼寇。据说他见过一面的李鸿章，也跟随吕贤基回安徽领兵与太平军和捻军作战。大清的形势逐渐好转,但也不容乐观。皖北张乐行聚众造反,只短短数月,便有近二十万之众,流窜于皖、豫、鲁、苏等诸省,与太平军成南北互倚之势。更令他不安的是,惠亲王爷仍是朝中只手遮天的权臣,难道皇上真没觉察出王爷的谋逆之心?还是王爷觉得时机没成熟,未敢轻举妄动?

他望着屋檐下那吐出嫩牙的枝条,心念一动,快步走到铜镜前,看着镜内那两鬓染霜、眼窝深陷、胡子拉碴的自己苦笑,对外面喊:"来人,我要沐浴更衣!"

陈忠推门进来:"少爷,我等您这句话已几个月了。我这就吩咐下人去烧水!"

一个时辰后,经沐浴更衣剃发理须的陈介祺,变得精神焕发,与先前判若两人。他已想明白,与其这么苦熬等死,还不如爽快地活着。

午饭时,他还命厨房多做几道家乡菜,要春香陪他和夫人喝几杯小酒。一壶酒还未见底,见看守府门的下人,从外面领了个人来。只见那人发辫杂乱、面带倦色,身上尽是灰土,脚上的鞋也破得见底。进门后,那人朝他怯生生地叫了声"寿卿!"(作者注:陈介祺表字寿卿)

陈介祺认出来人,是老家潍县的本族兄弟,忙提着酒壶招呼:"兄弟,一路辛苦,来来来,先吃饭!"

那人不肯坐,朝陈介祺哭道:"老夫人她……"

只听到这四个字,陈介祺如当头棒喝,手中的酒壶落在地上,洒了满地,他踉跄着上前几步,抓住那人:"兄弟,啥时的事?"

"前阵子老夫人听说您从外地回京后一直昏迷不醒,要来京城看您。可家里人担心老夫人的身体,没敢让她来。哪知她一下子病倒,就再也没下榻了……老夫人弥留之际,想见您最后一面……"

从潍县到京城,路途遥远,即便骑马也要近半个月,只怕此时家中人都在等着他回去。陈介祺心如刀绞地跌坐在椅上,两行滚烫的泪水顺颊而落。他呆了片刻,正要吩咐陈忠去通知堂弟陈介猷,却见外面冲进一个人——陈

第二十章 战火临城

介猷!

"哥,前阵子您命忠叔给我带口信,我一直没敢来,今儿我不来都不行了!去年皇上在你府中险遭敏亲王爷算计,我就知道事情很大。这些日子我也听说了一些关于您的事,是真的么?"

整件事中,陈介祺也有很多疑问,但所有的疑问,他只能憋在心里,无法对任何人说,连夫人都不行。

"是真是假都已无关紧要,自古忠孝两难全。你我虽是父母所生,但命却是皇上的。"

"哥,您说咋办吧?我听您的?"

"备轿,我要入宫!"

丧母之痛痛彻心扉,他已想清楚了,今儿无论如何要见皇上一面,是杀是剐任凭皇上处置。

陈介祺虽在宫内翰林院供职,但只有在入值时间,才准许凭腰牌出入宫禁,其余时间不得擅入,违令是要被砍头的。

青衣小轿抬到宫门口,陈介祺向守门官兵说明来意。按大清例律,只有四品以上官员才有资格面圣。虽仅有七品之衔,但他与皇上的关系,朝野均有所闻。守门官兵不敢怠慢,忙进去通报。

半炷香的工夫,小安子从里面出来,见到陈介祺后,亲热地拉着他的手往里面去。待行至无人之处,小安子才低声道:"恩公,今儿皇上为南方贼寇的事烦着呢,您说话可要小心点!"

陈介祺本欲将安志远的临终之言告诉小安子,但转念一想,既然小安子在宫内生活得很好,何必知道江湖上的那些事?

两人一前一后进了内廷,在红墙黄瓦间转来转去,来到一座小院前。小安子以手示意陈介祺在外等候,自己则进了那扇拱门。少顷,他出来低声道:"恩公,兰主子这会儿正为皇上解闷呢!您再等会。"

陈介祺只得站在院门外侧的红墙下耐心等待。院内传出的琴声贯入耳中,一曲《高山流水》,琴音铿锵交错,时而舒缓如流水,时而急骤如飞瀑,时而清脆如珠落玉盘,时而婉转如细语呢喃。

如此悠扬动情,难怪古人有"绕梁三日"之说。陈介祺仿佛置身于龙潭的瀑布下,任凭水珠洒遍全身……一曲终毕,琴音突然一转,肃杀之气顿时扑面而来。他内心大惊:这曲《十面埋伏》乃琵琶名曲,如今被人以琴奏出,并不失音律所含的杀气,仿佛更盛。想不到深宫大内,竟有如此奇女子,难怪深得皇上宠爱。

约莫过了半个时辰,小安子出现在拱门口:"皇上的心情好些了,宣您进去呢!"

陈介祺整了整官服,低头跟随小安子进去,见院内正屋前左右各有一棵粗大的柏树,廊下有几个宫女正弯腰拾掇着几盆花草。他来不及看清院内其他景色,就被小安子领到主屋西边的小屋前。小安子伸手打开帘子,示意他进去。

陈介祺进屋,见咸丰皇帝穿着便服,端坐在椅子上。他连忙依律三跪九叩:"罪臣陈介祺叩见圣上,吾皇万岁万岁万万岁!"

咸丰皇帝并未让陈介祺平身,而是就让他跪着:"陈翰林,你何罪之有?"

"启禀皇上,罪臣居家数月之久,已想明白了。既是神鼎之祸,也是大清之福。但罪臣有六罪,勾结江湖草莽,有损朝廷大体,其罪一也;数次置皇上于险地,有误大清国本,其罪二也;千里之行无功而返,有负圣恩,其罪三也;不思……"

"那夜朕真想灭你全家,可后来一想,这事也怨不得你。朕也数次欲降罪于你,可兰儿说有德之君,当以德行恩服天下。你数次舍命救驾,朕知你忠心一片,其余诸事,也非你所能左右,平身吧!为何急着见朕?"

陈介祺于是将母丧之事说了,恳求皇上准许他回家办理丧事。

"尽孝之道人之常情,朕并非不明事理之人,岂有不准你归乡之理?"

陈介祺从怀中取出咸丰皇帝赐他的那封可调动京城内外兵马的密旨,高举过头顶并未再说话。此密旨虽被小玉拆开,但他已按原样封好,看不出拆动的痕迹。

咸丰皇帝一声长叹："朕原本待此事过后，让你去兵部历练一下。你既有心离朕而去，朕也不是薄情之人。好自为之吧！"

陈介祺得了谕旨，心中的大石顿时落了地。他将那密旨放到一旁的茶几上，叩拜后退了出去。刚退至门口，就听咸丰皇帝道："朕知你乃聪慧之人，不要逼朕做有违德行之事！"

陈介祺心里一咯噔，知道皇帝这句话，是警告自己，只得在门边躬身道："罪臣头部受创昏迷数月之久，以前发生的事，俱已记不得了。罪臣对天起誓，生是大清的人，死是大清的鬼！"

他退到院里，仰头看了一眼天空，感觉今日的阳光分外明媚。直到离开宫门，他才彻底相信自己不是做梦，都说圣意难揣，今儿总算见识到了。他冒死见驾，本打算明明白白、轰轰烈烈地死，却不料在鬼门关口上转了一圈又回来了。而保他一家无恙之人，居然是个他从未见过的宠妃。

他相信，小安子没少在那个叫"兰贵人"的宠妃面前替自己说好话。

世事有因就有果：若无那时的无心之举，他也无法得到完整的五块掌门玉佩和那部奇书，更无今日的幸运。

他不知该感谢谁——皇上？兰贵人，小安子，又或是他自己？

陈介祺出轿，见府门上已挂上黑绫，还挑着两个写了"奠"字的白色灯笼，陈忠和府内下人们全身缟素地站在台阶上。见他回来，陈忠赶忙迎上前，替他穿上孝服。

接着，在陈忠的带领下，陈介祺走进布置成灵堂的主屋，见夫人和两个儿子，还有春香和堂弟陈介猷，全都披麻戴孝跪在地上。灵堂上方供着他母亲的灵位，摆着三牲祭品。

他上前，朝母亲的灵位跪下去，重重地磕了几个响头，随后起身对陈介猷道："皇上已准我回乡，你我今日就走！"

然后，他安排陈忠带上两家府内所有家眷回乡。

两个一身孝服的人，就这样如风般策马飞奔离开，此后再也未回京。

潍县距北海（渤海）不过百余里，北边吹来的风，都带着海水的腥味。转眼又是秋天，街边的树叶开始发黄，被风肆意卷落。

陈介祺站在二楼的窗边，平眺那山脊般高低的城墙。身后的桌上，放着圣旨和二品顶戴的官帽。

办完母亲的丧事后，他见山东因灾荒也闹起了捻军，于是跟县令商议，组织士绅出钱出力，一面安民赈灾，一面筹办团练以抵御贼寇。

接着，他命陈忠卖了京城的大宅，所得银两尽数捐献给朝廷，只带回他多年收藏的古董和书籍，以实现他当初对咸丰皇帝的允诺。而注重德行的皇上，则封赏他侍讲学士衔，并赐二品顶戴花翎，开创了大清绝无仅有的赏赐规格。

咸丰皇帝是要告诉朝廷诸臣：只要真心为大清出力，什么都可以赏赐。

这座上下三层的青砖小楼，是陈介祺几年前出钱修建的，取名"万印楼"，用来收藏书籍和各类古董。小楼最下层，还有间地下密室。那只混杂在古董书籍中、被陈忠从京城带回的毛公鼎，连同那块玉璧一起，就放在密室里。

街上突然传来一阵急骤的锣声，城门那边可见大批兵勇持枪跑上城墙。陈介祺听这锣声，寻思着一定发生了什么事。没多一会儿，从县衙那边来了一匹快马，飞驰到楼下的宅院门前，马上下来个衙役，一边使劲拍门一边大喊："知县大人命小的通知陈大人，城外来了大批贼寇，已将全城团团围住。求大人前往县衙议事！"

陈介祺赶紧下楼，随衙役一同来到潍县县衙。走进大堂，见已来了不少士绅，个个面露担忧之色。

县令见到陈介祺，忙上前将他拉到一旁："陈大人，外面那些贼寇，好像是冲您来的！"

陈介祺微愣，忆起了他见过的那些人，对县令道："走，去看看！"

一行人上了城墙，居高临下朝城外望去。城外乌压压一片人，旌旗招展，

第二十章 战火临城

喊杀声震天。站在他们身后的士绅们，个个吓得面如土色。

陈介祺远远望见站在一面大旗下的人，正是鲁一手，在其身边，跟着几个穿劲装、以红巾裹头的将领，并未看到小玉的影子。

一骑飞马来到城门下，一支绑着书信的箭"哚"一声射在城楼主梁上。知县命人取下，打开书信一看，脸色大变，急忙递给陈介祺。

陈介祺接过书信，见上面写：三日内交出陈翰林和神鼎，外加一万担麦子，否则屠城。

毛公鼎藏在万印楼的密室中，绝不能面世，否则陈氏一族将遭灭门之祸。但陈介祺也不愿殃及百姓，铸成千古大错。他收起信，对知县道："开门，让我出去！"

沉重的城门缓缓开启，陈介祺整整衣冠，在守城兵勇敬佩的目光中坦然走出。离开城门一箭地，见鲁一手拍马冲来："陈翰林，别来无恙？原以为你会一睡不醒，想不到你福大命大！"

"鲁前辈，神鼎在哪，你比我还清楚，为何前来向我要？"

"老夫留给你的，都是假鼎，让你回去向大清狗皇帝复命。我不那么写，怎让别人知道神鼎还在你手上？"

"你想以我全族人的性命逼我就范？"

"陈翰林息怒，老夫那么做也是迫不得已。义军缺少一位军师，以陈翰林之才，委实不该埋没于街巷中。"

"人各有志，何必强求？"

"老夫今日亲率数万义军前来，便是恭迎你，别不识时务。全城百姓的性命，都在你身上。"

"枉你自称义军，若为我一人而屠戮全城百姓，'义'字何在？想当初，李闯王率部攻陷京城，若能坚守大义字，造福百姓，何来满人的江山？"

"有才之人果然口齿伶俐。好，老夫就听你一言，城陷后只拿清妖走狗！"

"你我打赌，以一月为期，若能攻下潍县，放过全城百姓，我愿随你走，任你驱驰！"

鲁一手从背后抽出一支箭，以拇指别断："一言为定！"

陈介祺回到城内，把他与鲁一手打赌的事对知县和诸人说了。当即有人对他此举提出异议：城内只有区区两千兵勇，要想对付数万虎狼之师，且还要坚持一个月，无异于痴人说梦，不如趁早投降，交出一万担麦子，也好保全城平安。

陈介祺则认为鲁一手的话不足为信，即使捻军不劫掠城内普通百姓，而士绅家族及沿街商铺，难免不遭祸。为今之计，只有拼死一搏。接着他分析了城内外的形势，城内郭、张、陈、丁这四大家族所存的粮食，应足够全城人应付半年。至于兵勇，可征集城内壮丁，应有上万人。城外捻军虽有数万人，但属流寇，其后勤无法保障，粮食无以为继，支撑不了多久。莱州与淄博两处的官府应能得到消息，只需派兵来剿，贼人自然退去。

他的一席话，让众人吃了定心丸。尽管仍有人持怀疑态度，但一时也想不出更好的办法。

陈介祺与知县一起，给所有人都安排了任务，要求他们各司其职，共度难关。他以为城外的捻军熬不过半个月，莱州与淄博两地距潍县不过两三百里，官兵应会很快赶来。但他错了。

起初几天，城外的捻军每天攻城，昼夜不停。消停数天后，每隔两三天，捻军便攻城一次，一次比一次凶猛。有好几次已攻上了城墙，幸亏城内百姓齐心合力，兵勇舍命抵抗，才保无恙。

朝廷官兵迟迟不见踪影，城内开始人心惶惶。城隍庙与县衙内，躺着上千名受伤的兵勇，由于缺少医药，惨嚎声不绝于耳。

陈介祺站在城墙上，身上血迹斑斑，两眼布满血丝，虽他家距此不远，但他并未回去。只需再熬三天，一个月的赌期一到，看鲁一手怎么说。

城墙下方，春香陪着陈夫人，给浴血奋战的将士们送来馒头和煎饼。陈介祺正要下去和夫人说几句话，刚走两步，只听一声震天巨响，脚下一阵摇晃。扭头望去，只见不远处城墙塌陷，一股黑烟冲上云霄，碎石烂砖如大雨般从空中落下。

第二十章 战火临城

这二十几天里,捻军无论用大炮、云梯,还是勾绳,都无法破城。想不到鲁一手还真有些本事,居然想到边攻城边挖隧道。

城墙崩塌,城外的捻军如蚂蚁般涌向豁口处。陈介祺只觉眼前一黑,心道:完了!

就在他举剑,正要奋身冲去,打算拼死一搏时,却见豁口处的城墙上站着一个熟悉的俏丽身影。

是小玉!

陈介祺冲过去,来到她面前:"小玉,真的是你?你还活着?"

知县率领兵勇,已和城外涌入的捻军交上手。

小玉微笑,轻启朱唇:"难道你忘了,在古墓中你对那神仙喊出了我的名字!"

陈介祺瞬间明白了:原来古墓中出现的毛公叔郑,可满足自己一个愿望。前面进入古墓的先贤们,所求的都是安邦定国的奇术。而他喊出"小玉"两字,便成了他的愿望,所以小玉活过来了。

"求你爹不要伤害城内百姓,我跟你们走!我愿跟你浪迹江湖。"

"你是当世奇男子,一身才学,却不知人世间险恶。"

城下传来鲁一手的喊声:"小玉,你要干什么?你已是东王的王妃,该尽心服侍东王……"

陈介祺听到鲁一手的话大惊。他听说太平军在金陵定都后,东王杨秀清四处收拢美女充作王妃。难道小玉被鲁一手送给了杨秀清,以期太平军与捻军结盟?

小玉痴痴望着陈介祺:"半个月前,我得知他们围攻潍县,要抓你回去,于是偷离东王府日夜赶来。我劝我爹罢手,可他不听……姐夫,我何尝不想和你浪迹江湖?但命该如此……"

"玉璧还在我手中,我们再去古墓求他……好不好?"

"别忘了,你陈氏乃名门望族,数百人丁,难道你真的忍心?"

小玉的话勾起陈介祺心中的顾虑,他正要说话,却见眼前人影一晃,手中的剑已到了小玉的手中。小玉朝城下哭道："爹，恕女儿不孝，女儿告诉你，东王乃心肠歹毒之人，他的话不足为信！"

说完后，小玉面向城外，横剑一抹，血光立现。陈介祺抢上前抱住她，却已迟了。他紧紧搂住小玉："你这是何苦？"

"我的……命是……姐夫给的……今生……无以为报……来生再……"

小玉话未说完，便闭上了那幽怨的双眼。

陈介祺悲痛至极，仰头向天，将久压在胸中的情感大声吼出，两行英雄泪自眶中涌出。朦胧间，他见远处来了一彪人马，大清龙旗迎风烈烈。

潍县城外西北五里处的小树林中，堆起一座坟茔。黄土下埋着一腔痴怨，还有一段谁都说不清的男儿悲情。

半年后，陈介祺听从夫人的安排，娶春香为二房。他将自己关在万印楼上，整日研究金石，著书立作。次年春，洋教父大卫来到潍县拜访陈介祺，两人在楼上谈了一夜。随后，城外的小树林边，竖起一座洋教堂。

咸丰六年天京事变，东王杨秀清被诛。同年冬，已正名为安德海的小安子，从宫内派人送信到潍县，说有人告发陈介祺居家谋反，皇上派人来查实。陈介祺得信及时将"涉嫌谋逆"的书籍焚毁，又因万印楼的"万"字有不臣之意，紧急改换牌匾，才逃过一劫。

就在这年，深受咸丰皇帝宠爱的兰贵人那拉氏生下一皇子，母凭子贵，晋封懿妃，次年晋封懿贵妃。

咸丰十年，因咸丰皇帝拒绝英法公使提出的重修条约要求，英法联军攻入北京。咸丰皇帝避祸热河，不久因病驾崩。临终密诏由六岁的独子载淳继位，惠亲王爷等八位顾命大臣摄政，藏于宫内的神鼎随之入葬。同时密令：若那拉氏弄权，可除之。安德海把遗诏密报那拉氏。咸丰死后，载淳即位，年号定为"祺祥"。那拉氏与皇后钮祜禄氏(慈安太后)并尊为皇太后。

在安德海的帮助下，那拉氏一举除掉八位顾命大臣，逼惠亲王爷在乾清宫前自裁。安德海劳苦功高，被破格提拔为总管大太监。随后，两宫太后御座

第二十章 战火临城

养心殿垂帘听政,并改年号为"同治"。

同治二年三月,捻军头目张乐行被铁帽子王僧格林沁所俘获,旋即斩首示众。六月间,潍县城隍庙前来了个独眼失去右手的驼背老乞丐,老乞丐每日乞食后,便坐在庙前顾自叨叨,谁也听不懂他说些什么。一日清晨,老乞丐被人发现死在庙前。陈介祺闻讯,出资将老乞丐葬于教堂的边上。

同治三年,曾国藩率领的湘军攻破太平天国的天京(南京)。7月,朝廷封曾国藩太子太保、一等侯爵。曾国藩派人持书信到潍县,力邀陈介祺出仕,被其拒绝。

(作者注:本故事中的许多情节乃虚构而成,请勿对号入座。)

后　记

　　光绪十年即公元1884年,陈介祺病逝于家中,著有《簠斋传古别录》《簠斋藏古目》《簠斋藏古册目并题记》《簠斋藏镜全目钞本》《簠斋吉金录》《十钟山房印举》《簠斋藏古玉印谱》《封泥考略》等十数部有关金石研究的权威著作,旷古绝今。有关他与毛公鼎的传说世人皆知,虽有不少人据毛公鼎上的拓片进行研究,然无人能真正研究透。毛公鼎内铭文的玄机,仍是千古未解之谜。